# FRANKENSTEIN

MARY SHELLEY

**Publicado por**
**GOLDEN BOOKMARK PUBLISHING**

Correo electrónico: goldenbookmarkpublishing@gmail.com



Para obtener más detalles o consultas, comuníquese con el editor al correo electrónico anterior.

Publicado por primera vez por GOLDEN BOOKMARK PUBLISHING en 2025

Golden Bookmark

## Contents

# VOLUMEN I

## CARTA I

A la señora SAVILLE, Inglaterra.

San Petersburgo, **11** de diciembre de **17****

Te alegrará saber que no ha ocurrido ningún percance al principio de una aventura que siempre consideraste cargada de malos presagios. Llegué aquí ayer, y mi primera tarea es asegurarle a mi querida hermana que me hallo perfectamente y que tengo una gran confianza en el éxito de mi empresa.

Me encuentro ya muy al norte de Londres y, mientras camino por las calles de Petersburgo, siento la brisa helada norteña que fortalece mi espíritu y me llena de gozo. ¿Comprendes este sentimiento? Esta brisa, que llega desde las regiones hacia las que me dirijo, me trae un presagio de aquellos territorios helados. Animadas por ese viento cargado de promesas, mis ensoñaciones se tornan más apasionadas y vividas. En vano intento convencerme de que el Polo es el reino del hielo y la desolación: siempre se presenta a mi imaginación como la región de la belleza y del placer. Allí, Margaret, el sol siempre permanece visible, con su enorme disco bordeando el horizonte y esparciendo un eterno resplandor. Allí –porque, con tu permiso, hermana mía, debo depositar alguna confianza en los navegantes que me precedieron–, allí la nieve y el hielo se desvanecen y, navegando sobre un mar en calma, el navío se puede deslizar suavemente hasta una tierra que supera en maravillas y belleza a todas las regiones descubiertas hasta hoy en el mundo habitado. Puede que sus paisajes y sus características sean incomparables, como ocurre en efecto con los fenómenos de los cuerpos celestes en estas soledades ignotas. ¿Qué no podremos esperar de unas tierras que gozan de luz eterna? Allí podré descubrir la maravillosa fuerza que atrae la aguja de la brújula, y podré comprobar miles de observaciones celestes que precisan solo que se lleve a cabo este viaje para conseguir que todas sus aparentes contradicciones adquieran coherencia para siempre. Saciaré mi ardiente curiosidad cuando vea esa parte del mundo que nadie visitó jamás antes y cuando pise una tierra que no fue hollada jamás por el pie del hombre. Esos son mis motivos y son suficientes para aplacar cualquier temor ante los peligros o la muerte, y para obligarme a emprender este penoso viaje con la alegría de un muchacho que sube a un pequeño bote, con sus compañeros de juegos, con la intención de emprender una expedición para descubrir las fuentes del río de su pueblo. Pero, aun suponiendo que todas esas conjeturas sean falsas, no podrás negar el inestimable beneficio que aportaré a toda la humanidad, hasta la última generación, con el descubrimiento de una ruta cerca del Polo que conduzca hacia esas regiones para llegar a las cuales, en la actualidad, se precisan varios meses; o con el descubrimiento del secreto del imán, lo cual, si es que es posible, solo puede llevarse a cabo mediante una empresa como la mía.

Estas reflexiones han mitigado el nerviosismo con el que comencé mi carta, y siento que mi corazón arde ahora con un entusiasmo que me eleva al cielo, porque nada contribuye tanto a tranquilizar el espíritu como un propósito firme: un punto en el cual el alma pueda fijar su mirada intelectual. Esta expedición fue mi sueño más querido desde que era muy joven. Leí con fruición las narraciones de los distintos viajes que se habían realizado con la idea de alcanzar el norte del océano Pacífico a través de los mares que rodean el Polo. Seguramente recuerdes que la biblioteca de nuestro buen tío Thomas se reducía a una historia de todos los viajes realizados con intención de descubrir nuevas tierras. Mi educación fue descuidada, aunque siempre me apasionó la lectura. Aquellos libros fueron mi estudio día y noche, y a medida que los conocía mejor, aumentaba el pesar que sentí cuando, siendo un niño, supe que la última voluntad de mi padre prohibía a mi tío que me permitiera embarcar y abrazar la vida de marino.

Esos fantasmas desaparecieron cuando, por vez primera, leí con detenimiento a aquellos poetas cuyas efusiones capturaron mi alma y la elevaron al cielo. Yo mismo me convertí también en poeta y durante un año viví en un Paraíso de mi propia invención; imaginaba que yo también podría ocupar un lugar en el templo donde se veneran los nombres de Homero y Shakespeare. Tú sabes bien cómo fracasé y cuán duro fue para mí aquel desengaño. Pero precisamente por aquel entonces recibí la herencia de mi primo y mis pensamientos regresaron al cauce que habían seguido hasta entonces.

Ya han pasado seis años desde que decidí llevar a cabo esta empresa. Incluso ahora puedo recordar la hora en la cual decidí emprender esta aventura. Empecé por someter mi cuerpo a las penalidades. Acompañé a los balleneros en varias expediciones al Mar del Norte, y voluntariamente sufrí el frío, el hambre, la sed y la falta de sueño; durante el día, a menudo trabajé más duro que el resto de los marineros, y dediqué mis noches al estudio de las matemáticas, la teoría de la medicina y aquellas ramas de las ciencias físicas de las cuales un marino aventurero podría obtener gran utilidad práctica. En dos ocasiones me enrolé como suboficial en un ballenero groenlandés, y me desenvolví bastante bien. Debo reconocer que me sentí un poco orgulloso cuando el capitán me ofreció ser el segundo de a bordo en el barco y me pidió muy encarecidamente que me quedara con él, pues consideraba que mis servicios le eran muy útiles.

Y ahora, querida Margaret, ¿no merezco protagonizar una gran empresa? Mi vida podría haber transcurrido entre lujos y comodidades, pero he preferido la gloria a cualquier otra tentación que las riquezas pudieran ponerme en mi camino. ¡Oh, ojalá que algunas palabras de ánimo me confirmaran que es posible! Mi valor y mi decisión son firmes, pero mi esperanza a veces duda y mi ánimo con frecuencia decae. Estoy a punto de emprender un viaje largo y difícil; y los peligros del mismo exigirán que mantenga toda mi fortaleza: no solo se me pedirá que eleve el ánimo de los demás, sino que me veré obligado a sostener mi propio espíritu cuando el de los demás desfallezca.

Esta es la época más favorable para viajar en Rusia. Los habitantes de esta parte se deslizan con rapidez con sus trineos sobre la nieve; el desplazamiento es muy agradable y, en mi opinión, mucho más placentero que los viajes en las diligencias inglesas. El frío no es excesivo, especialmente si vas envuelto en pieles, una indumentaria que no he tardado en adoptar, porque hay una gran diferencia entre andar caminando por cubierta y quedarse sentado sin hacer nada durante horas, cuando la falta de movilidad provoca que la sangre se te congele prácticamente en las venas. No tengo ninguna intención de perder la vida en el camino que va desde San Petersburgo a Arkangel.

Partiré hacia esta última ciudad dentro de quince días o tres semanas, y mi intención es fletar un barco allí, lo cual podrá hacerse fácilmente si le pago el seguro al propietario, y contratar a tantos marineros como considere necesarios entre aquellos que estén acostumbrados a la caza de ballenas. No tengo intención de hacerme a la mar hasta el mes de junio..., ¿y cuándo regresaré? ¡Ah, mi querida hermana! ¿Cómo puedo responder a esa pregunta? Si tengo éxito, transcurrirán muchos, muchos meses, quizá años, antes de que podamos encontrarnos de nuevo. Si fracaso, me verás pronto... o nunca.

Adiós, mi querida, mi buena Margaret. Que el Cielo derrame todas las bendiciones sobre ti, y me proteja a mí, para que pueda ahora y siempre demostrarte mi gratitud por todo tu cariño y tu bondad.

Tu afectuoso hermano,

R. WALTON.

# CARTA II

A la señora SAVILLE, Inglaterra.

Arkangel, **28** de marzo de **17****

¡Qué despacio pasa el tiempo aquí, atrapado como estoy por el hielo y la nieve...! He dado un paso más para llevar a cabo mi proyecto. Ya he alquilado un barco y me estoy ocupando ahora de reunir a la tripulación; los que ya he contratado parecen ser hombres de los que uno se puede fiar y, desde luego, parecen intrépidos y valientes.

Pero hay una cosa que aún no me ha sido posible conseguir, y siento esa carencia como una verdadera desgracia. No tengo ningún amigo, Margaret: cuando esté radiante con el entusiasmo de mi éxito, no habrá nadie que comparta mi alegría; y si me asalta la tristeza, nadie intentará consolarme en la amargura. Puedo plasmar mis pensamientos en el papel, es cierto; pero ese me parece un modo muy pobre de comunicar mis sentimientos. Me gustaría contar con la compañía de un hombre que me pudiera comprender, cuya mirada contestara a la mía. Puedes acusarme de ser un romántico, mi querida hermana, pero siento amargamente la necesidad de contar con un amigo. No tengo a nadie junto a mí que sea tranquilo pero valiente, que posea un espíritu cultivado y, al tiempo, de mente abierta, cuyos gustos se parezcan a los míos, para que apruebe o corrija mis planes. ¡Qué necesario sería un amigo así para enmendar los errores de tu pobre hermano...! Soy demasiado impulsivo en mis actos y demasiado impaciente ante las dificultades. Pero hay otra desgracia que me parece aún mayor, y es haberme educado yo solo: durante los primeros catorce años de mi vida nadie me puso normas y no leí nada salvo los libros de viajes del tío Thomas. A esa edad empecé a conocer a los poetas más celebrados de nuestra patria; pero solo cuando ya no podía obtener los mejores frutos de tal decisión, comprendí la necesidad de aprender otras lenguas distintas a las de mi país natal. Ahora tengo veintiocho años y en realidad soy más ignorante que un estudiante de quince. Es cierto que he reflexionado más, y que mis sueños son más ambiciosos y grandiosos, pero, como dicen los pintores, necesitan armonía: y por eso me hace mucha falta un amigo que tenga el suficiente juicio para no despreciarme como romántico y el suficiente cariño hacia mí como para intentar ordenar mis pensamientos.

En fin, son lamentaciones inútiles; con toda seguridad no encontraré a ningún amigo en esos inmensos océanos, ni siquiera aquí, en Arkangel, entre los marineros y los pescadores. Sin embargo, incluso en esos rudos pechos laten algunos sentimientos, ajenos a lo peor de la naturaleza humana. Mi lugarteniente, por ejemplo, es un hombre de extraordinario valor y arrojo; y tiene un enloquecido deseo de gloria. Es inglés y, a pesar de todos sus prejuicios nacionales y profesionales, que no se han pulido con la educación, aún conserva algo de las cualidades humanas más nobles. Lo conocí a bordo de un barco ballenero; y cuando supe que se encontraba sin trabajo en esta ciudad, de inmediato lo contraté para que me ayudara en mi aventura.

El primer oficial es una persona de una disposición excelente y en el barco se le aprecia por su amabilidad y su flexibilidad en cuanto a la disciplina. De hecho, es de una naturaleza tan afable que no sale a cazar (el entretenimiento más común aquí, y a menudo, el único) solo porque no soporta ver cómo se derrama sangre inútilmente.

Además, es de una generosidad casi heroica. Hace algunos años estuvo enamorado de una joven señorita rusa de mediana fortuna, y como mi oficial había amasado una considerable suma por sus buenos oficios, el padre de la muchacha consintió que se casaran. Antes de la ceremonia vio una vez a su prometida y ella, anegada en lágrimas, y arrojándose a sus pies, le suplicó que la perdonara, confesando al mismo tiempo que amaba a otro, pero que era pobre y que su padre nunca consentiría ese matrimonio. Mi generoso amigo consoló a la suplicante joven y, tras informarse del nombre de su amante, de inmediato partió en su busca. Ya había comprado una granja con su dinero, y había pensado que allí pasaría el resto de su vida, pero se la entregó a su rival, junto con el resto de sus ahorros para que pudiera comprar algún ganado, y luego él mismo le pidió al padre de la muchacha que consintiera el matrimonio con aquel joven. Pero el viejo se negó obstinadamente, diciendo que había comprometido su honor con mi amigo; este, viendo la inflexibilidad del padre, abandonó el país y no regresó hasta que no supo que su antigua novia se había casado con el joven a quien verdaderamente amaba. «¡Qué hombre más noble!», pensarás. Y es cierto, pero después de aquello ha pasado toda su vida a bordo de un barco y apenas conoce otra cosa que no sean maromas y obenques.

Pero no creas que estoy dudando en mi decisión porque me queje un poco, o porque imagine un consuelo a mis penas que tal vez jamás llegue a conocer. Mi resolución es tan firme como el destino, y mi viaje solo se ha retrasado hasta que el tiempo permita que nos hagamos a la mar. El invierno ha sido horriblemente duro, pero la primavera promete ser mejor, e incluso se dice que se adelantará considerablemente; así que tal vez pueda zarpar antes de lo que esperaba. No haré nada precipitadamente; me conoces lo suficiente como para confiar en mi prudencia y reflexión, puesto que ha sido así siempre que la seguridad de otros se ha confiado a mi cuidado.

Apenas puedo describirte cuáles son mis sensaciones ante la perspectiva inmediata de emprender esta aventura. Es imposible comunicarte esa sensación de temblorosa emoción, a medio camino entre el gozo y el temor, con la cual me dispongo a partir. Me dirijo hacia regiones inexploradas, a «la tierra de las brumas y la nieve», pero no mataré ningún albatros, así que no temas por mi vida.

¿Te veré de nuevo, después de haber surcado estos océanos inmensos, y tras rodear el cabo más meridional de África o América? Apenas me atrevo a confiar en semejante triunfo, sin embargo, ni siquiera puedo soportar la idea de enfrentarme a la otra cara de la moneda. Escríbeme siempre que puedas: tal vez pueda recibir tus cartas en algunas ocasiones (aunque esa posibilidad se me antoja muy dudosa), cuando más las necesite para animarme. Te quiero muchísimo. Recuérdame con cariño si no vuelves a saber de mí.

Tu afectuoso hermano,

R. WALTON.

# CARTA III

A la señora SAVILLE, Inglaterra.

Día **7** de julio de **17****

Mi querida hermana:

Te escribo apresuradamente unas líneas para decirte que me encuentro bien y que he adelantado mucho en mi viaje. Esta carta llegará a Inglaterra por un marino mercante que regresa ahora a casa desde Arkangel; es más afortunado que yo, que quizá no pueda ver mi tierra natal durante muchos años. En cualquier caso, estoy muy animado: mis hombres son valientes y aparentemente fieles y resueltos; ni siquiera parecen asustarles los témpanos de hielo que continuamente pasan a nuestro lado flotando y que nos advierten de los peligros de la región en la que nos internamos. Ya hemos alcanzado una latitud elevadísima, pero estamos en pleno verano y aunque no hace tanto calor como en Inglaterra, los vientos del sur, que nos empujan velozmente hacia esas costas que tan ardientemente deseo encontrar, soplan con una reconfortante calidez que no esperaba.

Hasta este momento no nos han ocurrido incidentes que merezcan apuntarse en una carta. Quizá uno o dos temporales fuertes, y la rotura de un mástil, pero son accidentes que los marinos experimentados ni siquiera se acuerdan de anotar; y me daré por satisfecho si no nos ocurre nada peor durante nuestro viaje.

Adiós, mi querida Margaret. Puedes estar segura de que, tanto por mí como por ti, no me enfrentaré al peligro innecesariamente. Seré sensato, perseverante y prudente.

Da recuerdos de mi parte a todos mis amigos en Inglaterra.

Con todo mi cariño,

R.W.

# CARTA IV

A la señora SAVILLE, Inglaterra.

Día **5** de agosto de **17****

Nos ha ocurrido un suceso tan extraño que no puedo evitar anotarlo, aunque es muy probable que nos encontremos antes de que estas cuartillas de papel lleguen a ti.

El pasado lunes (el día **31** de julio) estábamos prácticamente cercados por el hielo, que rodeaba al barco por todos lados, y apenas había espacio libre en el mar para mantenerlo a flote. Nuestra situación era un tanto peligrosa, especialmente porque una niebla muy densa nos envolvía. Así que decidimos arriar velas y detenernos, a la espera de que tuviera lugar algún cambio en la atmósfera y en el tiempo.

Alrededor de las dos levantó la niebla y comprobamos que había, extendiéndose en todas direcciones, vastas e irregulares llanuras de hielo que parecían no tener fin. Algunos de mis camaradas dejaron escapar un lamento y yo mismo comencé a preocuparme y a inquietarme, cuando de repente una extraña figura atrajo nuestra atención y consiguió distraernos de la preocupación que sentíamos por nuestra propia situación. Divisamos un carruaje bajo, amarrado sobre un trineo y tirado por perros, que se dirigía hacia el norte, a una distancia de media milla de nosotros; un ser que tenía toda la apariencia de un hombre, pero al parecer con una altura gigantesca, iba sentado en el trineo y guiaba los perros. Vimos el rápido avance del viajero con nuestros catalejos hasta que se perdió entre las lejanas quebradas del hielo.

Aquella aparición provocó en nosotros un indecible asombro. Creíamos que estábamos a cien millas de tierra firme, pero aquel suceso parecía sugerir que en realidad no nos encontrábamos tan lejos como suponíamos. En cualquier caso, atrapados como estábamos por el hielo, era imposible seguirle las huellas a aquella figura que con tanta atención habíamos observado.

Aproximadamente dos horas después de aquel suceso supimos que había mar de fondo y antes de que cayera la noche, el hielo se rompió y liberó nuestro barco. De todos modos, permanecimos al pairo hasta la mañana, porque temíamos estrellarnos en la oscuridad con aquellas gigantescas masas de hielo a la deriva que flotan en el agua después de que se quiebra el hielo. Aproveché ese tiempo para descansar unas horas.

Finalmente, por la mañana, tan pronto como hubo luz, subí a cubierta y me encontré con que toda la tripulación se había arremolinado en un extremo del barco, hablando al parecer con alguien que estaba sobre el hielo. Efectivamente, sobre un gran témpano de hielo había un trineo, como el otro que habíamos visto antes, que se había acercado a nosotros durante la noche. Solo quedaba un perro vivo, pero había un ser humano allí también y los marineros estaban intentando convencerle de que subiera al barco. Este no era, como parecía ser el otro, un habitante salvaje de alguna isla ignota, sino un europeo. Cuando me presenté en cubierta, mi oficial dijo: «Aquí está nuestro capitán, y no permitirá que usted muera en mar abierto.»

Al verme, aquel extraño se dirigió a mí en inglés, aunque con un acento extranjero. «Antes de que suba al barco», dijo, «¿tendría usted la amabilidad de decirme hacia dónde se dirige?».

Puedes imaginarte mi asombro al escuchar que se me hacía una pregunta semejante y por parte de un hombre que estaba a punto de morir, y para el cual yo había supuesto que mi barco sería un bien tan preciado que no lo habría cambiado por el tesoro más grande del mundo. De todos modos, contesté que formábamos parte de una expedición hacia el Polo Norte.

Tras oír mi respuesta pareció tranquilizarse y consintió subir a bordo. ¡Dios mío, Margaret...! Si hubieras visto al hombre que aceptó salvarse de aquel modo tan extraño, tu espanto no habría tenido límites. Tenía los miembros casi congelados y todo su cuerpo estaba espantosamente demacrado por el agotamiento y el dolor. Nunca había visto a un hombre en un estado tan deplorable. Intentamos llevarlo al camarote, pero en cuanto se le privó del aire puro, se desmayó. Decidimos entonces volverlo a subir a cubierta y reanimarlo masajeándolo con brandy, y obligándolo a beber una pequeña cantidad. En cuando comenzó a mostrar señales de vida, lo envolvimos en mantas y lo colocamos cerca de los fogones de la cocina. Muy poco a poco se fue recuperando, y tomó un poco de caldo, que le sentó maravillosamente.

Así transcurrieron dos días, antes de que le fuera posible hablar; en ocasiones temía que sus sufrimientos le hubieran mermado las facultades mentales. Cuando se hubo recobrado, al menos en alguna medida, lo hice trasladar a mi propio camarote y me ocupé de él todo lo que me permitían mis obligaciones. Nunca había conocido a una persona tan interesante: sus ojos muestran generalmente una expresión airada, casi enloquecida; pero hay otros momentos en los que, si alguien se muestra amable con él o le atiende con cualquier mínimo detalle, su gesto se ilumina, como si dijéramos, con un rayo de bondad y dulzura como no he visto jamás. Pero generalmente se muestra melancólico y desesperado, y a veces le rechinan los dientes, como si no pudiera soportar el peso de las desgracias que lo afligen.

Cuando mi invitado se recuperó un tanto, me costó muchísimo mantenerlo alejado de los hombres de la tripulación, que deseaban hacerle mil preguntas; pero no permití que lo incomodaran con su curiosidad desocupada, puesto que la recuperación de su cuerpo y mente dependían evidentemente de un reposo absoluto. De todos modos, en una ocasión mi lugarteniente le preguntó por qué se había adentrado tanto en los hielos con aquel trineo tan extraño.

Su rostro inmediatamente mostró un gesto de profundo dolor, y contestó: «Busco a alguien que huye de mí.»

«¿Y el hombre al que persigue viaja también del mismo modo?»

«Sí.»

«Entonces... creo que lo hemos visto, porque el día anterior a rescatarle a usted vimos a unos perros tirando de un trineo, e iba un hombre en él, por el hielo.»

Esto llamó la atención del viajero desconocido, e hizo muchas preguntas respecto a la ruta que había seguido aquel demonio (así lo llamó). Poco después, cuando ya estábamos los dos solos, me dijo: «Seguramente he despertado su curiosidad, como la de esa buena gente, pero es usted demasiado considerado como para hacerme preguntas.»

«Está usted en lo cierto. De todos modos, sería una impertinencia y una desconsideración por mi parte molestarle con cualquier curiosidad.»

«Sin embargo... me ha salvado usted de una situación difícil y peligrosa; ha sido usted muy caritativo al devolverme a la vida.»

Poco después me preguntó si yo creía que el hielo, al resquebrajarse, podría haber acabado con el otro trineo. Le contesté que no podía responder con certeza alguna, porque el hielo no se había quebrado hasta cerca de medianoche y el otro viajero podría haber alcanzado un lugar seguro antes, pero eso tampoco podría afirmarlo con certeza.

A partir de ese momento, el desconocido pareció muy deseoso de subir a cubierta para intentar avistar el trineo que le había precedido; pero lo he convencido de que se quede en el camarote, porque aún se encuentra demasiado débil para soportar el aire cortante. Pero le he prometido que alguno de mis hombres estará vigilando por él y que le dará cumplida noticia si se observa alguna cosa rara ahí fuera.

Esto es lo que puedo decir hasta el día de hoy respecto a este extraño incidente. El desconocido ha ido mejorando poco a poco, pero permanece muy callado, y parece inquieto y nervioso cuando en el camarote entra cualquiera que no sea yo. Sin embargo, sus modales son tan amables y educados que todos los marineros se preocupan por él, aunque han hablado muy poco con él. Por mi parte, comienzo a apreciarlo como a un hermano, y su constante y profundo dolor provoca en mí un sentimiento de comprensión y compasión. Debe de haber sido un ser maravilloso en otros tiempos, puesto que incluso ahora, en la derrota, resulta tan atractivo y encantador.

En una de mis cartas, mi querida Margaret, te dije que no encontraría a ningún amigo en este vasto océano; sin embargo, he encontrado a un hombre al que, antes de que su espíritu se hubiera quebrado por el dolor, yo habría estado encantado de considerar como a un hermano del alma.

Seguiré escribiendo mi diario respecto a este desconocido cuando me sea posible, si es que se producen acontecimientos novedosos que merezcan relatarse.

Día **13** de agosto de **17****

El aprecio que siento por mi invitado aumenta cada día. Este hombre despierta a un tiempo mi admiración y mi piedad hasta extremos asombrosos. ¿Cómo puedo ver a un ser tan noble destrozado por la desdicha sin sentir una tremenda punzada de dolor? Es tan amable y tan inteligente... y es muy culto, y cuando habla, aunque escoge sus palabras con elegante cuidado, estas fluyen con una facilidad y una elocuencia sin igual.

Ahora ya se encuentra muy restablecido de su enfermedad y está continuamente en cubierta, al parecer buscando el trineo que iba delante de él. Sin embargo, aunque parece infeliz, ya no está tan espantosamente sumido en su propio dolor, sino que se interesa también mucho por los asuntos de los demás. Me ha hecho muchas preguntas sobre mis propósitos y le he contado mi pequeña historia con franqueza. Parecía alegrarse de la confianza que le demostré y me sugirió algunas modificaciones en mi plan que me parecieron extremadamente útiles. No hay pedantería en su conducta, sino que todo lo que hace parece nacer exclusivamente del interés que instintivamente siente por el bienestar de aquellos que lo rodean. A menudo parece abatido por la pena y entonces se sienta solo e intenta vencer todo aquello que hay de hosco y asocial en su talante. Estos paroxismos pasan sobre él como una nube delante del sol, aunque su abatimiento nunca le abandona. He intentado ganarme su confianza, y espero haberlo conseguido. Un día le mencioné el deseo que siempre había sentido de contar con un buen amigo que me comprendiera y me ayudara con sus consejos. Le dije que yo no era ese tipo de hombres que se ofenden por los consejos ajenos. «Todo lo que sé lo he aprendido solo, y quizá no confío suficientemente en mis propias fuerzas. Así que me gustaría que ese compañero fuera más sabio y tuviera más experiencia que yo, para que me aportara confianza y me apoyara. No creo que sea imposible encontrar un verdadero amigo.»

«Estoy de acuerdo con usted», contestó el desconocido, «en considerar que la amistad no es solo deseable, sino un bien posible. Yo tuve antaño un amigo, el mejor de todos los seres humanos, así que creo que estoy capacitado para juzgar la amistad. Usted espera conseguirla, y tiene el mundo ante usted, así que no hay razón para desesperar. Pero yo... yo lo he perdido todo, y ya no puedo empezar mi vida de nuevo».

Cuando dijo eso, su rostro adoptó un expresivo gesto de serenidad y dolor que me llegó al corazón. Pero él permaneció en silencio y después se retiró a su camarote.

Aunque tiene el alma destrozada, nadie aprecia más que él las bellezas de la naturaleza. El cielo estrellado, el mar y todos los paisajes que nos proporcionan estas maravillosas regiones parecen tener aún el poder de elevar su alma. Un hombre como él tiene una doble existencia: puede sufrir todas las desgracias y caer abatido por todos los desengaños; sin embargo, cuando se encierre en sí mismo, será como un espíritu celestial, que tiene un halo en torno a sí, cuyo cerco no puede atravesar ni la angustia ni la locura.

¿Te burlas por el entusiasmo que muestro respecto a este extraordinario vagabundo? Si es así, debes de haber perdido esa inocencia que fue antaño tu encanto característico. Sin embargo, si quieres, puedes sonreír ante la emoción de mis palabras, mientras yo encuentro cada día nuevas razones para repetirlas.

Día **19** de agosto de **17****

Ayer el desconocido me dijo: «Naturalmente, capitán Walton, se habrá dado cuenta de que he sufrido grandes e insólitas desventuras. En cierta ocasión pensé que el recuerdo de esas desgracias moriría conmigo, pero usted ha conseguido que cambie de opinión. Usted busca conocimiento y sabiduría, como lo busqué yo; y espero de todo corazón que el fruto de sus deseos no sea una víbora que le muerda, como lo fue para mí. No sé si el relato de mis desgracias le resultará útil; sin embargo, si así lo quiere, escuche mi historia. Creo que los extraños sucesos que tienen relación con mi vida pueden proporcionarle una visión de la naturaleza humana que tal vez pueda ampliar sus facultades y su comprensión del mundo. Sabrá usted de poderes y acontecimientos de tal magnitud que siempre los creyó imposibles: pero no tengo ninguna duda de que mi historia aportará por sí misma las pruebas de que son verdad los sucesos de que se compone.»

Evidentemente, podrás imaginar que me sentí muy halagado por esa demostración de confianza; sin embargo, apenas podía soportar que tuviera que sufrir de nuevo el dolor de contarme sus desgracias. Estaba deseoso de oír el relato prometido, en parte por curiosidad, y en parte por el vivo deseo de intentar cambiar su destino, si es que semejante cosa estaba en mi mano. Expresé estos sentimientos en mi respuesta.

«Gracias por su comprensión», contestó, «pero es inútil; mi destino casi está cumplido. No espero más que una cosa, y luego podré descansar en paz. Comprendo sus sentimientos», añadió, viendo que yo tenía intención de interrumpirle, «pero está usted muy equivocado, amigo mío, si me permite que le llame así. Nada puede cambiar mi destino: escuche mi historia, y entenderá usted por qué está irrevocablemente decidido».

Luego me dijo que comenzaría a contarme su historia al día siguiente, cuando yo dispusiera de algún tiempo. Esta promesa me arrancó los más calurosos agradecimientos. He decidido que todas las noches, cuando no esté demasiado ocupado, escribiré lo que me cuente durante el día, con tanta fidelidad como me sea posible y con sus propias palabras. Y si tuviera muchos compromisos, al menos tomaré notas. El manuscrito sin duda te proporcionará un gran placer: pero yo, que lo conozco, y que escucharé la historia de sus propios labios, ¡con cuánto interés y con cuánto cariño lo leeré algún día, en el futuro...!

# CAPÍTULO 1

Soy ginebrino por nacimiento; y mi familia es una de las más distinguidas de esa república. Durante muchos años mis antepasados han sido consejeros y magistrados, y mi padre había ocupado varios cargos públicos con honor y buena reputación. Todos los que lo conocían lo respetaban por su integridad y por su infatigable dedicación a los asuntos públicos. Dedicó su juventud a los aconteceres de su país y solo cuando su vida comenzó a declinar pensó en el matrimonio y en ofrecer a su patria hijos que pudieran perpetuar sus virtudes y su nombre en el futuro.

Como las circunstancias especiales de su matrimonio ilustran bien cuál era su carácter, no puedo evitar referirme a ellas. Uno de sus amigos más íntimos era un comerciante que, debido a numerosas desgracias, desde una posición floreciente cayó en la pobreza. Este hombre, cuyo nombre era Beaufort, tenía un carácter orgulloso y altivo, y no podía soportar vivir en la pobreza y en el olvido en el mismo país en el que antiguamente se había distinguido por su riqueza y su magnificencia. Así pues, habiendo pagado sus deudas, del modo más honroso que pudo, se retiró con su hija a la ciudad de Lucerna, donde vivió en el anonimato y en la miseria. Mi padre quería mucho a Beaufort, con una verdadera amistad, y lamentó mucho su retiro en circunstancias tan desgraciadas. También sentía mucho la pérdida de su compañía, y decidió ir a buscarlo e intentar persuadirlo de que comenzara de nuevo con su crédito y su ayuda.

Beaufort había tomado medidas muy eficaces para esconderse y transcurrieron diez meses antes de que mi padre descubriera su morada. Entusiasmado por el descubrimiento, se dirigió inmediatamente a la casa, que estaba situada en una calle principal, cerca del Reuss. Pero cuando entró, solo la miseria y la desesperación le dieron la bienvenida. Beaufort apenas había conseguido salvar una suma de dinero muy pequeña del naufragio de su fortuna, pero era suficiente para proporcionarle sustento durante algunos meses; y, mientras tanto, esperaba encontrar algún empleo respetable en casa de algún comerciante. Pero durante ese período de tiempo no hizo nada; y con más tiempo para pensar, solo consiguió que su tristeza se hiciera más profunda y más dolorosa, y al final se apoderó de tal modo de su mente que tres meses después yacía enfermo en una cama, incapaz de moverse.

Su hija lo atendía con todo el cariño, pero veía con desesperación cómo sus pequeños ahorros desaparecían rápidamente y no había ninguna otra perspectiva para ganarse el sustento. Pero Caroline Beaufort poseía una inteligencia poco común y su valentía consiguió sostenerla en la adversidad. Se buscó un trabajo humilde: hacía objetos de mimbre, y por otros medios pudo ganar un dinero que apenas era suficiente para poder comer.

Transcurrieron varios meses así. Su padre se puso peor; la mayor parte de su tiempo la empleaba Caroline en atenderlo; sus medios de subsistencia menguaban constantemente. A los diez meses, su padre murió entre sus brazos, dejándola huérfana y desamparada. Este último golpe la abatió completamente y cuando mi padre entró en aquella habitación, ella estaba arrodillada ante el ataúd de Beaufort, llorando amargamente. Se presentó allí como un ángel protector para la pobre muchacha, que se encomendó a su cuidado, y después del entierro de su amigo, mi padre la llevó a Ginebra y la puso bajo la protección de un conocido. Dos años después de esos acontecimientos, la convirtió en su esposa.

Cuando mi padre se convirtió en esposo y padre, descubrió que los deberes de su nueva situación le ocupaban tanto tiempo que tuvo que abandonar muchos de sus trabajos públicos y dedicarse a la educación de sus hijos. Yo era el mayor y estaba destinado a ser el sucesor en todos sus trabajos y obligaciones. Nadie en el mundo habrá tenido padres más cariñosos que los míos. Mi bienestar y mi salud fueron sus únicas preocupaciones, especialmente porque durante muchos años yo fui su único hijo. Pero antes de continuar con mi historia, debo contar un incidente que tuvo lugar cuando tenía cuatro años de edad.

Mi padre tenía una hermana que lo adoraba y que se había casado muy joven con un caballero italiano. Poco después de su matrimonio, ella había acompañado a su marido a su país natal y durante algunos años mi padre no tuvo apenas contacto con ella. Por esas fechas, ella murió, y pocos meses después mi padre recibió una carta de su cuñado, que le comunicaba su intención de casarse con una dama italiana y le pedía a mi padre que se hiciera cargo de la pequeña Elizabeth, la única hija de su hermana fallecida. «Es mi deseo que la consideres como si fuera tu propia hija», decía en la carta, «y que la eduques en consecuencia. La fortuna de su madre quedará a su disposición, y te remitiré los documentos para que tú mismo los custodies. Te ruego que reflexiones mi propuesta y decidas si prefieres educar a tu sobrina tú mismo o encomendar esa tarea a una madrastra».

Mi padre no lo dudó e inmediatamente viajó a Italia para acompañar a la pequeña Elizabeth a su futuro hogar. Muy a menudo oí decir a mi madre que, en aquel entonces, era la niña más bonita que había visto jamás y que incluso entonces ya mostraba signos de poseer un carácter amable y cariñoso. Estos detalles y su deseo de afianzar tanto como fuera posible los lazos del amor familiar determinaron que mi madre considerara a Elizabeth como mi futura esposa, y nunca encontró razones que le impidieran sostener semejante plan.

Desde aquel momento, Elizabeth Lavenza se convirtió en mi compañera de juegos y, cuando crecimos, en mi amiga. Era tranquila y de buen carácter, pero divertida y juguetona como un bichito veraniego. Aunque era despierta y alegre, sus sentimientos eran intensos y profundos, y muy cariñosa. Disfrutaba de la libertad más que nadie, pero tampoco nadie era capaz de obedecer con tanto encanto a las órdenes o a los gustos de otros. Era muy imaginativa, sin embargo su capacidad para aplicarse en el estudio era notable. Elizabeth era la imagen de su espíritu: sus ojos de color avellana, aunque tan vivos como los de un pajarillo, poseían una atractiva dulzura. Su figura era ligera y airosa; y, aunque era capaz de soportar el cansancio y la fatiga, parecía la criatura más frágil del mundo. Aunque yo admiraba su inteligencia y su imaginación, me encantaba ocuparme de ella, como lo haría de mi animal favorito; nunca vi tantos encantos en una persona y en una inteligencia, unidos a tanta humildad.

Todo el mundo adoraba a Elizabeth. Si los criados tenían alguna petición que hacer, siempre buscaban su intercesión. No había entre nosotros ninguna clase de peleas o enfados. Porque, aunque nuestros caracteres eran muy distintos, incluso había armonía en esa diferencia. Yo era más calmado y filosófico que mi compañera. Sin embargo, no era tan dócil y sumiso. Era capaz de estar concentrado en el estudio más tiempo, pero no era tan constante como ella. Me encantaba investigar lo que ocurría en el mundo... ella prefería ocuparse en perseguir las etéreas creaciones de los poetas. El mundo era para mí un secreto que deseaba desvelar... para ella era un espacio que deseaba poblar con sus propias imaginaciones.

Mis hermanos eran considerablemente más jóvenes que yo, pero yo contaba con un amigo, entre mis compañeros de escuela, que compensaba esa deficiencia. Henry Clerval era hijo de un comerciante de Ginebra, un amigo íntimo de mi padre. Era un muchacho de un talento y una imaginación singulares. Recuerdo que cuando solo tenía nueve años escribió un cuento de hadas que fue la delicia y el asombro de todos sus compañeros. Su estudio favorito consistía en los libros de caballería y las novelas; y cuando era muy joven, puedo recordar que solíamos representar obras de teatro que componía él mismo a partir de aquellos libros, siendo los principales personajes de las mismas Orlando, Robín Hood, Amadís y San Jorge. No creo que hubiera un joven más feliz que yo. Mis padres eran indulgentes y mis compañeros, encantadores. Nunca se nos obligó a estudiar y, por alguna razón, siempre teníamos algún objetivo a la vista que nos empujaba a aplicarnos con fruición para obtener lo que pretendíamos. Era mediante este método, y no por la emulación, por lo que estudiábamos. A Elizabeth no se le dijo que se aplicara especialmente en el dibujo, para que sus compañeras no la dejaran atrás, pero el deseo de agradar a su tía la empujaba a representar algunas escenas que le gustaban. Aprendimos latín e inglés, así que podíamos leer textos en esas lenguas. Y, lejos de que el estudio nos pudiera resultar odioso por los castigos, nos encantaba aplicarnos a ello, y nuestros entretenimientos eran lo que otros niños consideraban deberes. Quizá no leímos tantos libros ni aprendimos idiomas con tanta rapidez como aquellos que siguen una disciplina concreta con un método preciso, pero lo que aprendimos se imprimió más profundamente en nuestra memoria. En la descripción de nuestro círculo familiar he incluido a Henry Clerval porque siempre estaba con nosotros. Iba a la escuela conmigo y generalmente pasaba la tarde en nuestra casa; como era hijo único y no tenía con quién entretenerse en casa, su padre estaba encantado de que encontrara amigos en la nuestra; y, en realidad, nunca éramos del todo felices si Clerval no estaba con nosotros.

# CAPÍTULO 2

Los acontecimientos que influyen decisivamente en nuestros destinos a menudo tienen su origen en sucesos triviales. La filosofía natural es el genio que ha ordenado mi destino. Así pues, en este resumen de mis primeros años, deseo explicar aquellos hechos que me condujeron a sentir una especial predilección por la ciencia. Cuando tenía once años, fuimos todos de excursión a los baños que hay cerca de Thonon. Las inclemencias del tiempo nos obligaron a quedarnos todo un día encerrados en la posada. En aquella casa, por casualidad, encontré un volumen con las obras de Cornelio Agrippa. Lo abrí sin mucho interés; la teoría que intentaba demostrar y los maravillosos hechos que relataba pronto cambiaron aquella apatía en entusiasmo. Una nueva luz se derramó sobre mi entendimiento; y, dando saltos de alegría, comuniqué aquel descubrimiento a mi padre. No puedo dejar de señalar aquí cuántas veces los maestros tienen ocasión de dirigir los gustos de sus alumnos hacia conocimientos útiles y cuántas veces lo desaprovechan inconscientemente. Mi padre observó sin mucho interés la cubierta del libro y dijo:

—¡Ah... Cornelio Agrippa! Mi querido Víctor, no pierdas el tiempo en estas cosas; no son más que tonterías inútiles.

Si en vez de esta advertencia, o incluso esa exclamación, mi padre se hubiera tomado la molestia de explicarme que las teorías de Agrippa ya habían quedado completamente refutadas y que se había instaurado un sistema científico moderno que tenía mucha más relevancia que el antiguo, porque el del antiguo era pretencioso y quimérico, mientras que las intenciones del moderno eran reales y prácticas... en esas circunstancias, con toda seguridad habría desechado el Agrippa y, teniendo la imaginación ya tan excitada, probablemente me habría aplicado a una teoría más racional de la química que ha dado como resultado los descubrimientos modernos. Es posible incluso que mis ideas nunca hubieran recibido el impulso fatal que me condujo a la ruina. Pero aquella mirada displicente que mi padre había lanzado al libro en ningún caso me aseguraba que supiera siquiera de qué trataba, así que continué leyendo aquel volumen con la mayor avidez.

Cuando regresé a casa, mi primera ocupación fue procurarme todas las obras de ese autor y, después, las de Paracelso y las de Alberto Magno. Leí y estudié con deleite las locas fantasías de esos autores; me parecían tesoros que conocían muy pocos aparte de mí; y aunque a menudo deseé comunicar a mi padre aquellos conocimientos secretos, sin embargo, su firme desaprobación de Agrippa, mi autor favorito, siempre me retuvo. De todos modos, le descubrí mi secreto a Elizabeth, bajo la estricta promesa de guardar secreto, pero no pareció muy interesada en la materia, así que continué mis estudios solo.

Puede resultar un poco extraño que en el siglo XVIII apareciera un discípulo de

Alberto Magno; pero yo no pertenecía a una familia de científicos ni había asistido a ninguna clase en Ginebra. Así pues, la realidad no enturbiaba mis sueños y me entregué con toda la pasión a la búsqueda de la piedra filosofal y el elixir de la vida. Y esto último acaparaba toda mi atención; la riqueza era para mí un asunto menor, ¡pero qué fama alcanzaría mi descubrimiento si yo pudiera eliminar la enfermedad de la condición humana y conseguir que el hombre fuera invulnerable a cualquier cosa excepto a una muerte violenta!

Esas no eran mis únicas ensoñaciones; invocar la aparición de fantasmas y demonios era una sugerencia constante de mis escritores favoritos, y yo ansiaba poder hacerlo inmediatamente; y si mis encantamientos nunca resultaban exitosos, yo atribuía los fracasos más a mi inexperiencia y a mis errores que a la falta de inteligencia o a la incompetencia de mis maestros.

Los fenómenos naturales que tienen lugar todos los días delante de nuestros ojos no me pasaban desapercibidos. La destilación, de la cual mis autores favoritos eran absolutamente ignorantes, me causaba asombro, pero con lo que me quedé maravillado fue con algunos experimentos con una bomba de aire que llevaba a cabo un caballero al que solíamos visitar.

La ignorancia de mis filósofos en estas y muchas otras disciplinas sirvieron para desacreditarlos a mis ojos... pero no podía apartarlos a un lado definitivamente antes de que algún otro sistema ocupara su lugar en mi mente.

Cuando tenía alrededor de catorce años, estábamos en nuestra casa cerca de Belrive y fuimos testigos de una violenta y terrible tormenta. Había bajado desde el Jura y los truenos estallaban unos tras otros con un aterrador estruendo en los cuatro puntos cardinales del cielo. Mientras duró la tormenta, yo permanecí observando su desarrollo con curiosidad y asombro. Cuando estaba allí, en la puerta, de repente, observé un rayo de fuego que se levantaba desde un viejo y precioso roble que se encontraba a unas veinte yardas de nuestra casa; y en cuanto aquella luz resplandeciente se desvaneció, pude ver que el roble había desaparecido, y no quedaba nada allí, salvo un tocón abrasado. A la mañana siguiente, cuando fuimos a verlo, nos encontramos el árbol increíblemente carbonizado; no se había rajado por el impacto, sino que había quedado reducido por completo a astillas de madera. Nunca vi una cosa tan destrozada. La catástrofe del árbol me dejó absolutamente asombrado.

Entre otras cuestiones sugeridas por el mundo natural, profundamente interesado, le pregunté a mi padre por la naturaleza y el origen de los truenos y los rayos. Me dijo que era «electricidad», y me explicó también los efectos de aquella fuerza. Construyó una pequeña máquina eléctrica, e hizo algunos pequeños experimentos y preparó una cometa con una cuerda y un cable que podía extraer aquel fluido desde las nubes.

Este último golpe acabó de derribar a Cornelio Agrippa, a Alberto Magno y a Paracelso, que durante tanto tiempo habían sido reyes y señores de mi imaginación. Pero, por alguna fatalidad, no me sentí inclinado a estudiar ningún sistema moderno y este desinterés tenía su razón de ser en la siguiente circunstancia.

Mi padre expresó su deseo de que yo asistiera a un curso sobre filosofía natural, a lo cual accedí encantado. Hubo algún inconveniente que impidió que yo asistiera a aquellas lecciones hasta que el curso casi hubo concluido. La clase a la que acudí, aunque casi era la última del curso, me resultó absolutamente incomprensible. El profesor hablaba con gran convicción del potasio y el boro, los sulfatos y los óxidos, unos términos a los que yo no podía asociar idea alguna: me desagradó profundamente una ciencia que, a mi entender, solo consistía en palabras.

Desde aquel momento hasta que fui a la universidad, abandoné por completo mis antaño apasionados estudios de ciencia y filosofía natural, aunque aún leía con deleite a Plinio y a Buffon, autores que en mi opinión eran casi iguales en interés y utilidad.

En aquella época mi principal interés eran las matemáticas y la mayoría de las ramas de estudio que se relacionan con esa disciplina. También estaba muy ocupado en el aprendizaje de idiomas; ya conocía un poco el latín, y comencé a leer sin ayuda del lexicón a los autores griegos más sencillos. También sabía inglés y alemán perfectamente. Y ese era el listado de mis conocimientos a la edad de diecisiete años; y se podrá usted imaginar que empleaba todo mi tiempo en adquirir y conservar los conocimientos de aquellas diferentes materias.

Otra tarea recayó sobre mí cuando me convertí en maestro de mis hermanos. Ernest era cinco años más joven que yo y era mi principal alumno. Desde que era muy pequeño había tenido una salud delicada, razón por la cual Elizabeth y yo habíamos sido sus enfermeros habituales. Tenía un carácter muy dulce, pero era incapaz de concentrarse en ningún trabajo serio. William, el más joven de la familia, era aún muy niño y la criatura más bonita del mundo; sus alegres ojos azules, los hoyuelos de sus mejillas y sus gestos zalameros inspiraban el cariño más tierno. Así era nuestra vida familiar, de la cual permanecían siempre alejados las preocupaciones y el dolor. Mi padre dirigía nuestros estudios y mi madre formaba parte de nuestros juegos. Ninguno de nosotros gozaba de predilección alguna sobre los demás, y nunca se escucharon en casa órdenes autoritarias, pero nuestro cariño mutuo nos empujaba a obedecer y a satisfacer hasta el más mínimo deseo de los demás.

## CAPÍTULO 3

Cuando alcancé la edad de diecisiete años, mis padres decidieron que debería ir a estudiar a la Universidad de Ingolstadt. Hasta entonces yo había asistido a los colegios de Ginebra, pero mi padre creyó necesario, para completar mi educación, que debería conocer otras costumbres y no solo las de mi país natal. Así pues, mi partida se fijó para una fecha cercana. Pero antes de que llegara el día acordado, sucedió la primera desgracia de mi vida: un presagio, podría decirse, de mis futuras desdichas.

Elizabeth había cogido la escarlatina, pero la dolencia no fue grave y se recuperó rápidamente. Durante la cuarentena a mi madre le habían dado numerosas razones para persuadirla de que no se ocupara de cuidarla. Y había accedido a nuestros ruegos, pero cuando supo que su niña del alma se estaba recuperando, no pudo seguir privándose de su compañía y entró en la habitación de la enferma mucho antes de que el peligro de la infección hubiera pasado. Las consecuencias de esta imprudencia fueron fatales: tres días después, mi madre enfermó. Las fiebres eran malignas y el gesto de quienes la atendían pronosticaba lo peor. En su lecho de muerte, la fortaleza y la bondad de aquella admirable mujer no la abandonaron. Juntó las manos de Elizabeth y las mías.

—Hijos míos —dijo—, había depositado todas mis esperanzas en vuestra unión. Ahora esa unión será el consuelo de vuestro padre. Elizabeth, mi amor, ocupa mi lugar y cuida de tus primos pequeños. ¡Cuánto lo siento...! ¡Cuánto siento tener que abandonaros...! He sido tan feliz y tan amada, ¿cómo no me va a ser difícil separarme de vosotros? Pero esas ideas no deberían preocuparme ahora; tendré que intentar resignarme con una sonrisa a la muerte y abrigaré la esperanza de encontraros en el otro mundo.

Murió tranquila, y sus rasgos expresaban cariño incluso en la muerte. No será necesario describir los sentimientos de aquellos cuyos amados lazos quedan rotos por ese irreparable mal, el vacío que deja en las almas y la desesperación que se muestra en la mirada. Transcurre mucho tiempo antes de que la mente humana pueda convencerse de que la persona a quien se ve todos los días, y cuya simple existencia parece parte de la nuestra, se ha ido para siempre; pasa mucho tiempo antes de que podamos convencernos de que la mirada brillante de un ser amado se ha apagado para siempre y de que el sonido de una voz familiar y querida se ha acallado definitivamente, y nunca más volverá a escucharse. Estas son las reflexiones de los primeros días. Pero cuando el paso del tiempo demuestra que la desgracia es una realidad, entonces comienza la amargura y el dolor. Sin embargo, ¿a quién no ha arrebatado esa cruel mano algún ser querido? ¿Y por qué debería describir yo una pena que todos han sentido y deben sentir? Al final llega el día en el que el dolor es más bien una complacencia que una necesidad, y la sonrisa que juega en los labios, aunque parezca un maldito sacrilegio, ya no se oculta. Mi madre había muerto, pero nosotros aún teníamos obligaciones que cumplir; debíamos seguir con nuestra vida y aprender a sentirnos afortunados mientras quedara uno de nosotros a quien la muerte no hubiera arrebatado.

Mi viaje a Ingolstadt, que había sido aplazado por esos acontecimientos, se volvió a plantear nuevamente. Conseguí que mi padre me diera un plazo de algunas semanas antes de partir. Ese tiempo transcurrió tristemente. La muerte de mi madre y mi inmediata partida nos deprimían, pero Elizabeth se esforzaba en devolver el espíritu de la alegría a nuestro pequeño círculo. Desde la muerte de su tía, su carácter había adquirido nueva firmeza y vigor. Decidió cumplir con sus deberes con la máxima precisión, y sintió que había recaído sobre ella el imperioso deber de dedicarse por entero a la felicidad de su tío y sus primos. Ella me consolaba, entretenía a su tío, educaba a mis hermanos; y nunca la vi tan encantadora como en aquel tiempo, cuando estaba constantemente intentando contribuir a la felicidad de los demás, olvidándose por completo de sí misma.

El día de mi partida finalmente llegó. Yo ya me había despedido de todos mis amigos, excepto de Clerval, que pasó con nosotros aquella última tarde. Lamentó amargamente que le fuera imposible acompañarme. Pero no había modo de convencer a su padre para que se separara de su hijo, porque pretendía que se convirtiera en socio de sus negocios y aplicaba su teoría favorita, según la cual los estudios eran un asunto superfluo a la hora de desenvolverse en la vida diaria. Henry tenía un espíritu delicado, no tenía ningún deseo de permanecer ocioso y en el fondo estaba encantado de convertirse en socio de su padre, pero creía que un hombre podía ser un perfecto comerciante y, sin embargo, poseer una apreciable cultura.

Estuvimos reunidos hasta muy tarde, escuchando sus lamentos y haciendo muchos y pequeños planes para el futuro. A la mañana siguiente, muy temprano, partí. Las lágrimas anegaron la mirada de Elizabeth; se derramaban en parte por la pena ante mi despedida y en parte porque pensaba que aquel mismo viaje debía haber tenido lugar tres meses antes, con la bendición de una madre.

Me derrumbé en la diligencia que debía llevarme y me sumí en las reflexiones más melancólicas. Yo, que siempre había estado rodeado por los mejores compañeros, continuamente comprometidos en intentar hacernos felices unos a otros... Ahora estaba solo. Debería buscarme mis propios amigos en la universidad a la que iba a acudir, y cuidar de mí mismo. Hasta ese momento, mi vida había transcurrido en un ambiente protegido y familiar, y esto había generado en mí una invencible desconfianza hacia los desconocidos. Amaba a mis hermanos, a Elizabeth y a Clerval: esos eran mis «viejos rostros conocidos», y me creía absolutamente incapaz de soportar la compañía de extraños. Tales eran mis pensamientos cuando comencé el viaje. Pero a medida que avanzaba, fui animándome y mis esperanzas resurgieron. Deseaba ardientemente adquirir más conocimientos. Cuando estaba en casa, a menudo pensaba que sería muy duro permanecer toda mi juventud encerrado en un solo lugar e incluso había deseado conocer mundo y buscarme un lugar en la sociedad entre otros seres humanos. Ahora mis deseos se habían visto satisfechos y, en realidad, habría sido absurdo lamentarlo.

Tuve tiempo suficiente para estas y muchas otras reflexiones durante el viaje a Ingolstadt, que resultó largo y aburrido. Las agujas de la ciudad por fin se ofrecieron a mi vista. Descendí del carruaje y me condujeron a mi solitario apartamento para que empleara la tarde en lo que quisiera.

# CAPÍTULO 4

A la mañana siguiente entregué mis cartas de presentación y me personé ante algunos de los profesores principales y, entre otros, ante el señor Krempe, profesor de Filosofía Natural. Me recibió con afabilidad y me hizo algunas preguntas referidas a mis conocimientos en las diferentes ramas científicas relacionadas con la filosofía natural. Con miedo y tembloroso, es cierto, cité a los únicos autores que había leído sobre esas materias. El profesor me miró asombrado.

—¿De verdad ha perdido el tiempo estudiando esas necedades? —me dijo.

Contesté afirmativamente.

—Cada minuto, cada instante que ha desperdiciado usted en esos libros ha sido tiempo perdido, completa y absolutamente —añadió el señor Krempe con enojo—. Tiene usted el cerebro atestado de sistemas caducos y nombres inútiles. ¡Dios mío...! ¿En qué desierto ha estado viviendo usted? ¿Es que no había un alma caritativa que le dijera a usted que esas tonterías que ha devorado con avidez tienen más de mil años y son tan rancias como anticuadas? No esperaba encontrarme a un discípulo de Alberto Magno y de Paracelso en el siglo de la Ilustración y la ciencia. Mi querido señor, deberá usted comenzar sus estudios absolutamente desde el principio.

Y diciéndome esto, se apartó a un lado y escribió una lista de varios libros de filosofía natural que debía procurarme, y me despidió después de mencionar que a principios de la semana siguiente tenía intención de comenzar un curso sobre las características generales de la filosofía natural, y que el señor Waldman, un colega suyo, daría lecciones de química los días que él no dictara sus clases.

No regresé a casa muy decepcionado, porque yo también consideraba inútiles a los escritores que el profesor había reprobado de aquel modo tan enérgico..., pero tampoco me sentí muy inclinado a estudiar aquellos libros que había adquirido por recomendación suya. El señor Krempe era un hombrecillo pequeño y gordo de voz ronca y rostro desagradable, así que el profesor no me predisponía a estudiar su materia. Además, yo tenía mis reparos respecto a la utilidad de la filosofía natural moderna. Era bien distinto cuando los maestros de la ciencia perseguían la inmortalidad y el poder: aquellas ideas, aunque eran completamente inútiles, al menos tenían grandeza. Pero ahora todo había cambiado: la ambición del investigador parecía limitarse a rebatir aquellos puntos de vista en los cuales se fundaba principalmente mi interés en la ciencia. Se me estaba pidiendo que cambiara quimeras de infinita grandeza por realidades que apenas valían nada.

Tales fueron mis pensamientos durante dos o tres días que pasé completamente solo... pero al comenzar la semana siguiente, pensé en la información que el señor Krempe me había dado respecto a los cursos. Y aunque no tenía ninguna intención de ir a escuchar cómo aquel profesorcillo vanidoso repartía sentencias desde su púlpito, recordé lo que había dicho del señor Waldman, a quien yo no conocía, porque hasta ese momento había permanecido fuera de la ciudad.

En parte por curiosidad y en parte por distraerme, fui al aula en la que el señor Waldman entró poco después. Este profesor era un hombre muy distinto a su colega. Rondaría los cincuenta años, pero con un aspecto que inspiraba una gran bondad; algunos cabellos grises cubrían sus sienes, pero en la parte posterior de la cabeza eran casi negros. No era muy alto, pero caminaba notablemente erguido y su voz era la más dulce que yo había oído en mi vida. Comenzó la lección con una recapitulación de la historia de la química y de los avances que habían llevado a cabo muchos hombres de ciencia, pronunciando con fervor los nombres de los grandes sabios. Después ofreció una perspectiva general del estado actual de la ciencia y explicó muchas de sus bondades. Después de hacer algunos experimentos sencillos, concluyó con un panegírico dedicado a la química moderna; nunca olvidaré sus palabras.

—Los antiguos maestros de la ciencia —dijo— prometían imposibles y no consiguieron nada. Los maestros modernos prometen muy poco. Saben que los metales no pueden transmutarse y que el elixir de la vida es solo una quimera. Pero estos filósofos, cuyas manos parecen hechas solo para escarbar en la suciedad y cuyos ojos parecen solo destinados a escudriñar en el microscopio o en el crisol, en realidad han conseguido milagros. Penetran en los recónditos escondrijos de la Naturaleza y muestran cómo opera en esos lugares secretos. Han ascendido a los cielos y han descubierto cómo circula la sangre y la naturaleza del aire que respiramos. Han adquirido nuevos y casi ilimitados poderes: pueden dominar los truenos del cielo, simular un terremoto, e incluso imitar el mundo invisible con sus propias sombras.

Salí de allí encantado con este profesor y su lección, y lo visité aquella misma tarde. En privado, sus modales eran incluso más amables y afectuosos que en público. Porque había una cierta dignidad en sus gestos durante sus clases que se tornaba afabilidad y amabilidad en su propia casa. Escuchó con atención mi pequeña historia referente a los estudios y sonrió cuando pronuncié los nombres de Cornelio Agrippa y Paracelso, pero sin el desprecio que el señor Krempe había mostrado. Dijo que «los modernos filósofos estaban en deuda con el infatigable esfuerzo de esos hombres que sentaron las bases del conocimiento. Ellos nos habían encomendado una tarea más sencilla: dar nuevos nombres y ordenar en clasificaciones comprensibles los hechos que, en buena parte, ellos habían sacado a la luz. El trabajo del hombre de genio, aunque esté equivocado o mal dirigido, muy pocas veces deja de convertirse en un verdadero beneficio para la humanidad». Escuché atentamente sus palabras, pronunciadas sin presunción alguna, y luego añadí que su lección había apartado de mí cualquier prejuicio contra los químicos modernos; y también le pedí que me aconsejara respecto a los libros que debía leer.

—Me alegra mucho tener un nuevo discípulo —dijo el señor Waldman—; y si se aplica usted al estudio tanto como parece sugerir su inteligencia, no tengo duda de que alcanzará el éxito. La química es esa rama de la filosofía natural en la cual se han hecho y se harán los avances más importantes. Por eso la escogí como disciplina principal en mi trabajo. Pero, al mismo tiempo, no he descuidado otras ciencias. Uno sería un triste químico si solo estudiara esa materia. Si su deseo realmente es llegar a ser un verdadero hombre de ciencia y no simplemente un experimentador frívolo, debería aconsejarle que se aplique a todas las ramas de la filosofía natural, incluidas las matemáticas.

Luego me llevó a su laboratorio y me explicó el uso de algunas de sus máquinas, aconsejándome sobre lo que debía comprar y prometiéndome que me dejaría utilizar su laboratorio cuando supiera lo suficiente para no estropear sus aparatos. También me dio la lista de libros que le había pedido, y luego nos despedimos.

Así terminó un día memorable para mí, porque entonces se decidió mi destino.

# CAPÍTULO 5

Desde aquel día, la filosofía natural y particularmente la química se convirtieron prácticamente en mis únicas materias de estudio. Leí con avidez todos aquellos libros llenos de genialidades y sabiduría que los modernos investigadores habían escrito sobre aquellas materias. Acudí a las clases y cultivé la amistad de los científicos en la universidad; y encontré, incluso en el señor Krempe, una buena dosis de sentido común y verdadera sabiduría... unida, es verdad, a una fisonomía y unos modales desagradables, pero no por ello menos valiosa. En el señor Waldman descubrí a un verdadero amigo. El dogmatismo nunca enturbiaba su bondad e impartía sus clases con un aire de franqueza y buen carácter que desvanecía cualquier idea de pedantería. Fue quizá el amistoso carácter de este hombre lo que me inclinó más al estudio de aquella rama de la filosofía natural que él profesaba, y no tanto un amor intrínseco por la propia ciencia. Pero aquel estado de ánimo solo se produjo en los primeros pasos hacia el conocimiento; cuanto más me adentraba en la ciencia, más la buscaba solo por ella misma. Aquella dedicación, que al principio había sido una cuestión de deber y obligación, se tornó después tan apasionada e impaciente que muy a menudo las estrellas desaparecían en la luz de la mañana mientras yo aún permanecía trabajando en mi laboratorio.

Dado que me aplicaba al estudio con tanto celo, fácilmente puede comprenderse que progresé con mucha rapidez. De hecho, mi fervor científico era el asombro de los estudiantes y mi dominio de la materia, el de mi maestro. El profesor Krempe a menudo me preguntaba, con una maliciosa sonrisa en sus labios, cómo andaba Cornelio Agrippa, mientras el señor Waldman expresaba de corazón los elogios más encendidos ante mis avances. Así transcurrieron dos años, en los cuales no regresé a Ginebra, porque estaba enfrascado en cuerpo y alma en el estudio de ciertos descubrimientos que esperaba realizar. Nadie, salvo aquellos que lo han experimentado, pueden comprender la fascinación que ejerce la ciencia. En otras disciplinas, uno llega hasta donde han llegado aquellos que lo han precedido, y no puede llegar a saber nada más; pero en la investigación científica continuamente se alimenta la pasión por los descubrimientos y las maravillas. Una inteligencia de capacidad mediana que se empeña con pasión en un estudio necesariamente alcanza un gran dominio en dicha disciplina. Y yo, que continuamente intentaba alcanzar una meta y estaba dedicado a ese único fin, progresé tan rápidamente que al final de aquellos dos años hice algunos descubrimientos para la mejora de ciertos aparatos químicos, lo cual me procuró gran estima y admiración en la universidad. Cuando llegué a ese punto y hube aprendido todo lo que los profesores de Ingolstadt podían enseñarme, y teniendo en cuenta que mi estancia allí ya no me procuraría aprovechamiento alguno, pensé en regresar con los míos a mi ciudad natal, pero entonces se produjo un suceso que alargó mi estancia allí.

Uno de aquellos fenómenos que habían llamado especialmente mi atención era la estructura del cuerpo humano y, en realidad, la de cualquier animal dotado de vida. A menudo me preguntaba: ¿dónde residirá el principio de la vida? Era una pregunta atrevida y siempre se había considerado un misterio. Sin embargo, ¿cuántas cosas podríamos descubrir si la cobardía o el desinterés no entorpecieran nuestras investigaciones? Le di muchas vueltas a estas cuestiones y decidí que desde aquel momento en adelante me aplicaría muy especialmente a aquellas ramas de la filosofía natural relacionadas con la fisiología. Si no me hubiera animado una especie de entusiasmo sobrenatural, mi dedicación a esa disciplina me habría resultado tediosa y casi insoportable. Para estudiar las fuentes de la vida, debemos recurrir en primer lugar a la muerte. Enseguida me familiaricé con la ciencia de la anatomía, pero no era suficiente. Debía también observar la descomposición natural y la corrupción del cuerpo humano. Durante mi educación, mi padre había tomado todo tipo de precauciones para evitar que mi mente se viera impresionada por terrores sobrenaturales. Así que yo no recuerdo haber temblado jamás ante cuentos supersticiosos o haber temido la aparición de un espíritu. La oscuridad no ejercía ninguna influencia en mi imaginación; y un cementerio no era para mí más que un conjunto de cuerpos privados de vida y que, en vez de ser los receptáculos de la belleza y la fuerza, se habían convertido en alimento para los gusanos. Ahora estaba decidido a estudiar la causa y el proceso de esa descomposición y me vi forzado a pasar días y noches enteros en panteones y osarios. Mi atención se centró en todos aquellos detalles que resultan insoportablemente repugnantes a la delicadeza de los sentimientos humanos. Vi cómo las hermosas formas del hombre se degradaban y se pudrían; y observé detenidamente la corrupción de la muerte triunfando sobre las rosadas mejillas llenas de vida; vi cómo los gusanos heredaban las maravillas de los ojos y el cerebro. Me detuve, examinando y analizando todos los detalles y las causas a partir de los cambios que se producían en el proceso de la vida a la muerte, y de la muerte a la vida, hasta que en medio de aquella oscuridad una repentina luz se derramó sobre mí. Era una luz tan brillante y maravillosa, y sin embargo tan sencilla, que, aunque casi me encontraba aturdido ante las inmensas perspectivas que iluminaba, me sorprendió que yo –entre los muchos hombres de ingenio que se habían dedicado a la misma disciplina–, y solo yo, descubriera aquel asombroso secreto.

Recuerde: no estoy hablando de las imaginaciones de un loco. Lo que afirmo aquí es tan cierto como el sol que brilla en el cielo. Quizá algún milagro podría haberlo conseguido. Pero las etapas de mi descubrimiento eran claras y posibles. Después de muchos días y noches de increíble trabajo y cansancio, conseguí descubrir la causa de la generación y de la vida. Es más: había conseguido ser capaz de infundir vida en la materia muerta.

La sorpresa que experimenté al principio con este descubrimiento pronto dio paso a la alegría y al entusiasmo. Después de emplear tanto tiempo en aquella penosa labor, alcanzar finalmente la cima de mis deseos era lo más gratificante que me podía suceder. Pero este descubrimiento era tan grande y abrumador que todos los pasos mediante los cuales había llegado a él se borraron de mi mente poco a poco, y me centré únicamente en el resultado. Aquello que había sido el estudio y el deseo de los hombres más sabios desde la creación del mundo se encontraba ahora en mis manos... aunque no se me había revelado todo de golpe, como si fuera un juego de magia. La información que yo había obtenido, más que mostrarme el fin ya conseguido por completo, tenía otra naturaleza y más bien dirigía mis esfuerzos hacia el objetivo que tenía en mente. Era como aquel árabe que había sido enterrado con otros muertos y encontró un pasadizo para volver al mundo, con la única ayuda de una luz trémula y aparentemente inútil.

Veo, amigo mío, por su interés y por el asombro y la expectación que reflejan sus ojos, que espera que le cuente el secreto que descubrí... pero eso no va a ocurrir. Escuche pacientemente mi historia hasta el final y entonces comprenderá fácilmente por qué me guardo esa información. No voy a conducirle a usted, ingenuo y apasionado, tal y como lo era yo, a su propia destrucción y a un dolor irreparable. Aprenda de mí, si no por mis consejos, al menos por mi ejemplo, y vea cuán peligrosa es la adquisición de conocimientos y cuánto más feliz es el hombre que acepta su lugar en el mundo en vez de aspirar a ser más de lo que la naturaleza le permitirá jamás.

## CAPÍTULO 6

Cuando me encontré con un poder tan asombroso en las manos, durante mucho tiempo dudé sobre cuál podría ser el modo de utilizarlo. Aunque yo poseía la capacidad de infundir movimiento, preparar un ser para que pudiera recibirlo con todo su laberinto inextricable de fibras, músculos y venas aún continuaba siendo un trabajo de una dificultad y una complejidad inconcebibles. Al principio dudé si debería intentar crear a un ser como yo u otro que tuviera una organismo más sencillo; pero mi imaginación estaba demasiado exaltada por mi gran triunfo como para permitirme dudar de mi capacidad para dotar de vida a un animal tan complejo y maravilloso como un hombre. En aquel momento, los materiales de que disponía difícilmente podían considerarse adecuados para una tarea tan complicada y ardua, pero no tuve ninguna duda de que finalmente tendría éxito en mi empeño. Me preparé para sufrir innumerables reveses; mis trabajos podían frustrarse una y otra vez y finalmente mi obra podía ser imperfecta; sin embargo, cuando consideraba los avances que todos los días se producen en la ciencia y en la mecánica, me animaba y confiaba en que al menos mis experimentos se convertirían en la base de futuros éxitos. Ni siquiera me planteé que la magnitud y la complejidad de mi plan pudieran ser razones para no llevarlo a cabo. Y con esas ideas en mente, comencé la creación de un ser humano. Como la pequeñez de los órganos constituían un gran obstáculo para avanzar con rapidez, contrariamente a mi primera intención, decidí construir un ser de una estatura gigantesca; es decir, aproximadamente de siete u ocho pies de altura y con las medidas correspondientes proporcionadas. Después de haber tomado esta decisión y tras haber empleado varios meses en la recogida y la preparación de los materiales adecuados, comencé.

Nadie puede siquiera imaginar la cantidad de sentimientos contradictorios que me embargaron durante ese tiempo. Cuando el éxito me empujaba al entusiasmo, la vida y la muerte me parecían ataduras ideales que yo sería el primero en romper y así derramaría un torrente de luz en nuestro oscuro mundo. Una nueva especie me bendeciría como a su creador y fuente de vida; y muchos seres felices y maravillosos me deberían sus existencias. Ningún padre podría exigir la gratitud de su hijo tan absolutamente como yo merecería las alabanzas de esos seres. Avanzando en estas ideas, pensé que si podía insuflar vida en la materia muerta, quizá podría, con el correr del tiempo (aunque en aquel momento me parecía imposible), renovar la vida donde la muerte aparentemente había entregado a los cuerpos a la corrupción.

Aquellos pensamientos me animaban mientras proseguía con mi tarea con un entusiasmo infatigable. Mi rostro había palidecido con el estudio y todo mi cuerpo parecía demacrado por el constante confinamiento. Algunas veces, cuando me encontraba al borde mismo del triunfo, fracasaba, aunque siempre me aferraba a la esperanza que me aseguraba que al día siguiente o incluso una hora después podría conseguirlo. Y la esperanza a la que me aferraba era un secreto que solo yo poseía; y la luna observaba mis trabajos a medianoche mientras, con una ansiedad incansable e implacable, yo perseguía los secretos de la vida hasta sus más ocultos rincones. ¿Quién podrá concebir los horrores de mi trabajo secreto, cuando me veía obligado a andar entre las mohosas tumbas sin consagrar o torturando animales vivos para conseguir insuflar vida al barro inerte? Me tiemblan las manos ahora y siento deseos de llorar al recordarlo; pero en aquel entonces un impulso irrefrenable y casi frenético me obligaba a continuar adelante; era como si hubiera perdido el alma o la sensibilidad para todo excepto para lo que perseguía. En realidad fue como un estado de trance pasajero que, cuando aquel antinatural estímulo dejó de actuar sobre mí, solo me procuró una renovada y especial sensibilidad tan pronto como regresé a mis viejas costumbres. Recogí huesos de los osarios y profané con mis impúdicas manos los secretos del cuerpo humano. En una sala solitaria —o más bien en un desván, en la parte alta de una casa, y separado de los otros pisos por una galería y una escalera— preparé el taller para mi repugnante creación; mis ojos se salían de sus órbitas y se clavaban en los diminutos detalles de mi trabajo. Los quirófanos y el matadero me proporcionaban la mayor parte de mis materiales, y a menudo sentía que a mi naturaleza humana le repugnaba aquella ocupación, pero, aún apremiado por la ansiedad que constantemente me acuciaba, proseguí con el trabajo hasta que prácticamente le di fin.

Pasaron los meses de verano y yo seguía enfrascado, en cuerpo y alma, en mi único objetivo. Fue un verano maravilloso: los campos pocas veces habían ofrecido unas cosechas tan abundantes y los viñedos rara vez habían dado una vendimia tan exuberante. Pero mis ojos permanecían insensibles a los encantos de la naturaleza, y los mismos sentimientos que me forzaron a despreciar lo que ocurría a mi alrededor también me obligaron a olvidar a todos aquellos seres queridos que estaban muy lejos y a quienes no había visto desde hacía tanto tiempo. Yo sabía que mi silencio les inquietaba y recordaba perfectamente las palabras de mi padre: «Sé que mientras estés contento contigo mismo, pensarás en nosotros con cariño, y sabremos de ti regularmente. Y debes perdonarme si considero cualquier interrupción en tu correspondencia como una prueba de que también estás descuidando el resto de tus obligaciones.» Así que sabía perfectamente cuáles serían sus sentimientos; pero no podía apartar mi mente del trabajo, odioso en sí mismo, pero que se había apoderado irresistiblemente de mi imaginación. Era como si deseara apartar de mí todo lo relacionado con mis sentimientos o mis afectos, hasta que alcanzara el gran objetivo que había anulado toda mi vida anterior.

En aquel momento pensé que mi padre sería injusto si achacara mi silencio a una conducta viciosa o a una falta de consideración por mi parte; pero ahora estoy convencido de que no se equivocaba en absoluto cuando pensaba que probablemente yo no estaba libre de toda culpa. Un ser humano que desea ser perfecto siempre debe mantener la calma y la mente serena, y nunca debe permitir que la pasión o un deseo pasajero enturbie su tranquilidad. No creo que la búsqueda del conocimiento sea una excepción a esta regla. Si el estudio al cual uno se entrega tiene una tendencia a debilitar los afectos y a destruir el gusto que se tiene por esos sencillos placeres en los cuales nada debe interferir, entonces esa disciplina es con toda seguridad perjudicial, es decir, impropia de la mente humana. Si esta regla se observara siempre —si ningún hombre permitiera que nada en absoluto interfiriera en su tranquilidad y en sus afectos familiares—, Grecia jamás se habría visto esclavizada, César habría conservado su patria, América habría sido descubierta más gradualmente y los imperios de México y Perú no habrían sido destruidos.

Pero me he descuidado y estoy moralizando en la parte más interesante de mi relato; y sus miradas me recuerdan que debo continuar.

Mi padre no me hacía ningún reproche en sus cartas, y solo hizo referencia a mi silencio preguntándome con más insistencia que antes por mis ocupaciones. Pasó el invierno, la primavera y el verano mientras yo permanecía ocupado en mis trabajos, pero yo no vi cómo florecían los árboles ni cómo se llenaban de hojas —y estos eran espectáculos que antes siempre me habían proporcionado un enorme deleite. Tan ocupado estaba en mi trabajo. Las hojas de aquel año se marchitaron antes de que mi trabajo se hubiera acercado a su final. Y cada día me mostraba claramente que lo estaba consiguiendo. Pero mi ansiedad amargaba mi entusiasmo y, más que un artista ocupado en su entretenimiento favorito, parecía un esclavo condenado a la esclavitud encadenada en las minas o a cumplir con cualquier otro trabajo infame. Todas las noches tenía un poco de fiebre y me convertí en una persona nerviosa, hasta extremos dolorosos... era un sufrimiento que lamentaba tanto más cuanto que hasta entonces yo había gozado siempre de una excelente salud y siempre había presumido de estabilidad emocional. Pero yo creía que el aire libre y las diversiones eliminarían pronto aquellos síntomas, y me prometí disfrutar de esos entretenimientos cuando finalizara mi creación.

# CAPÍTULO 7

Una lluviosa noche de noviembre conseguí por fin terminar mi hombre; con una ansiedad casi cercana a la angustia, coloqué a mi alrededor la maquinaria para la vida con la que iba a poder insuflar una chispa de existencia en aquella cosa exánime que estaba tendida a mis pies. Era ya la una de la madrugada, la lluvia tintineaba tristemente sobre los cristales de la ventana, y la vela casi se había consumido cuando, al resplandor mortecino de la luz, pude ver cómo se abrían los ojos amarillentos y turbios de la criatura. Respiró pesadamente y sus miembros se agitaron en una convulsión.

¿Cómo puedo explicar mi tristeza ante aquel desastre...? ¿O cómo describir aquel engendro al que con tantos sufrimientos y dedicación había conseguido dar forma? Sus miembros eran proporcionados, y había seleccionado unos rasgos hermosos... ¡Hermosos! ¡Dios mío! Aquella piel amarilla apenas cubría el entramado de músculos y arterias que había debajo; tenía el pelo negro, largo y grasiento; y sus dientes, de una blancura perlada; pero esos detalles hermosos solo formaban un contraste más tétrico con sus ojos acuosos, que parecían casi del mismo color que las blanquecinas órbitas en las que se hundían, con el rostro apergaminado y aquellos labios negros y agrietados.

Los diferentes aspectos de la vida no son tan variables como los sentimientos de la naturaleza humana. Yo había trabajado sin descanso durante casi dos años con el único propósito de infundir vida en un cuerpo inerte. Y en ello había empeñado mi tranquilidad y mi salud. Lo había deseado con un fervor que iba mucho más allá de la moderación; pero, ahora que había triunfado, aquellos sueños se desvanecieron y el horror y el asco me embargaron el corazón y me dejaron sin aliento. Incapaz de soportar el aspecto del ser que había creado, salí atropelladamente de la sala y durante largo tiempo estuve yendo de un lado a otro en mi habitación, incapaz de tranquilizar mi mente para poder dormir. Al final, una suerte de lasitud triunfó sobre el tormento que había sufrido, y me derrumbé vestido en la cama, tratando de encontrar unos instantes de olvido. Pero fue en vano; en realidad, sí dormí, pero me vi acosado por horrorosas pesadillas. Veía a Elizabeth, tan hermosa y joven, caminando por las calles de Ingolstadt; encantado y sorprendido, yo la abrazaba; pero cuando le daba el primer beso, sus labios palidecían con el color de la muerte;

sus rasgos parecían cambiar, y pensaba que estaba sosteniendo en brazos el cadáver de mi madre muerta; una mortaja envolvía su cuerpo, y veía cómo los gusanos de la tumba se retorcían en los pliegues del lienzo. Me desperté sobresaltado y horrorizado: un sudor frío cubría mi frente, los dientes me castañeaban y tenía convulsiones en los brazos y las piernas, y entonces, a la pálida y amarillenta luz de la luna, que se abría paso entre los postigos de la ventana, descubrí al engendro... aquel monstruo miserable que yo había creado. Apartó las cortinas de mi cama y sus ojos... si es que pueden llamarse ojos, se clavaron en mí. Abrió la mandíbula y susurró algunos sonidos incomprensibles al tiempo que una mueca arrugó sus mejillas. Puede que dijera algo, pero yo no lo oí... alargó una mano para detenerme, pero yo conseguí escapar y corrí escaleras abajo. Me refugié en un patio que pertenecía a la casa en la que vivía, y allí me quedé durante el resto de la noche, paseando de un lado a otro, sumido en la más profunda inquietud, escuchando atentamente, captando y temiendo cada sonido como si fuera el anuncio de la llegada de aquel demoníaco cadáver al que yo desgraciadamente le había dado vida.

¡Oh...! ¡Ningún ser humano podría soportar el horror de aquel rostro! Una momia a la que se le devolviera el movimiento no sería seguramente tan espantosa como... Él. Yo lo había observado cuando aún no estaba terminado; ya era repulsivo entonces. Pero cuando aquellos músculos y articulaciones adquirieron movilidad, se convirtió en una cosa que ni siquiera Dante podría haber concebido.

Pasé una noche espantosa... a veces el pulso me latía tan rápido y tan fuerte que sentía las palpitaciones en cada arteria; en otras ocasiones, estaba a punto de derrumbarme en el suelo debido al sueño y la extrema debilidad; y mezclada con ese horror, sentí la amargura de la decepción. Las ilusiones, que habían sido mi sustento y mi descanso durante tanto tiempo, se habían convertido ahora en un infierno para mí. Y ese cambio había sido tan rápido, y la derrota tan absoluta...

Al fin llegó el alba, grisácea y lluviosa, e iluminó, ante mis doloridos y soñolientos ojos, la iglesia de Ingolstadt, con su aguja blanca y el reloj, que marcaba las seis de la mañana. El portero abrió las puertas del patio que durante toda la noche había sido mi refugio, y salí a las calles, y caminé por ellas a paso rápido, como si quisiera huir del monstruo al que temía ver aparecer ante mí al doblar cualquier calle. No me atrevía a volver al apartamento donde vivía, sino que me sentía impelido a continuar caminando, aunque estaba empapado por la lluvia que se derramaba a raudales desde un cielo negro y aterrador.

Continué caminando así durante algún tiempo, intentando mitigar, mediante un ejercicio físico violento, la pesada carga que oprimía mi espíritu. Crucé las calles sin saber claramente adónde me dirigía o qué estaba haciendo. Mi corazón palpitaba enfermo de miedo; y me apresuré con pasos inseguros, sin atreverme a mirar atrás,

como aquel que, en un sendero solitario,

hace su camino con temor y miedo,

y habiéndose girado una vez, continua andando

y no gira más la cabeza,

porque sabe que un terrible demonio

le sigue muy de cerca.

Mary Shelley

Así continué caminando, hasta que al final llegué frente a la posada en la cual solían parar las diligencias y los carruajes. Allí me detuve, no sabía por qué, pero permanecí algunos minutos con la mirada clavada en un carruaje que venía hacia mí desde el otro extremo de la calle. Cuando estuvo más cerca, observé que era una diligencia suiza; se detuvo justo donde yo me encontraba; y, cuando se abrieron las puertas, vi a Henry Clerval, que bajó rápidamente en cuanto me vio.

—¡Mi querido Frankenstein! —exclamó—. ¡Cuánto me alegra verte! ¡Qué suerte que estuvieras aquí en el preciso momento de mi llegada...!

Nada podía ser mejor que el placer de volver a ver a Clerval: su presencia me recordaba a mi padre, a Elizabeth, y todas aquellas escenas hogareñas tan gratas a mi memoria. Le di un fuerte apretón de manos y, al menos durante un momento, olvidé mi horror y mi desgracia. De repente sentí, y por primera vez en muchos meses, una alegría tranquila y serena. Así, le di la bienvenida a mi amigo del modo más cordial y juntos caminamos hacia la universidad. Durante algún tiempo Clerval estuvo hablándome de nuestros amigos comunes y de la suerte que había tenido porque le habían permitido venir a Ingolstadt.

—Puedes creerme —dijo—: he tenido muchos problemas para convencer a mi padre de que no es absolutamente imprescindible que un comerciante lo ignore todo salvo la contabilidad; y, es más, creo que no conseguí convencerlo del todo, porque su única respuesta a mis súplicas era la misma que aquella que daba aquel maestro holandés en El vicario de Wakefield: «Gano diez mil florines al año sin necesidad de saber griego, y como maravillosamente sin el dichoso griego.» Pero el cariño que siente por mí al final ha vencido su aversión a los estudios, y me ha permitido emprender esta expedición al país de la sabiduría.

—¿Y mi padre, y mis hermanos, y Elizabeth? —pregunté.

—Muy bien, y muy felices —contestó—, solo un poco inquietos porque apenas han tenido noticias tuyas, y, por cierto, creo que tengo que regañarte en su nombre. Pero... mi querido Frankenstein —añadió, deteniéndose un poco y mirándome fijamente a la cara—, no me había fijado en el mal aspecto que tienes. Estás tan delgado y tan pálido... parece como si hubieras estado muchas noches en vela.

—Estás en lo cierto —contesté—; últimamente he estado muy ocupado en un asunto que no me ha permitido descansar lo suficiente, como ves; pero espero, y lo espero de verdad, que todas esas preocupaciones hayan terminado... Ya estoy libre, espero.

Yo estaba temblando mucho; era incapaz de pensar en los sucesos acontecidos la noche anterior, y desde luego ni siquiera podía hablar de ello. Así que caminaba con paso rápido y pronto llegamos a la universidad. Entonces pensé —y aquello me hizo estremecer— que la criatura que yo había abandonado en mis aposentos aún podía estar allí, viva y deambulando sin rumbo. Yo temía verlo, pero temía aún más que Henry pudiera descubrir al monstruo. Así que le rogué que permaneciera unos minutos al pie de la escalera, y subí corriendo a mi habitación. Antes de recobrarme del esfuerzo, ya tenía la mano en el picaporte, pero me detuve, y un escalofrío me estremeció. Abrí la puerta, de un golpe, como los niños que esperan encontrar a un fantasma aguardándolos al otro lado. Pero no había nadie. Avancé temerosamente... la sala estaba vacía, y mi dormitorio también estaba libre de aquel espantoso huésped. Apenas podía creer que hubiera tenido tanta suerte; pero cuando me aseguré de que mi enemigo realmente había huido, aplaudí de alegría y bajé corriendo para recoger a Henry.

Subimos a mi habitación y luego el criado trajo el desayuno: pero yo no podía contenerme. No era solo alegría lo que me embargaba; sentía que mi piel hormigueaba con un exceso de sensibilidad, y mi pulso latía violentamente. Era incapaz de quedarme quieto; saltaba sobre las sillas, aplaudía, y me reía a carcajadas. Al principio, Clerval atribuyó mi inusual estado de ánimo a la alegría por su llegada; pero cuando me observó más atentamente, vio una locura en mis ojos en la que no había reparado; y mis carcajadas destempladas y desenfrenadas lo asustaron y sorprendieron.

–Mi querido Frankenstein... –gritó–, por el amor de Dios, ¿qué ocurre? No te rías así. ¡Estás muy enfermo...! ¿Cuál es la causa de todo esto?

–No me preguntes –grité, cubriéndome los ojos con las manos, pues pensé que había visto al espectro entrando en la habitación–. ¡Él te lo dirá! ¡Oh, sálvame! ¡Sálvame...!

Imaginé que el monstruo me sujetaba; luché furiosamente y me derrumbé preso de un ataque de nervios.

¡Pobre Clerval! ¿Qué debió de pensar? El reencuentro, que él había esperado con tanta alegría, se tomaba de aquel modo tan extraño en amargura. Pero yo no fui testigo de su pena, porque estaba inconsciente y no recobré el conocimiento hasta mucho, mucho tiempo después.

# CAPÍTULO 8

Aquello fue el comienzo de unas fiebres nerviosas que me tuvieron recluido en cama durante varios meses. Durante todo ese tiempo, solo Henry se ocupó de mí. Después averigüé que, sabiendo que mi padre era muy mayor y que no le sentaría bien un viaje tan largo, y lo mucho que mi dolencia afectaría a Elizabeth, Henry les había ahorrado ese sufrimiento ocultándoles la verdadera dimensión de mi enfermedad. Él sabía que nadie me cuidaría con más cariño y atención que él mismo; y, convencido de que me recuperaría, estaba seguro de que su actuación no había constituido en absoluto un perjuicio, sino lo mejor que podía hacer por ellos.

Pero yo estaba realmente muy enfermo, y seguramente nada, salvo las constantes y continuas atenciones de mi amigo, podría haberme devuelto a la vida. Siempre tenía ante mí la figura del monstruo al que yo había insuflado vida, y aparecía en mis delirios constantemente. Sin duda, mis palabras sorprendieron a Henry: al principio pensó que eran divagaciones de mi imaginación desordenada; pero la insistencia con la cual constantemente recurría al mismo tema le convenció de que mi trastorno tenía su origen en algún suceso insólito y terrible.

Muy poco a poco, y con frecuentes recaídas que asustaban e inquietaban a mi amigo, me fui recuperando. Recuerdo que la primera vez que fui capaz de observar las cosas de la calle con cierto placer, me di cuenta de que las hojas caídas habían desaparecido y que los tallos verdes comenzaban a brotar en los árboles. Fue una primavera maravillosa y la estación sin duda contribuyó en buena medida a mejorar mi salud durante mi convalecencia. También sentí que se reavivaban en mi pecho sentimientos de alegría y cariño, mi pesadumbre desaparecía, y muy pronto volví a estar tan alegre como antes de sufrir aquella fatal obsesión.

—Queridísimo Clerval —dije—, qué bueno y qué amable has sido conmigo. Todo el invierno, en vez de emplearlo en el estudio, tal y como habías planeado, lo has malgastado en mi habitación de enfermo... ¿Cómo podré recompensártelo? Lamento muchísimo haber sido la causa de este desastre. Espero que me perdones...

—Me lo recompensarás si no vuelves a enfermar —replicó Henry—, y ponte bueno cuanto antes. Y puesto que pareces de buen humor, quizá pueda hablarte de una cosa, ¿te importa?

Temblé. ¡Una cosa...! ¿Qué podría ser? ¿Podría estarse refiriendo a una cosa en la cual ni siquiera me atrevía a pensar?

—No te pongas nervioso —dijo Clerval, que se dio cuenta de que yo palidecía—. No diré nada si te inquieta. Pero tu padre y tu prima se alegrarían mucho si recibieran una carta tuya y de tu puño y letra. Ni siquiera sospechan lo enfermo que has estado y están preocupados por tu largo silencio.

—¿Eso es todo? —dije sonriendo—. Mi querido Henry, ¿cómo puedes imaginar que mis primeros pensamientos no estarían dedicados a aquellos seres queridos a quienes tanto amo y que tanto merecen mi amor?

—Dado que te veo tan animado —dijo Henry—, te encantará ver una carta que ha estado ahí desde hace algunos días; es de tu prima, creo.

Entonces puso la siguiente carta en mis manos:

PARA V. FRANKENSTEIN

Ginebra, **18** de marzo de **17****

Querido primo:

No puedo describirte la inquietud que tenemos todos por tu salud. No podemos evitar imaginar que tu amigo Clerval nos está ocultando la verdadera gravedad de tu enfermedad, porque hace ya varios meses desde que no recibimos una carta escrita por ti mismo; y todo este tiempo te has visto obligado a dictárselas a Henry. Seguramente, Victor, debes de haber estado muy enfermo; y esto nos entristece mucho, tanto casi como cuando murió tu querida madre. Mi padre está plenamente convencido de que estás gravemente enfermo y apenas hemos podido evitar que emprenda un viaje a Ingolstadt. Clerval siempre dice en sus cartas que te estás poniendo mejor; deseo fervientemente que nos confirmes esa idea muy pronto escribiéndonos de tu puño y letra, porque, Victor, de verdad, de verdad, todo esto nos tiene muy preocupados. Disipa nuestros temores, y seremos las criaturas más felices del mundo. La salud de mi tío es tan buena y está tan fuerte que parece haber rejuvenecido diez años desde el invierno pasado. Ernest está también tan cambiado que apenas lo reconocerías; tiene casi dieciséis años, ya sabes, y ha perdido aquel aspecto enfermizo que tenía hace algunos años; está muy bien y muy vigoroso, si puedo utilizar ese término, aunque resulta muy expresivo.

Mi tío y yo estuvimos conversando la pasada noche durante mucho rato sobre la profesión que debería elegir Ernest. Su mala salud habitual cuando era pequeño le ha impedido adquirir la costumbre de estudiar, y continuamente está en el campo, al aire libre, subiendo las montañas o remando en el lago. Así pues, yo propuse que se hiciera granjero, lo cual, como sabes, primo, ha sido siempre mi idea favorita. La vida del granjero es muy saludable y feliz... y al menos la profesión menos dañina de todas, o mejor dicho, la más beneficiosa. Mi tío tenía la idea de que estudiara para abogado, porque con su influencia podría llegar a ser juez. Pero, aparte de que no está hecho absolutamente para semejante ocupación, resulta ciertamente más digno ganarse la vida cultivando la tierra que siendo confidente y algunas veces cómplice de los vicios de otro, porque esa es la tarea de un abogado. Yo dije que la ocupación de un granjero próspero, si no era más honrosa, era al menos una ocupación más feliz que la de juez, cuya desgracia es estar enfangado siempre en la cara más oscura de la naturaleza humana. Mi tío sonrió y dijo que yo misma debería ser abogada, con lo cual se puso fin a nuestra conversación sobre aquel asunto.

Y ahora debo contarte una pequeña historia que te encantará. ¿Te acuerdas de Justine Moritz? Quizá no te acuerdes; así que te contaré su historia en pocas palabras. Madame Moritz, su madre, se había quedado viuda con cuatro niños, de los cuales Justine era la tercera. La niña había sido siempre la favorita de su padre; pero, por una extraña obsesión, su madre no podía soportarla y, después de la muerte del señor Moritz, la maltrataba horriblemente. Mi tía sabía todo esto y cuando Justine cumplió los doce años, consiguió convencer a su madre para que le permitiera vivir en nuestra casa. Las instituciones republicanas de nuestro país han promovido costumbres más sencillas y amables que las que prevalecen en las grandes monarquías que nos rodean. Y por esa razón hay menos diferencias entre las clases en las que se dividen los seres humanos; y las clases más bajas, no siendo ni tan pobres ni tan despreciadas como en otros lugares, son más educadas y dignas. Un criado en Ginebra no es lo mismo que un criado en Francia o Inglaterra... Así que Justine fue acogida en nuestra familia para aprender las obligaciones de un criado, las cuales en nuestro afortunado país no incluyen el sacrificio de la dignidad de un ser humano. Me atrevo a decir que ahora lo recordarás todo, porque Justine era tu gran favorita; y recuerdo haberte oído decir que si te encontrabas de mal humor, una mirada de Justine podría disiparlo por la misma razón que da Ariosto respecto a la belleza de Angélica: su rostro era todo franqueza y alegría. Mi tía se encariñó mucho con ella, lo cual la indujo a darle una educación superior a la que había previsto para ella. Este regalo se vio recompensado plenamente: Justine era la criatura más agradecida del mundo. No quiero decir que hiciera grandes gestos de agradecimiento –nunca la oí decir nada al respecto–, pero una podía ver en sus ojos que prácticamente adoraba a su protectora. Aunque era muy divertida, y en muchos sentidos descuidada, sin embargo prestaba la mayor atención a cada gesto de mi tía: la consideraba un modelo de perfección y siempre intentaba imitar sus palabras e incluso sus gestos, de modo que incluso ahora a menudo me recuerda a mi tía.

Cuando mi querida tía murió, todos estábamos demasiado ocupados con nuestro propio dolor para fijarnos en la pobre Justine, que la había cuidado durante su enfermedad con el mayor de los cariños. La pobre Justine estuvo muy enferma, pero el destino le tenía reservadas otras pruebas.

Uno tras otro, sus hermanos y su hermana habían muerto; y su madre se había quedado entonces, a excepción de su hija repudiada, sin hijos. La mujer comenzó a sentir remordimientos de conciencia y a pensar que las muertes de sus queridos hijos era una maldición del Cielo para castigar su parcialidad contra Justine. Ella era católica romana y yo creo que su confesor azuzó esas ideas que la mujer había concebido. Así pues, pocos meses después de tu partida a Ingolstadt, la madre arrepentida llamó a Justine y le pidió que volviera a casa. ¡Pobre muchacha! Lloró cuando abandonó nuestra casa; estaba muy cambiada desde la muerte de mi tía; el dolor había conferido cierta dulzura y una encantadora afabilidad a los gestos que antes habían llamado la atención por su viveza. Desde luego, vivir en casa de su madre no fue la mejor manera de devolverle la alegría. La pobre mujer no estuvo muy firme en su arrepentimiento. A veces le suplicaba a Justine que le perdonara su crueldad, pero con mucha más frecuencia la acusaba de ser la causa de las muertes de sus hermanos y su hermana. Aquellos constantes vaivenes emocionales finalmente condujeron a la señora Moritz a la enfermedad, lo cual al principio solo incrementó su irritabilidad, pero ahora ya descansa para siempre: murió con los primeros fríos, al principio del último invierno. Justine ha vuelto con nosotros, y te puedo asegurar que la quiero muchísimo. Es muy inteligente y cariñosísima, y guapa; y, tal y como mencioné antes, sus gestos y sus expresiones continuamente me recuerdan a mi querida tía.

Debo contarte alguna cosa más, Víctor, sobre nuestro pequeño William. ¡Ojalá pudieras verlo! Está muy alto para su edad, y tiene unos ojos azules risueños y dulces, pestañas muy oscuras y el pelo rizado. Cuando sonríe, aparecen dos pequeños hoyuelos en sus mejillas, siempre rosadas y saludables... su barbilla le hace una carita preciosa. Después de esta descripción solo puedo decir que nuestras visitas dicen mil veces al día: «Demasiado guapo para ser un niño.» Ya ha tenido una o dos pequeñas novias, pero Louisa Biron es su favorita: es una niña preciosa de cinco años.

Y ahora, querido Víctor, supongo que te encantará saber algunos pequeños cotilleos sobre tus conocidos. La guapa señorita Mansfeld ya ha recibido las visitas de felicitación por su próximo matrimonio con un joven caballero inglés, John Melbourne. Su espantosa hermana Manon se casó el otoño pasado con el señor Hofland, el banquero rico. Y vuestro buen amigo del colegio, Louis Manoir, ha sufrido varias desgracias desde que Clerval partió de Ginebra. Pero ya ha recobrado el ánimo y se dice que está a punto de casarse con una francesa guapísima y muy alegre: madame Tavernier. Es viuda, y mucho mayor que Manoir, pero todo el mundo la admira y la aprecia.

Te he escrito con todo mi buen ánimo, querido primo, pero no puedo terminar sin preguntarte angustiada otra vez por tu salud. Querido Víctor: si no estás muy enfermo, escribe tú mismo y haz feliz a tu padre y a todos nosotros o... ni siquiera me atrevo a pensar en la otra posibilidad; ya estoy llorando... Escribe, mi querido Víctor.

Tu prima, que te quiere muchísimo,

ELIZABETH LAVENZA.

—¡Querida, querida Elizabeth...! —exclamé cuando hube terminado de leer su carta—. Escribiré inmediatamente y así aliviaré la angustia que deben de estar sintiendo.

Escribí, y la tarea me cansó muchísimo; pero mi recuperación había comenzado y continuaba satisfactoriamente: en otros quince días podría abandonar mi alcoba.

# CAPÍTULO 9

Cuando me recuperé, uno de mis primeros cometidos fue presentar a Clerval a los distintos profesores de la universidad. Y al hacerlo, tuve que someterme a una suerte de tormentosos encuentros que reabrían las heridas que mi mente había sufrido. Desde aquella noche fatal —el final de mis trabajos y el principio de mis desgracias—, había anidado en mí una violenta antipatía por todo lo relacionado con la filosofía natural. Además, estando prácticamente recuperado, la simple visión del instrumental químico reavivaba toda la agonía de mis ataques nerviosos. Henry lo notó y apartó todos aquellos aparatos de mi vista; también cambió bastante mis aposentos, porque percibió que yo sentía aversión a la sala que antiguamente había sido mi taller. Pero aquellas precauciones de Clerval no sirvieron de mucho cuando visité a los profesores. Incluso el bueno del señor Waldman me torturó cuando elogió, con amabilidad y afecto, mis asombrosos avances científicos. Inmediatamente se dio cuenta de que me disgustaba la conversación; pero, ignorando cuál era la verdadera razón, atribuyó mis sentimientos a la modestia y me pareció evidente que cambiaba de asunto —de mis habilidades a la ciencia en general— con el deseo de captar mi interés. ¿Qué podía hacer yo? Él simplemente quería halagarme, pero solo conseguía atormentarme. Me sentí como si fuera colocando, uno a uno, ante mis ojos, todos aquellos instrumentos que iban a utilizarse posteriormente para darme una muerte lenta y cruel. Yo me retorcía con cada palabra suya, aunque no me atrevía a mostrar el dolor que sentía. Clerval, cuyas miradas y sentimientos siempre estaban prestos a descubrir de inmediato las emociones de los demás, no quiso hablar del tema, argumentando que no sabía nada de ello; y la conversación giró hacia otros asuntos de carácter general. Yo se lo agradecí en el alma, pero no dije nada. Vi claramente que estaba sorprendido, pero no intentó sonsacarme el secreto; y aunque yo lo quería con una mezcla de afecto y respeto sin límites, nunca me atreví a confesarle aquello que siempre estaba presente en mis pensamientos, porque temía que al explicárselo a otra persona solo consiguiera que dejara en mí una huella aún más profunda.

El señor Krempe no fue tan amable; y dada la condición de extrema sensibilidad, casi insoportable, en la que me encontraba entonces, sus encomios rudos y directos me causaron más dolor que la benevolente aprobación del señor Waldman.

—¡Maldito muchacho! —exclamó—. Señor Clerval: le digo a usted que nos ha sobrepasado a todos... Sí, sí: piense lo que quiera, pero de todos modos es la pura verdad. Un mozalbete que apenas hace tres años creía en Cornelio Agrippa tan firmemente como en el Evangelio, ahora se ha colocado a la cabeza de la universidad; y si no lo expulsamos pronto, nuestros puestos no estarán seguros... Sí, sí... —continuó, observando mi gesto de contrariedad—: el señor Frankenstein es muy modesto, una excelente cualidad en un hombre joven. Los jóvenes deberían ser más humildes, ya sabe a qué me refiero, señor Clerval; yo no lo era cuando era joven, pero eso se pasa cuando uno se hace mayor.

Entonces el señor Krempe comenzó un elogio de sí mismo y felizmente desvió la conversación de un asunto que verdaderamente me estaba matando.

Clerval no era un científico. Su imaginación era demasiado viva para implicarse en la minuciosidad de las ciencias. Los idiomas eran su principal interés, así que deseaba aprender lo necesario para continuar los estudios por su cuenta cuando regresara a casa. El persa, el árabe y el hebreo atrajeron su atención tan pronto como consiguió adquirir un perfecto dominio del griego y el latín. Por mi parte, la inactividad siempre me había disgustado, y ahora que deseaba huir de toda reflexión y me repugnaban mis antiguos estudios, encontré un gran alivio al convertirme en compañero de clase de mi amigo, y no hallé solo instrucción sino también consuelo en las obras de los autores orientales. Su melancolía es tranquilizadora y su alegría anima el alma hasta un grado que yo jamás había experimentado al estudiar a los escritores de otros países. Cuando uno lee sus textos, parece que la vida consiste en un cálido sol y jardines de rosas... en las sonrisas y los pucheros de una encantadora enemiga, y en la ardiente pasión que consume tu corazón. ¡Qué diferente de la viril y heroica poesía de Grecia y Roma!

El verano transcurrió en medio de aquellas ocupaciones, y mi regreso a Ginebra se fijó para finales de otoño; pero se retrasó por varios incidentes y llegó el invierno y la nieve, los caminos se pusieron intransitables y mi viaje hubo de aplazarse hasta la primavera siguiente. Lamenté muchísimo ese retraso, porque deseaba de todo corazón volver a ver mi ciudad natal y a mis seres queridos. Mi regreso solo se había retrasado tanto porque no deseaba dejar a Clerval solo en una ciudad extraña antes de que hubiera conocido a algunas personas. El invierno, de todos modos, transcurrió muy agradablemente; y aunque la primavera vino bastante tarde, su belleza compensó su tardanza. Ya se había cumplido el mes de mayo, y yo esperaba diariamente la carta que fijara la fecha de mi partida, cuando Henry me propuso una excursión a pie por los alrededores de Ingolstadt para que pudiera despedirme del país en el que había vivido durante tanto tiempo. Accedí con placer a su proposición: estaba deseoso de hacer un poco de ejercicio, y Clerval siempre había sido mi compañero favorito en las caminatas de este tipo que yo solía emprender por los paisajes de mi país natal. Aquella excursión duró quince días. Mi salud y mi ánimo se habían restablecido hacía tiempo y habían adquirido renovado vigor con el aire saludable, los pequeños incidentes habituales del camino y la conversación de mi amigo. El estudio me había hecho antisocial: había evitado cualquier relación con mis compañeros. Pero Clerval inspiraba los mejores sentimientos de mi corazón; de nuevo me enseñó a amar las formas de la Naturaleza y las encantadoras caritas de los niños. ¡Qué buen amigo! ¡Cuán sinceramente me quisiste e intentaste animar mi espíritu hasta que estuvo al nivel del tuyo! Un objetivo egoísta me había mutilado y aniquilado, hasta que tu amabilidad y tu afecto animaron y despertaron mis sentidos. Conseguí volver a ser la persona alegre que había sido solo unos años antes, amando a todos y siendo amado por todos, sin penas ni preocupaciones: cuando me sentía feliz, la Naturaleza inanimada tenía el poder de proporcionarme las sensaciones más deliciosas. Un cielo claro y los campos verdes me extasiaban. Aquella estación fue verdaderamente maravillosa: las flores de la primavera estallaban en los parterres mientras las del verano estaban ya a punto de brotar. No me inquietaron los malos pensamientos que durante el año anterior, aunque intenté apartarlos por todos los medios, me habían agobiado como una carga insoportable. Henry disfrutaba con mi alegría y comprendía sinceramente mis sentimientos: se esforzaba en distraerme, y al tiempo me contaba qué sentimientos ocupaban su alma. Los recursos de su ingenio, en esta ocasión, fueron ciertamente asombrosos. Su conversación era muy imaginativa; y muy a menudo, imitando a los escritores persas y árabes, inventaba cuentos maravillosamente fantasiosos e interesantes. En otras ocasiones recitaba mis poemas favoritos o me enredaba en conversaciones que sostenía con notable ingenio.

Regresamos a la universidad un domingo: los campesinos disfrutaban en los bailes y todas las personas que nos encontramos parecían dichosas y felices. Yo mismo estaba muy animado, y caminaba embargado por sentimientos de alegría y júbilo.

# CAPÍTULO 10

Cuando regresé a casa, me encontré la siguiente carta de mi padre.

PARA V. FRANKENSTEIN

Ginebra, **2** de junio de **17****

Querido Victor:

Probablemente has estado esperando impaciente una carta en la que fijara el día de tu regreso, y al principio estuve tentado de escribirte unas líneas, solo para decirte el día en el que podríamos esperarte... pero eso sería una cruel amabilidad, y no me atreví a hacerlo. ¡Cuál sería tu sorpresa, hijo mío, cuando esperaras una bienvenida alegre y feliz, y te encontraras, por el contrario, lágrimas y desconsuelo! ¿Y cómo puedo, Victor, contarte nuestra desgracia? La ausencia no puede haber endurecido tu corazón frente a nuestras alegrías y nuestras penas. ¿Y cómo puedo infligir dolor en mi hijo ausente? Quisiera prepararte para la dolorosa noticia, pero sé que es imposible. Ya sé que tu mirada estará buscando ahora, en estas hojas, las palabras que te revelarán las horribles noticias...

¡William ha muerto! El encantador muchacho cuyas sonrisas me encantaban y me animaban, aquel que era tan cariñoso y tan alegre, Victor... ¡ha sido asesinado!

No intentaré consolarte, simplemente te relataré las circunstancias de lo sucedido.

El pasado jueves (**28** de mayo), mi sobrina, tus dos hermanos y yo fuimos a dar un paseo a Plainpalais. La tarde era cálida y tranquila, y prolongamos nuestro paseo más de lo normal. Ya casi había atardecido cuando decidimos regresar, y entonces descubrimos que Ernest y William, que se habían adelantado, habían desaparecido. Así que nos sentamos en un banco para esperar a que volvieran. Entonces vino Ernest y preguntó por su hermano: dijo que había estado jugando con él, y que William se había ido corriendo para esconderse, y que lo había estado buscando en vano y que después había estado esperando mucho rato, pero no había vuelto.

Esto nos asustó bastante y continuamos buscándolo hasta que cayó la noche; entonces Elizabeth aventuró que tal vez podía haber regresado a casa. Pero no estaba allí. Volvimos al lugar con antorchas, porque yo no podía vivir pensando que mi querido niño se había perdido y se había quedado a la intemperie, con la humedad y el rocío de la noche; Elizabeth también estaba angustiadísima. Alrededor de las siete de la mañana descubrí a mi pequeño, al que la tarde anterior había visto rebosante de vitalidad y salud: estaba tendido en la hierba, lívido e inmóvil... la marca de los dedos de su asesino estaba aún en su cuello.

Lo llevamos a casa, y la angustia visible en mi rostro le reveló el secreto a Elizabeth. Solo quería ver el cadáver. Al principio intenté evitárselo, pero ella insistió y, entrando en la habitación en la que yacía, apresuradamente examinó el cuello de la víctima, y retorciéndose las manos, exclamó: «¡Oh, Dios mío! ¡He matado a mi querido niño...!»

Se desmayó y solo con mucha dificultad conseguimos reanimarla; cuando volvió en sí, no hizo más que llorar y suspirar. Me dijo que aquella misma tarde William le había estado dando guerra para que le permitiera llevar una miniatura muy valiosa que tu madre le había regalado. Este retrato ha desaparecido y, sin duda, fue el motivo por el cual el asesino cometió el crimen. Hasta el momento no hay ni rastro de él, aunque no hemos cesado en nuestras indagaciones para descubrirlo; pero eso no nos devolverá a mi querido William.

Vuelve, querido Victor: solo tú puedes consolar a Elizabeth. Llora constantemente y se acusa a sí misma, injustamente, de ser la causa de la muerte del niño... sus palabras me parten el corazón. Todos estamos muy abatidos; pero ¿no será ese un motivo más, hijo mío, para que regreses y seas nuestro consuelo? ¡Tu querida madre...! ¡Ay, Victor! ¡Te aseguro que doy gracias a Dios porque no vive para ver la muerte cruel y miserable de su pequeño!

Vuelve, Victor, pero no regreses albergando ideas de venganza contra el asesino, sino con sentimientos de paz y cariño que puedan curar las heridas de nuestro espíritu, en vez de abrirlas. Entra en esta casa de luto, hijo querido, pero con dulzura y afecto para aquellos que te aman, y no con odio hacia tus enemigos.

Tu desdichado padre, que te quiere,

ALPHONSE FRANKENSTEIN.

Clerval, que había estado observando mi rostro mientras leía la carta, se sorprendió al observar la desesperación que sucedía a la alegría que mostré al recibir noticias de mis seres queridos. Tiré la carta en la mesa y me cubrí el rostro con las manos.

—Mi querido Frankenstein —exclamó Henry cuando me vio llorar con amargura—, ¿es que siempre tienes que estar triste? Amigo mío, ¿qué ha ocurrido?

Le indiqué que cogiera la carta y la leyera, mientras yo iba de un lado a otro de la habitación, nervioso hasta la desesperación. Los ojos de Clerval también derramaron lágrimas cuando leyó el relato de mi desgracia.

—No puedo consolarte de ningún modo, amigo mío —dijo—. Tu tragedia es irreparable. ¿Qué piensas hacer?

—Ir inmediatamente a Ginebra; ven conmigo, Clerval, para pedir unos caballos.

Por el camino, Henry intentó animarme. No lo hizo con los tópicos habituales, sino mostrando una verdadera comprensión.

—Pobre William —dijo—, pobre chiquillo; ahora descansa junto a su angelical madre.

Sus seres queridos están de luto y lo lloran, pero él ya descansa: ya no siente las garras del asesino; la hierba cubre su precioso cuerpo, y ya no sufre. Ya no podemos tener lástima por él; los que han quedado vivos son los que más sufren y, para ellos, el tiempo será el único consuelo. Aquellas máximas de los estoicos, según los cuales la muerte no se podía considerar un mal y que la mente del hombre debería estar por encima de la desesperación que produce la ausencia eterna del ser amado, no deberían ni siquiera tenerse en consideración... incluso Catón lloró sobre el cadáver de su hermano.

Clerval decía estas cosas mientras caminábamos aprisa por las calles; las palabras se grabaron en mi mente y las recordé después, cuando estuve en soledad. Pero en aquel momento, en cuanto llegaron los caballos, salté al cabriolé y le dije adiós a mi amigo.

El viaje fue muy triste. Al principio solo quería ir deprisa, porque deseaba consolar y confortar a mis seres queridos, tan apenados; pero a medida que me fui acercando a mi ciudad natal, fui también acortando el paso. Apenas podía soportar la avalancha de sentimientos que se agolpaban en mi mente. Pasé por paisajes que conocía bien desde mi juventud y que no había visto desde hacía casi cinco años. ¿Cómo habría cambiado todo durante todo ese tiempo? Un cambio enorme, repentino y desolador había tenido lugar; pero mil pequeñas circunstancias podrían haber producido otras alteraciones poco a poco, y aunque se hubieran producido más pausadamente, no serían menos decisivas. El temor me invadió; me daba miedo avanzar, aterrorizado ante mil peligros ocultos que me hacían temblar, aunque era incapaz de describirlos.

Me quedé en Lausana dos días, incapaz de seguir adelante. Contemplé el lago: las aguas parecían tranquilas; todo en derredor estaba en calma; y las montañas nevadas, los «Palacios de la Naturaleza», no habían cambiado. Poco a poco aquella calma y aquel paisaje celestial me reanimó, y continué mi viaje hacia Ginebra. El camino discurría junto a la orilla del lago, y se hacía cada vez más estrecho a medida que me acercaba a mi ciudad natal. Distinguí muy claramente las negras laderas del Jura y la brillante cumbre del Mont Blanc. Y lloré como un niño. «¡Queridas montañas...! ¡Mi precioso lago! ¿Cómo recibiréis a vuestro hijo pródigo? Vuestras cumbres son blancas, el cielo y el lago son azules... ¿Es esto un presagio de felicidad o una burla de mis desgracias?»

Me temo, amigo mío, que le resultaré tedioso si sigo entreteniéndome en estos prolegómenos; pero aquellos fueron días de relativa felicidad, y los recuerdo con placer. ¡Mi tierra, mi amada tierra! ¿Quién, sino uno de tus hijos, puede comprender el placer que sentí al ver de nuevo tus arroyos, tus montañas y, sobre todo, tu precioso lago?

Sin embargo, a medida que me acercaba a casa, la tristeza y el temor me invadieron. La noche se cerró a mi alrededor, y cuando apenas podía ver las oscuras montañas, mis sentimientos se tornaron más sombríos. Imaginé todos los peligros posibles y me convencí de que estaba destinado a convertirme en el más desdichado de todos los seres humanos. ¡Dios mío! ¡Cuánta razón tenía en mis presagios! Y solo me equivoqué en una única circunstancia: que, en todas las desgracias que imaginé y temí, no pude ni siquiera sospechar ni la centésima parte de la angustia que el destino me obligaría a soportar.

# CAPÍTULO 11

Ya era noche cerrada cuando llegué; las puertas de Ginebra ya estaban cerradas; y decidí pernoctar en Secheron, una aldea que se halla a media legua al este de la ciudad. El cielo estaba sereno; y como me era imposible descansar, decidí ir a ver el lugar en el que mi pobre William había sido asesinado; mientras caminaba, vi que una tormenta se estaba formando al otro lado del lago. Vi cómo los rayos trazaban bellísimas figuras y subí a una colina desde la que podía ver cómo centelleaban. La tormenta avanzó hacia donde yo me encontraba, y pronto pude sentir cómo poco a poco iba cayendo la lluvia, al principio con gruesas gotas, aunque enseguida se desató con furiosa violencia.

Me levanté y caminé, aunque la oscuridad y la tormenta se hacían más intensas a cada instante, y los truenos estallaban con un terrorífico estrépito. Se oían los ecos en la Salêve, en el Jura y en los Alpes de Saboya; violentos destellos de rayos me cegaban los ojos, e iluminaban el lago; entonces, durante un instante, todo parecía quedar sumido en la oscuridad, hasta que el ojo se recobraba del destello anterior. La tormenta, como sucede a menudo en Suiza, apareció en varios lugares del cielo a un tiempo. La parte más violenta se encontraba exactamente al norte de la ciudad, sobre la parte del lago que se extiende entre el promontorio de Belrive y el pueblo de Copêt. Otra tormenta iluminaba el Jura con débiles destellos; y otra oscurecía y a veces descubría la Mole, una montaña escarpada situada al este del lago.

Mientras iba observando la tormenta —tan hermosa y, sin embargo, tan aterradora—, continué caminando con paso apresurado. Aquella noble batalla en los cielos elevaba mi espíritu; cerré los puños y exclamé a gritos: «¡William, mi querido ángel...! ¡Este es tu funeral, esta es tu elegía!» Cuando pronuncié esas palabras, entreví en la oscuridad una figura que se ocultó tras un grupo de árboles que había cerca. Permanecí observando fijamente, intentando divisar algo; seguro que no me había equivocado; el fulgor de un rayo iluminó aquello y me descubrió su gigantesca figura; y la deformidad de su aspecto, más espantosa que cualquier cosa humana, me confirmaron quién era. Era el engendro, el repulsivo demonio al que yo había dado vida. ¿Qué hacía allí? ¿Podría ser él el asesino de mi hermano? La simple idea me estremecía. Apenas esa sospecha cruzó mi imaginación, llegué a la conclusión de que era completamente cierta... mis dientes castañetearon, y me vi obligado a recostarme contra un árbol para mantenerme en pie. La figura pasó rápidamente frente a mí, y la volví a perder en la oscuridad. ¡Así que él era el asesino...! Nada que tuviera forma humana podría haber destruido la vida de aquel precioso niño. ¡Él era el asesino! No tenía ninguna duda. La simple existencia de aquella idea era una prueba irrefutable de los hechos. Pensé en perseguir a aquel demonio, pero habría sido en vano, porque otro relámpago lo iluminó y lo pude ver encaramándose entre las rocas de la pendiente casi perpendicular del Monte Salêve; enseguida alcanzó la cumbre y desapareció.

Permanecí inmóvil; los truenos cesaron, pero la lluvia aún continuó cayendo, y la escena quedó envuelta en una impenetrable oscuridad. Volví a pensar una vez más en los acontecimientos que, hasta ese momento, solo había intentado obviar: todos los pasos que di hasta completar mi creación, el resultado del trabajo de mis propias manos, vivo y junto a mi cama, y su desaparición. Casi habían transcurrido dos años desde la noche en la que se le dio la vida, ¿y aquel había sido su primer crimen? ¡Dios mío! Había arrojado al mundo a un engendro depravado cuyo único placer era el asesinato y el crimen, porque... ¿acaso no había asesinado a mi hermano?

Nadie puede imaginar la angustia que viví durante el resto de la noche, que pasé helado y empapado, a la intemperie. Pero no sentía las inclemencias del tiempo; mi imaginación estaba demasiado ocupada en escenas de maldad y desesperación. Pensé en el ser a quien había arrojado en medio de la humanidad y a quien había dotado de voluntad y de poder para ejecutar sus horrorosos proyectos, como aquel que había llevado a cabo, casi como si fuera mi propio vampiro, mi propio espíritu liberado de la tumba y obligado a destruir a todos aquellos que yo amaba.

Amaneció, y dirigí mis pasos hacia la ciudad; las puertas estaban abiertas y me encaminé hacia la casa de mi padre. Mi primera idea fue comunicar a todo el mundo lo que sabía del asesino y proponer que se organizara una persecución inmediata. Pero me contuve cuando pensé en la historia que tendría que contar. Me había encontrado a medianoche en los precipicios de una montaña inaccesible con un ser... al que yo mismo había creado y al que había dotado de vida. La historia era de todo punto inconcebible, y sabía bien que si cualquier otro me la hubiera contado a mí, la habría considerado como el producto enloquecido de un delirio. Además, la extraña naturaleza de la bestia conseguiría eludir la persecución, aun cuando yo consiguiera que me creyeran y los convenciera para que la pusieran en marcha. Además, ¿de qué serviría una persecución? ¿Quién podría arrestar a una criatura capaz de escalar las paredes verticales del Monte Salêve? Estas ideas me convencieron y decidí guardar silencio.

Eran alrededor de las cinco de la mañana cuando entré en casa de mi padre. Les pedí a los criados que no despertaran a la familia y fui a la biblioteca para esperar a que se hiciera la hora en que solían levantarse. Habían transcurrido cinco años —habían pasado como un sueño, salvo por una marca indeleble— y ahora me encontraba en el mismo lugar en el que había abrazado a mi padre por última vez antes de mi partida hacia Ingolstadt. ¡Querido y venerado padre! Aún me quedaba él. Observé un retrato de mi madre, que colgaba sobre la chimenea. Era una pintura histórica, un retrato realizado por encargo de mi padre, y representaba a Caroline Beaufort, desesperada de dolor, arrodillada junto al ataúd de su querido padre. Su atuendo era rústico, y sus mejillas aparecían pálidas; pero había un aire de dignidad y belleza que difícilmente admitía un sentimiento de compasión. Debajo de este cuadro había un retrato en miniatura de William, y se me saltaron las lágrimas cuando me detuve en él. Cuando así estaba absorto, entró Ernest... me había oído llegar, y había bajado apresuradamente a recibirme. Mostró una inmensa alegría al verme.

—Bienvenido, mi queridísimo Victor —dijo—. Ah, ojalá hubieras venido hace tres meses: entonces nos habrías encontrado a todos alegres y contentos. Pero ahora somos tan desgraciados que me temo que solo te darán la bienvenida las lágrimas, en vez de las sonrisas. Nuestro padre está tan triste... parece que ha renacido en su espíritu la pena que sintió por la muerte de mamá, y la pobre Elizabeth no encuentra consuelo en nada.

Ernest comenzó a llorar mientras decía aquellas palabras.

—No, no... —le dije—, no me recibas así; intenta tranquilizarte, que no puedo sentirme absolutamente destrozado en el momento en que entro en la casa de mi padre después de una ausencia tan larga. Pero, dime, ¿cómo sobrelleva mi padre estas desgracias? ¿Y cómo está mi pobre Elizabeth?

—Necesita mucho consuelo —contestó Ernest—. Se culpa de haber causado la muerte de mi hermano, y eso la hace muy, muy desgraciada; pero desde que se ha descubierto al asesino...

—¿Se ha descubierto al asesino? —exclamé—. ¡Dios bendito! ¿Cómo puede ser? ¿Quién se atrevió a perseguirlo? Es imposible; ¡sería tanto como intentar atrapar los vientos o contener un torrente de la montaña con una rama!

—No sé qué quieres decir... —replicó Ernest—. Pero a todos nos entristeció cuando la descubrieron. Nadie podía creerlo al principio; y ni siquiera ahora Elizabeth está totalmente convencida, a pesar de todas las pruebas. En efecto, ¿quién podría imaginar que Justine Moritz, que había sido tan amable y tan cariñosa con toda la familia, podría llegar a ser tan malvada?

—¡Justine Moritz...! —grité—. ¡Pobre, pobre muchacha! ¡Así que la han acusado a ella...! Pero... es una equivocación; todo el mundo tiene que darse cuenta de eso. Nadie puede creerlo, ¿verdad, Ernest?

—Nadie lo creía al principio —dijo mi hermano—, pero se descubrieron varias circunstancias que nos obligaron a convencernos; y su propio comportamiento ha sido tan confuso y añade tal relevancia a las pruebas mostradas que, me temo, no deja lugar a dudas; la juzgarán hoy, así que podrás saberlo todo.

Me contó que la mañana en que se descubrió el asesinato del pobre William, Justine se puso enferma y se quedó en cama; y, varios días después, una de las criadas, cuando por casualidad revisaba el vestido que había llevado la noche del asesinato, descubrió en su bolsillo el retrato de mi madre, que hasta entonces se consideraba el móvil del crimen. La criada inmediatamente se lo mostró a uno de los otros criados, quien, sin decir ni una palabra a ninguno de la familia, fue al magistrado, que ordenó apresar a Justine. Cuando fue acusada de los hechos, su extrema confusión confirmó en gran medida la sospecha.

Era una historia extraña, pero no me convenció; y contesté con vehemencia:

—¡Estáis todos equivocados! ¡Yo conozco al asesino! Justine... pobre, pobre Justine, es inocente.

En ese instante entró mi padre. Vi la tristeza profundamente grabada en sus facciones, pero intentó darme la bienvenida cordialmente y, después de intercambiar tristes saludos, habría hablado de cualquier otra cosa que no fuera nuestra tragedia, si no hubiera exclamado Ernest:

—¡Dios bendito, papá! Victor dice que sabe quién asesinó al pobre William...

—Nosotros también, desgraciadamente —contestó mi padre—; y, desde luego, habría preferido no saberlo en vez de descubrir tanta depravación e ingratitud en una persona a la que tenía en gran estima.

—Querido padre —exclamé—, estáis equivocados. ¡Justine es inocente...!

—Si lo es —replicó mi padre—, que Dios impida que la condenen como culpable. Hoy la juzgarán, y espero, espero sinceramente, que la absuelvan.

Aquellas palabras me tranquilizaron. Estaba firmemente convencido en mi interior de que Justine, es más, de que ningún ser humano era culpable de aquel crimen. Así pues, no temía que pudiera aportarse ninguna prueba circunstancial con la suficiente fuerza como para inculparla; y con esta seguridad, me tranquilicé, esperando el juicio con inquietud pero sin augurar un mal resultado.

# CAPÍTULO 12

Elizabeth pronto se reunió con nosotros. El tiempo había operado grandes cambios en su aspecto desde la última vez que la había visto. Cinco años antes era una muchacha bonita y alegre, a quien todos querían y mimaban. Ahora era una mujer tanto en la estatura como en la expresión de su rostro, que me pareció absolutamente adorable. Su frente, despejada y amplia daba cuenta de una sobrada inteligencia unida a una gran franqueza. Sus ojos eran avellanados y denotaban una extraordinaria dulzura, ahora mezclada con la tristeza por las recientes penas. Sus cabellos tenían un oscuro color castaño rojizo; su tez era blanca, y su figura, ligera y graciosa. Me saludó con todo el cariño.

–Tu llegada, mi queridísimo primo –dijo–, me llena de esperanza. Quizá descubras algún medio de demostrar la inocencia de mi pobre Justine. Ay, Dios mío... Si la culpan de asesinato, ¿quién podría estar seguro? Confío en su inocencia con tanta certeza como en la mía propia. Esta desgracia es el doble de cruel para nosotros. No solo hemos perdido a nuestro querido niño, sino que, además, un destino aún más cruel nos va a arrebatar a esta muchacha, a quien sinceramente aprecio. ¡Oh, Dios! Si la condenan, no volveré a saber qué es la alegría jamás. Pero no la condenarán, estoy segura de que no la condenarán; y volveré a ser feliz de nuevo, a pesar de la triste muerte de mi pequeño William.

–Es inocente, mi querida Elizabeth –dije–, y se demostrará; no temas nada, y tranquiliza tu espíritu con el convencimiento de que va a ser absuelta.

–¡Qué bueno eres! –contestó Elizabeth–. Todos los demás creen que es culpable, y eso me hace muy desgraciada; porque yo sé que eso es imposible, y ver a todos los demás tan decididamente predispuestos contra ella me hacía sentir perdida y desesperada.

Comenzó a llorar.

–Mi dulce sobrina –dijo mi padre–, seca tus lágrimas; si es inocente, como crees, confía en la justicia de nuestros jueces y en mi firme decisión de impedir que haya la más mínima sombra de parcialidad.

Pasamos unas horas muy tristes hasta las once, cuando estaba previsto que comenzara el juicio. Puesto que el resto de la familia estaba obligada a asistir en calidad de testigos, los acompañé al tribunal. Durante toda aquella maldita farsa de juicio, sufrí una verdadera tortura. Se iba a decidir si el resultado de mi curiosidad y mis experimentos ilegales eran la causa de la muerte de dos de mis seres queridos: el primero, un niño alegre, inocente y lleno de alegría; la otra, asesinada de un modo aún más terrible, con todos los agravantes de una infamia que podría hacer que aquel asesinato quedara registrado para siempre en los anales del horror. Justine también era una buena muchacha y poseía cualidades que le auguraban una vida feliz; ahora todo iba a quedar destruido y olvidado en una ignominiosa tumba... ¡y yo tenía la culpa! Mil veces me habría confesado culpable del crimen que se le achacaba a Justine; pero yo estaba ausente cuando se cometió, y una declaración semejante se habría considerado como la locura de un necio y ni siquiera podría exculpar a la que iba a ser castigada por mí.

Justine parecía tranquila. Iba vestida de luto; y sus facciones, siempre atractivas, se habían tornado exquisitamente hermosas por la gravedad de sus sentimientos. Incluso parecía confiar en su inocencia y no temblaba, aunque había muchas personas mirándola e insultándola. Toda la piedad que su belleza podría haber suscitado en los demás fue arrasada por el recuerdo de la enormidad que, se suponía, había cometido. Estaba tranquila, aunque su tranquilidad era evidentemente forzada; y como su confusión se había aducido anteriormente como una prueba de su culpabilidad, se esforzaba en mantener una apariencia de serenidad. Cuando entró en la sala del tribunal, miró a su alrededor e inmediatamente descubrió dónde estábamos sentados. Las lágrimas parecieron enturbiar su mirada, pero se recobró, y una mirada de triste cariño pareció atestiguar su irrefutable inocencia.

El juicio comenzó; y después de que el abogado hubiera sentado los cargos contra ella, se llamó a varios testigos. Algunos hechos casuales se confabularon contra ella, lo cual habría asombrado a cualquiera que no tuviera una prueba de su inocencia como la que tenía yo. Ella había estado fuera toda la noche en la cual se cometió el asesinato, y por la mañana temprano había sido vista por una mujer del mercado, no lejos del lugar donde posteriormente se encontró el cuerpo del muchacho asesinado. La mujer le preguntó qué hacía allí... pero ella la miró de un modo muy raro y solo le devolvió una respuesta confusa e ininteligible. Regresó a casa alrededor de las ocho, y cuando alguien le preguntó dónde había pasado la noche, contestó que había estado buscando al niño y preguntó vehementemente si alguien sabía algo del pequeño. Cuando trajeron el cuerpo a la casa, sufrió un violento ataque de histeria y tuvo que guardar cama durante varios días. Entonces se mostró públicamente el retrato que la criada había encontrado en su bolsillo, y un murmullo de indignación y horror recorrió la sala del tribunal cuando Elizabeth, con voz temblorosa, admitió que era el mismo que había puesto en el cuello del niño una hora antes de que se le echara en falta.

Se llamó entonces a Justine para que se defendiera. A medida que se había desarrollado el juicio, su rostro se había ido alterando. La sorpresa, el horror y el dolor se hacían ahora muy evidentes. A veces luchaba contra sus lágrimas; pero cuando se le pidió que hablara, hizo acopio de todas sus fuerzas y habló en un tono audible aunque con voz temblorosa.

—Dios sabe que soy absolutamente inocente —dijo—. Pero no espero que me absuelvan por lo que vaya a decir aquí: baso mi inocencia en la simple explicación de los hechos que se aducen contra mí; y espero que la reputación de la que siempre he gozado incline a mis jueces a una interpretación favorable allí donde alguna circunstancia aparezca como dudosa o sospechosa.

Entonces explicó que, con permiso de Elizabeth, había pasado aquella tarde, cuando se perpetró el crimen, en casa de una tía que vive en Chêne, una aldea que se encuentra aproximadamente a una legua de Ginebra. Cuando volvía, alrededor de las nueve, se encontró con un hombre que le preguntó si había visto al niño que se había perdido. Aquello la asustó y pasó varias horas buscándolo; entonces cerraron las puertas de Ginebra y se vio obligada a permanecer varias horas de la noche en una granja; pero, incapaz de descansar o dormir, se levantó muy pronto para volver a buscar a mi hermano. Si había llegado cerca del lugar en el que yacía el cuerpo, fue sin saberlo. Y no era sorprendente que se hubiera mostrado confusa cuando aquella mujer del mercado le hizo algunas preguntas, puesto que estaba desesperada por la pérdida del pobre William. Respecto al retrato en miniatura, no podía dar ninguna explicación.

—Ya sé cuán grave y fatalmente pesa esta circunstancia concreta contra mí —añadió la infeliz—, pero no puedo explicarlo; he confesado mi absoluta ignorancia al respecto, y solo me resta hacer suposiciones respecto a las razones por las cuales se colocó ese objeto en mi bolsillo. Pero también aquí tengo que detenerme. Creo que no tengo ningún enemigo en el mundo... y con seguridad, ninguno que pudiera haber sido tan malvado como para destruirme tan gratuitamente. ¿Lo puso el asesino ahí? No tengo conciencia de haberle dado ninguna oportunidad para que lo hiciera; y si ciertamente le ofrecí sin querer esa oportunidad, ¿por qué habría robado la joya el asesino si pensaba desprenderse de ella tan pronto?

»Pongo mi causa en manos de la justicia de los jueces, aunque comprendo que no hay lugar para la esperanza. Y ruego que se permita que se pregunte a algunos testigos respecto a mi carácter; y si sus testimonios no prevalecen sobre mi supuesta culpabilidad, tendré que ser condenada, aunque yo preferiría fundar mis esperanzas de salvación en mi inocencia.

Fueron citados varios testigos que la habían conocido desde hacía muchos años, y todos hablaron bien de ella; pero el temor y la aversión por el crimen del cual la creían culpable los tornó temerosos y poco vehementes. Elizabeth vio que incluso este último recurso, su disposición y su conducta excelentes e irreprochables, también iba a fallarle a la acusada, y entonces, aunque terriblemente nerviosa, pidió permiso para hablar.

—Soy —dijo— la prima del infeliz niño que fue asesinado... o más bien, su hermana, porque fui educada por sus padres y viví con ellos desde mucho antes incluso de que él naciera; así que tal vez se considere improcedente que declare aquí; pero cuando veo a una criatura como ella estar en peligro solo por la cobardía de sus supuestos amigos, deseo que se me permita hablar para poder decir lo que sé de su carácter. La conozco bien. He vivido en la misma casa, con ella, al principio durante cinco años, y más adelante, casi otros dos. Durante todo ese tiempo me ha parecido la criatura más amable y buena. Cuidó a mi tía en su última enfermedad con el mayor cariño y atención, y después se ocupó de su propia madre durante una larga y penosa enfermedad de un modo que causó la admiración de todos los que la conocían. Después de aquello, volvió a vivir en casa de mi tío, donde era apreciada y querida por toda la familia. Sentía un afecto muy especial por el niño que ha sido asesinado y siempre actuó para con él como una madre cariñosísima. Por mi parte, no dudo en afirmar que, a pesar de todas las pruebas que se presenten contra ella, yo creo y confío en su absoluta inocencia. No tenía ningún motivo para hacer algo así; y respecto a esa tontería que parece ser la prueba principal, si ella hubiera mostrado algún deseo de tenerla, yo se la habría dado de buen grado, tanto la aprecio y la valoro.

¡Maravillosa Elizabeth! Se oyó un murmullo de aprobación; pero se debió a su generosa intervención y no porque hubiera un sentimiento favorable hacia la pobre Justine, sobre la cual se volvió a desatar la indignación del público con renovada violencia, acusándola de la más perversa ingratitud. Ella lloraba mientras Elizabeth hablaba, pero no dijo nada. Mi nerviosismo y mi angustia fueron indescriptibles durante todo el juicio. Yo creía que era inocente... lo sabía. ¿Acaso el monstruo que había matado a mi hermano (no me cabía la menor duda), en su infernal juego, había entregado a aquella muchacha inocente a la muerte y a la ignominia? No podía soportar el horror de la situación; y cuando vi que la opinión pública y el rostro de los jueces ya habían condenado a mi infeliz víctima, abandoné la sala angustiado. Los sufrimientos de la acusada no eran comparables con los míos; ella se apoyaba en la inocencia, pero a mí las garras del remordimiento me desgarraban el pecho. Pasé una noche absolutamente miserable. Por la mañana volví al tribunal; tenía los labios y la garganta ardiendo. No me atrevía a lanzar la maldita pregunta, pero me conocían, y el oficial imaginó la razón de mi visita: se habían emitido los votos, todos eran negros, y Justine fue condenada.

# CAPÍTULO 13

Ni siquiera puedo intentar describir lo que sentí entonces. Ya había experimentado sensaciones de horror anteriormente; y he tratado de expresarlo con las palabras adecuadas, pero en este caso las palabras no pueden proporcionar en absoluto una idea ajustada de la insoportable y nauseabunda desesperación que tuve que soportar. La persona a la que yo me había dirigido también añadió que Justine ya había confesado su culpabilidad.

—Esa confesión —apuntó— era casi innecesaria en un caso tan evidente, pero me alegro de que lo haya hecho; y, es más, a ninguno de nuestros jueces le gusta condenar a un criminal basándose en pruebas circunstanciales, aunque sean tan decisivas como en este caso.

Cuando regresé a casa, Elizabeth me pidió con ansiedad que le dijera cuál era el resultado.

—Prima mía —contesté—, se ha decidido lo que imaginas: todos los jueces prefieren que diez inocentes sean castigados antes que permitir que un culpable pueda escapar; de todos modos, ha confesado.

Aquello fue un nefasto golpe para la pobre Elizabeth, que había confiado firmemente en su inocencia.

—¡Dios mío...! —dijo—. ¿Cómo podré volver a creer jamás en la bondad humana? Justine, a quien amaba y apreciaba como a una hermana, ¿cómo pudo ofrecernos esas sonrisas solo para traicionarnos después? Sus dulces ojos parecían incapaces de enfadarse o estar de mal humor y, sin embargo, ha cometido un asesinato.

Poco después supimos que la pobre víctima había expresado su deseo de ver a mi prima. Mi padre no quería que fuera, pero dijo que decidiera según su propio juicio y sus sentimientos.

–Sí –dijo Elizabeth–; iré, aunque sea culpable; y tú, Victor, me acompañarás... no puedo ir sola.

La simple idea de aquella visita me torturaba, pero no podía negarme.

Entramos en aquella sombría celda y descubrimos a Justine sentada en un montón de paja, en una esquina; tenía las manos encadenadas y estaba con la cabeza apoyada en las rodillas; se levantó al vernos; y cuando nos dejaron a solas con ella, se arrojó a los pies de Elizabeth, llorando amargamente.

Mi prima también lloraba.

–¡Oh, Justine...! –dijo–. ¿Por qué me arrebataste el último consuelo que me quedaba? Yo confiaba en tu inocencia; y aunque estaba muy triste, no era tan desgraciada como ahora.

–¿También usted cree que soy tan malvada? –lloró Justine–. ¿También se une usted a mis enemigos para aplastarme? –Su voz se fue apagando entre sollozos.

–Levántate, mi pobre niña –dijo Elizabeth–, ¿por qué te arrodillas si eres inocente? Yo no soy uno de tus enemigos; creía en tu inocencia, a pesar de todas las pruebas, hasta que supe que tú misma te habías declarado culpable. Ahora dices que todo eso es falso; y puedes estar segura, mi querida Justine, que nada, en ningún momento, puede quebrar mi confianza en ti, salvo tu propia confesión.

–Confesé –dijo Justine–, pero confesé una mentira. Confesé porque así podría obtener la absolución, pero ahora esas mentiras y esas falsedades pesan en mi corazón más que todos mis pecados juntos. ¡Que el Dios del Cielo me perdone! Desde que fui condenada, mi confesor me ha estado apremiando; me ha amenazado y me ha gritado hasta que casi he comenzado a pensar que yo era la malvada criminal que él dice que soy. Me ha amenazado con la excomunión y con las llamas del infierno si persistía en mi obstinación. Mi querida señorita, no tenía a nadie que me ayudara... Todos me miraban como un maldito monstruo destinado a la ignominia y la perdición. ¿Qué podía hacer? En un momento de debilidad, firmé una mentira, y ahora solo yo me siento verdaderamente miserable. –Se detuvo, llorando, y luego prosiguió–: Pensé horrorizada, mi querida señorita, que usted creería que su Justine, a quien su bendita tía había honrado tanto con su aprecio y a quien usted tanto amaba, era un monstruo capaz de un crimen que nadie, salvo el mismísimo demonio, podría haber perpetrado. ¡Querido William, mi querido y bendito niño, pronto te veré en el Cielo y en la Gloria...! Eso me consuela, ahora que voy a sufrir la ignominia y la muerte.

–¡Oh, Justine...! –gritó Elizabeth llorando–. ¡Perdóname por haber desconfiado de ti un solo momento! ¿Por qué confesaste? No te lamentes, mi querida niña, yo proclamaré tu inocencia en todas partes y conseguiré que me crean. Aunque tú tengas que morir... tú, mi amiga, mi compañera de juegos, más que una hermana... morir... No, no podré sobrevivir a una desgracia tan horrible...

—Querida y dulce señorita, no llore... —contestó Justine—. Debería usted animarme con pensamientos sobre una vida mejor, y elevar mi espíritu sobre las pequeñas preocupaciones de este mundo de injusticia y violencia. No, mi buena Elizabeth, no me hunda usted en la desesperación.

Elizabeth abrazó a la desgraciada.

—Intentaré consolarte —dijo—, pero me temo que esta es una tragedia tan profunda y tan desgarradora que el consuelo apenas sirve de nada, porque no hay esperanza. Que el Cielo te bendiga, mi queridísima Justine, con una resignación y una fe que eleve tu espíritu por encima de este mundo. ¡Oh, cómo desprecio todas sus farsas y sus necedades! Cuando una criatura es asesinada, inmediatamente a otra se le arrebata la vida, con una lenta tortura, y luego los verdugos, con las manos aún teñidas de sangre inocente, creen que han llevado a cabo una gran acción. Lo llaman castigo justo... ¡qué espantosas palabras! Cuando se pronuncian esas palabras, ya sé que se van a infligir los peores castigos y los más horribles que el tirano más siniestro haya inventado jamás para saciar su inconcebible venganza. Ya sé que esto no te va a consolar, mi Justine, a menos que en realidad estés feliz de abandonar un agujero tan asqueroso como este. ¡Dios mío! Querría estar descansando en paz, con mi tía y mi dulce William... lejos de esta luz que me resulta odiosa y de los rostros de hombres que aborrezco.

Justine sonrió lánguidamente.

—Esto, querida señorita —dijo—, es desesperación y no resignación. No debo aprender la lección que usted me está enseñando... Hablemos de otra cosa, de algo que me procure alegría y no aumente mi amargura.

Durante esta conversación, yo me había apartado a una esquina de la celda, donde pude disimular la horrorosa angustia que me atenazaba. ¡Desesperación! ¿Quién se atrevía a hablar de eso? La pobre víctima, que al día siguiente iba a traspasar la terrorífica frontera entre la vida y la muerte, no sentía... ¡una agonía tan profunda y amarga como la mía! Los dientes me rechinaban y los apreté con fuerza, dejando escapar un gemido que nació en lo más profundo de mi alma. Justine se sobresaltó. Cuando vio quién era, se aproximó a mí.

—Querido señor —dijo—, es usted muy amable al visitarme; espero que usted no crea que soy culpable.

No pude responder.

—No, Justine —dijo Elizabeth—; él está más convencido de tu inocencia que yo; por eso, ni siquiera cuando supo que habías confesado lo creyó.

—Se lo agradezco de verdad —dijo Justine—. En estos últimos momentos siento la gratitud más sincera por aquellos que todavía piensan en mí con bondad. ¡Qué dulce es el cariño de los demás para una mujer tan desgraciada como yo! Casi me alivia de la mitad de mis penas; y siento como si pudiera morir en paz, ahora que usted, querida señorita, y su primo, han reconocido mi inocencia.

Así intentaba consolarse a sí misma y a los demás aquella pobre desgraciada. Es más, incluso pudo alcanzar la resignación que anhelaba; pero yo, el verdadero asesino, sentía que estaba viva en mi pecho la carcoma eterna que no permite ni la esperanza ni el consuelo. Elizabeth también lloraba y era desgraciada; pero la suya era también la tristeza de la inocencia, la cual, como una nube que pasa sobre la pálida luna, durante un instante la oculta, pero no puede matar su brillo. La angustia y la desesperación había penetrado hasta lo más profundo de mi corazón... Albergaba un infierno en mi interior que nada podía apagar.

Permanecimos varias horas con Justine, y solo con gran dificultad Elizabeth reunió valor para apartarse de ella.

–¡Ojalá muriera yo contigo! –gritó llorando–. ¡No soporto vivir en este mundo de dolor!

Justine adoptó un aire de alegría, aunque apenas podía contener sus amargas lágrimas.

–Adiós, querida señorita, mi queridísima Elizabeth; que el Cielo en su infinita bondad la bendiga y la proteja. Que sea esta la última desgracia que tenga usted que sufrir; viva y sea feliz para hacer felices a los demás.

Cuando regresábamos, Elizabeth me dijo:

–No sabes, mi querido Víctor, cuánto me ha tranquilizado saber que puedo estar segura de la inocencia de esa desafortunada muchacha. Jamás podría volver a vivir en paz si mi confianza en ella se hubiera visto defraudada. En esos momentos en que lo creí, sentí una angustia que no hubiera podido soportar durante mucho tiempo. Ahora mi corazón se siente aliviado. La inocente sufre, pero aquella a quien yo consideraba amable y buena no es una malvada, y eso me consuela.

¡Mi dulce prima! Tales eran tus pensamientos, puros y dulces como tus queridos ojos y tu voz. Pero yo... yo era un monstruo, y nadie jamás podría concebir la amargura que sufrí entonces.

# CAPÍTULO 14

Cuando la mente ha estado intensamente ocupada en una rápida sucesión de acontecimientos, nada es más doloroso que la mortal calma de apatía y certidumbre que surge a continuación y que impide que el alma sienta ni esperanza ni temor. Justine murió. Descansó. Y yo estaba vivo. La sangre corría libremente por mis venas, pero un peso de desesperación y remordimiento me aplastaba el corazón y nada podía aliviar ese dolor. El sueño huía de mis ojos. Vagaba como un alma en pena, porque había cometido actos malvados y horribles que ni siquiera se pueden describir, y (estaba convencido) aún cometería más, muchos más. Sin embargo, mi corazón rebosaba de cariño y bondad. Mi vida había comenzado con buenas intenciones y había deseado que llegara el momento en que pudiera ponerlas en práctica y convertirme en una persona útil para mis semejantes. Ahora todo se había derrumbado. En vez de tener la conciencia tranquila, que me permitiera revisar mis actos con autocomplacencia y, a partir de ese punto, albergar promesas de nuevas esperanzas, estaba abrumado por los remordimientos y la culpa, y me entregaba a un infierno de torturas infinitas que ni siquiera pueden describirse.

Este estado de ánimo minó mi salud, que se había restablecido por completo desde el primer ataque que había sufrido. No soportaba la presencia de nadie; cualquier gesto de alegría o satisfacción era una tortura para mí. La soledad era mi único consuelo... una soledad profunda, negra, como la muerte. Mi padre observó con dolor el perceptible cambio que había tenido lugar en mi conducta y mis costumbres, e intentó razonar conmigo sobre la locura que suponía entregarse a un dolor desmesurado.

—¿Crees que yo no sufro, Victor? —dijo—. Nadie puede querer a un muchacho más de lo que yo quería a tu hermano —y las lágrimas anegaron sus ojos cuando dijo aquello—; pero... ¿no es nuestro deber para con los que siguen vivos intentar refrenarnos y no aumentar su tristeza mostrando un dolor exagerado? Y también es un deber para contigo mismo; porque la pena excesiva impide mejorar y sentirse alegre, e incluso impide realizar las tareas cotidianas sin las cuales ningún hombre puede vivir en sociedad.

Aquel consejo, aunque era bueno, era de todo punto inaplicable en mi caso; yo debería haber sido el primero en ocultar mi dolor y consolar a mis seres queridos... si los remordimientos no hubieran mezclado su amargura con el resto de mis emociones. En aquel momento solo podía responder a mi padre con una mirada de desesperación e intentar apartarme de su vista. Por aquel entonces nos fuimos a vivir a nuestra casa de Belrive. Este cambio me resultó especialmente agradable. El cierre de las puertas de la ciudad, habitualmente a las diez en punto, y la imposibilidad de permanecer en el lago después de esa hora convertían nuestra permanencia dentro de los muros de Ginebra en una obligación muy desagradable para mí. Ahora era libre. A menudo, después de que el resto de la familia se hubiera retirado a dormir, yo cogía el bote y pasaba la noche sobre las aguas: algunas veces, con las velas desplegadas, me dejaba arrastrar por el viento; y en otras ocasiones, después de remar hasta el centro del lago, dejaba que el bote siguiera su propio curso y me entregaba a mis dolorosas reflexiones. Muchas veces estuve tentado... cuando todo era paz a mi alrededor y yo era lo único que vagaba desasosegado y sin descanso en una escena tan maravillosa y celestial, si exceptúo a algún murciélago solitario o las ranas, cuyo croar áspero y rítmico se oía solo cuando me aproximaba a las orillas... Muchas veces, digo, estuve tentado de arrojarme al lago callado y en calma, para que las aguas me engulleran a mí y a mis calamidades para siempre. Pero me detenía cuando pensaba en la heroica y abnegada Elizabeth, a quien tanto quería, y cuya existencia estaba íntimamente ligada a la mía. Y también pensaba en mi padre y en el hermano que me quedaba; ¿acaso mi miserable deserción no los dejaría abandonados y desprotegidos, a merced de la maldad del monstruo que había arrojado entre ellos? En esos momentos me entregaba al llanto amargamente, y deseaba que la paz volviera a mi mente solo porque así podría intentar consolarlos y procurarles felicidad... pero no pudo ser: los remordimientos frustraban cualquier esperanza. Yo había sido el responsable de un mal irremediable y vivía con el constante temor de que el monstruo que yo había creado pudiera perpetrar algún nuevo crimen. Tenía el oscuro presentimiento de que aquello no había acabado y de que aún cometería algún crimen señalado, el cual, por su enormidad, casi borraría el recuerdo de sus maldades pasadas. En tanto quedara vivo alguien a quien yo pudiera amar, siempre tendría razones para tener miedo. La repugnancia que sentía hacia aquel maldito demonio apenas se puede concebir. Cuando pensaba en él, me rechinaban los dientes, mis ojos se inyectaban en sangre, y deseaba ardientemente destruir aquella vida que tan inconscientemente había creado. Cuando pensaba en sus crímenes y en su perversidad, el odio y la venganza se desataban en mi pecho y superaban todos los límites de lo racional. Habría ido en peregrinación al pico más alto de los Andes si hubiera sabido que podría arrojarlo al vacío desde allí; no deseaba otra cosa sino volver a verlo: así podría descargar todo mi inmenso odio sobre su cabeza y vengar las muertes de William y Justine.

Nuestra casa era la casa de la tristeza. La salud de mi padre se vio profundamente afectada por el horror de los recientes acontecimientos. Elizabeth estaba triste y abatida; ya no encontraba ningún placer en sus actividades cotidianas; y cualquier alegría le resultaba sacrílega para con los muertos; pensaba que la pena eterna y las lágrimas eran el justo homenaje que tenía que rendir por la inocencia que se había destruido y aniquilado de aquel modo. Ya no era la criatura feliz que en su primera juventud había vagado conmigo por las orillas del lago y hablaba con alegría de nuestras perspectivas futuras. Ahora se había convertido en una mujer seria y a menudo hablaba de la volubilidad de la fortuna y de la inestabilidad de la vida humana.

—Mi querido primo —me decía—, cuando pienso en la miserable muerte de Justine Moritz, me resulta imposible ver este mundo y todo lo que hay en él del mismo modo que antes. Antes consideraba las historias sobre el vicio y la injusticia que leía en los libros o que escuchaba a otros como cuentos de viejas o de demonios imaginarios; al menos, me parecían muy lejanos y más relacionados con la razón que con la imaginación; pero ahora la calamidad ha llegado a nuestra casa y todos los hombres me parecen monstruos sedientos de sangre de los demás. Pero estoy siendo ciertamente injusta. Todo el mundo creía que esa pobre muchacha era culpable; y si ella pudiera haber cometido el crimen por el que fue condenada, con toda seguridad habría sido la más depravada de todas las criaturas humanas. Solo por unas joyas... haber asesinado al hijo de su benefactor y amigo, un niño a quien ella misma había cuidado desde que nació y al que parecía querer como si hubiera sido el suyo propio... No puedo admitir jamás la ejecución de ningún ser humano, pero con toda seguridad habría pensado que un ser así no era digno de pertenecer a la sociedad. Sin embargo, era inocente. Lo sé, siento que era inocente. Tú eres de la misma opinión y eso me lo confirma. ¡Por Dios, Victor...! Si la mentira se parece tanto a la verdad, ¿quién puede estar seguro de alcanzar alguna felicidad? Siento como si estuviera caminando por el borde de un precipicio hacia el cual avanzan miles de seres que intentan arrojarme al abismo. William y Justine fueron asesinados, y el asesino escapa, fingiendo ser humano; anda libre por el mundo y quizá sea respetado. Pero aunque me condenaran a morir en el cadalso por esos mismos crímenes, no me cambiaría jamás por semejante monstruo.

Escuché sus palabras con una angustia indescriptible. Yo era, no físicamente, pero sí efectivamente, el verdadero asesino. Elizabeth leyó la angustia en mi rostro y, cogiéndome cariñosamente la mano, dijo:

—Mi queridísimo primo, tienes que tranquilizarte; esos acontecimientos me han afectado... ¡Dios sabe cuán profundamente! Pero no estoy tan destrozada como tú... Hay en tu rostro una expresión de dolor, y a veces de venganza, que me hace temblar; cálmate, mi querido Victor; daría mi vida por que estuvieras tranquilo. Verás como volveremos a ser felices: viviendo apaciblemente en nuestro país natal y apartados del mundo, ¿qué podría perturbar nuestra tranquilidad?

Las lágrimas resbalaban por sus mejillas mientras me lo decía, desmintiendo la misma felicidad que me prometía, pero al mismo tiempo sonreía de tal modo que podía apartar los demonios que se escondían en mi corazón. Mi padre, que vio en la tristeza se reflejaba en mi cara solo una exageración de la pena que debía sentir naturalmente, pensó que un entretenimiento adecuado a mis gustos sería el mejor medio para que recuperara la serenidad acostumbrada. Fue por este motivo por el que nos habíamos trasladado al campo; y, animado por la misma razón, ahora propuso que podíamos hacer un viaje al valle de Chamonix. Yo ya había estado allí, pero Elizabeth y Ernest nunca lo habían visitado; y ambos habían expresado muy a menudo su deseo de ver aquel sitio, que todo el mundo les había descrito como un lugar maravilloso y sublime. Así pues, a mediados del mes de agosto, casi dos meses después de la muerte de Justine, partimos de Ginebra dispuestos a realizar ese viaje.

El tiempo era maravilloso; y si mi pena hubiera sido de esas que se pueden ahuyentar mediante cualquier entretenimiento pasajero, aquel viaje habría obtenido ciertamente el resultado que mi padre se había propuesto. En todo caso, me interesó un tanto el paisaje: a veces me apaciguaba, pero no podía mitigar del todo mi dolor. Durante el primer día, viajamos en un carruaje. Por la mañana habíamos visto en la distancia las montañas hacia las que nos dirigíamos poco a poco. Nos dimos cuenta de que el valle por el que transitábamos, y que estaba formado por el Arve, cuyo curso seguíamos, se cerraba sobre nosotros gradualmente; y cuando el sol se puso, vimos las inmensas montañas y precipicios descolgándose sobre nosotros por todas partes y oímos el sonido del río rugiendo entre las rocas y las cascadas precipitándose alrededor.

Al día siguiente proseguimos nuestro viaje en mulas; y a medida que ascendíamos más y más, el valle adquiría un aspecto más bello y frondoso. Los castillos en ruinas colgando de los precipicios en montañas pobladas de pinos, el Arve impetuoso, y las pequeñas granjas asomándose aquí y allá entre los árboles formaban una escena de singular belleza. Pero aún lo fue más, y se acercó a lo sublime, cuando vimos los poderosos Alpes, cuyas blancas y brillantes pirámides y cúpulas se elevaban como torres sobre todo lo existente en la Tierra: la morada de otra raza de seres. Cruzamos el puente de Pelissier, donde la quebrada que forma el río se abría ante nosotros, y comenzamos a ascender la montaña que se elevaba sobre él. Poco después, entramos en el valle de Chamonix. Este valle es desde luego maravilloso y sublime, pero no tan hermoso y pintoresco como el de Servox, que era el que acabábamos de dejar atrás. Está rodeado de montañas altas y nevadas, pero ya no vimos más castillos en ruinas ni tierras fértiles. Los inmensos glaciares se acercaban casi al camino; oímos el atronador retumbar de avalanchas que se desprendían y la huella de neblina que dejaban a su paso. El Mont Blanc, el supremo y magnífico Mont Blanc, se elevaba sobre las aiguilles que lo rodean, y su imponente cúpula dominaba el valle.

Durante aquel viaje, en ocasiones avancé junto a Elizabeth y me esforcé en señalarle las distintas maravillas del paisaje. Y a menudo forzaba a mi mula a quedarse atrás, para poder entregarme así a las penas de mis pensamientos. En otras ocasiones espoleaba al animal para que adelantara a mis compañeros de viaje, para poder olvidarme de ellos, del mundo y, sobre todo, de mí mismo. Cuando me encontraba a cierta distancia, me bajaba y me tiraba en la hierba, apesadumbrado por el horror y la desesperación. A las ocho de la tarde llegamos a Chamonix. Mi padre y Elizabeth estaban muy cansados. Ernest, que nos acompañaba, estaba encantado y muy animado. La única circunstancia que le molestaba era el viento del sur y la lluvia que ese viento prometía para el día siguiente.

Nos retiramos pronto a nuestros aposentos, pero no a dormir: al menos, yo no. Permanecí durante muchas horas asomado a la ventana, observando los pálidos resplandores que jugaban sobre el Mont Blanc... y escuchando el rumor del Arve, que corría bajo mi ventana.

# CAPÍTULO 15

Al día siguiente, contrariamente a los pronósticos de nuestros guías, hizo muy bueno, aunque el cielo estaba nublado. Visitamos las fuentes del Arveiron y paseamos a caballo por el valle hasta la tarde. Aquellos paisajes sublimes y magníficos me proporcionaban todo el consuelo que podía recibir. Me elevaban por encima de la mezquindad; y aunque no podían disipar mi dolor, lo mitigaban y lo acallaban. En alguna medida, también, apartaban mi mente de los pensamientos en los que había estado sumida durante el último mes. Regresaba al atardecer, agotado pero menos desdichado, y conversaba con mi familia con más simpatía de lo que había sido mi costumbre desde hacía algún tiempo. Mi padre estaba contento, y Elizabeth, encantadísima.

–Mi querido primo –decía–, ¿ves cuánta felicidad nos traes cuando eres feliz? ¡No recaigas de nuevo!

A la mañana siguiente llovía torrencialmente y unas nieblas densas ocultaban las cimas de las montañas. Me levanté muy pronto, pero me sentía inusualmente melancólico. La lluvia me deprimía, los viejos temores volvieron a mi corazón, y me encontraba abatido. Sabía cuánto le desagradaría a mi padre este cambio repentino, y preferí evitarlo hasta que me recuperara lo suficiente, al menos, como para poder ocultar los sentimientos que me apesadumbraban. Supe que ellos se quedarían toda la tarde en la posada; y, como yo estaba muy acostumbrado a la lluvia y al frío, decidí subir el Montanvert solo. Recordaba la impresión que había causado en mi espíritu, cuando estuve allí por primera vez, la visión del gigantesco glaciar siempre en movimiento. En aquella ocasión me había embargado un éxtasis sublime que daba alas al alma y le permitía remontarse desde este oscuro mundo hasta la luz y la alegría. La contemplación de lo terrible y lo majestuoso en la naturaleza siempre ha tenido en realidad la capacidad de ennoblecer mi espíritu y de hacerme olvidar las preocupaciones pasajeras de la vida. Decidí ir solo, porque conocía bien el camino, y la presencia de otra persona arruinaría la solitaria grandeza del paisaje.

El ascenso es muy pronunciado, pero el camino se recorta en constantes revueltas que permiten ascender esas montañas casi verticales. Es un paisaje aterradoramente desolado. En mil lugares se aprecian los restos de los aludes invernales, donde los árboles yacen en tierra, quebrados y astillados: algunos, completamente destrozados; otros, inclinados y apoyados en los salientes rocosos de la montaña o recostados y atravesados sobre otros árboles. Cuando uno alcanza cierta altura, el camino se cruza con barranqueras cubiertas de nieve, desde donde suelen desprenderse continuamente piedras que caen rodando; una de esas quebradas es particularmente peligrosa, porque el más leve sonido, incluso el que se produce al hablar en voz alta, genera una vibración en el aire lo suficientemente violenta como para desatar la destrucción sobre la persona que se atrevió a hablar. Los abetos aquí no son ni altos ni frondosos, sino sombríos, y añaden un aire de severidad al paisaje. Miré abajo, al valle; imponentes nieblas se estaban elevando desde el río, que lo atravesaba, y se iban alzando en densas volutas en torno a las montañas del otro lado, cuyas cimas aparecían ocultas por nubes uniformes, mientras que la lluvia se precipitaba desde aquellos cielos oscuros y se añadía a la melancólica sensación que tenía de todo lo que me rodeaba. ¡Dios mío...! ¿Por qué presume el hombre de tener más sensibilidad que las bestias? Eso solo los convierte en seres más necesitados. Si nuestros impulsos se redujeran al hambre, la sed y el deseo, casi podríamos ser libres; pero nos vemos agitados por todos los vientos y por cada palabra pronunciada casi al azar o por cada paisaje que ese viento puede sugerirnos.

Dormimos, y un sueño es capaz de envenenar nuestro descanso.

Nos levantamos, y un pensamiento pasajero nos amarga el día.

Sentimos, imaginamos o razonamos; reímos, o lloramos,

abrazamos pesares amados, o apartamos nuestras cuitas;

no importa; porque sea alegría o pena,

el camino de su partida siempre está abierto.

El ayer del hombre jamás puede ser como su mañana;

¡nada puede durar, salvo la mutabilidad!

Ya era mediodía cuando llegué a la cumbre. Durante algún tiempo estuve sentado en la roca desde la que se dominaba el mar de hielo. La niebla envolvía aquel lugar y las montañas circundantes. De repente, una brisa disipó la niebla y yo descendí al glaciar. La superficie es muy quebrada, y se eleva como las olas de un mar enfurecido, o desciende mucho, y por todas partes se abren profundas grietas. Esa extensión de hielo tiene una lengua de anchura, pero tardé casi dos horas en cruzarlo. La montaña que hay al otro lado es una roca desnuda y perpendicular. Desde aquella parte en la que ahora me encontraba, Montanvert se encontraba exactamente enfrente, a la distancia de una legua, y sobre él se elevaba el Mont Blanc con su terrible majestuosidad. Me quedé en una oquedad de la roca, observando aquel maravilloso e imponente paisaje. El mar o, más bien, el inmenso río de hielo, serpenteaba entre las montañas que lo abastecían, cuyas aéreas cumbres se elevaban sobre los abismos. Aquellas cimas heladas y deslumbrantes brillaban al sol, por encima de las nubes. Mi corazón, antes apenado, ahora se henchía con un sentimiento parecido a la alegría. Y exclamé:

—¡Espíritus errantes, si es verdad que vagáis y no encontráis descanso en vuestras angostas moradas, concededme esta leve felicidad o llevadme con vosotros y alejadme de las alegrías de la vida!

Apenas dije aquellas palabras, de repente descubrí la figura de un hombre a cierta distancia, avanzando hacia mí a una velocidad sobrehumana. Saltaba por encima de las grietas de hielo, entre las cuales yo había avanzado con tanta precaución; su estatura también, a medida que se aproximaba, parecía exceder con mucho a la de un hombre común. Tuve miedo... una niebla veló mis ojos, y sentí que la debilidad se apoderaba de mí. El viento gélido de las montañas rápidamente me reanimó. Me di cuenta, a medida que aquella figura se acercaba más y más (visión espantosa y aborrecida), de que era el engendro que yo había creado. Temblé de rabia y horror. Decidí esperar que se aproximara y, entonces, enfrentarme a él en un combate mortal. Se aproximó; su rostro delataba una amarga angustia mezclada con desdén y malignidad. Pero apenas pude darme cuenta de eso; la furia y el odio me habían privado por completo de todo razonamiento, y solo me recobré para lanzarle los insultos más furiosos de odio y de desprecio.

–¡Demonio! –exclamé–. ¿Te atreves a acercarte a mí? ¿Es que no temes que la furiosa venganza de mi brazo caiga sobre tu despreciable cabeza? ¡Apártate, alimaña miserable! ¡O mejor... quédate ahí para que pueda arrastrarte por el lodo...! ¡Y... oh, ojalá pudiera, con la destrucción de tu miserable existencia, devolverles la vida a aquellas criaturas a las que asesinaste diabólicamente!

–Esperaba este recibimiento –dijo el demonio–. Todos odian a los desgraciados... ¡cuánto me odiarán a mí, que soy el más desdichado de todos los seres vivos! Pero vos, mi creador, me odiáis y me rechazáis, a vuestra criatura, a quien estáis ligado por lazos que solo se desatarán con la muerte de uno de los dos. Os proponéis matarme... ¿Cómo os atrevéis a jugar así con la vida? ¡Cumplid con vuestro deber para conmigo, y yo cumpliré con vos y con el resto de la humanidad! Si aceptáis mis condiciones, os dejaré en paz, a ellos y a vos; pero si os negáis, alimentaré las fauces de la muerte hasta que se sacie incluso con vuestros seres más queridos.

–¡Monstruo abominable...! –grité furiosamente–. ¡Eres solo un demonio, y las torturas del infierno son una venganza demasiado dulce para los crímenes que has cometido! ¡Maldito demonio! ¡Y me reprochas tu creación! ¡Ven, para que pueda apagar la llama que encendí de un modo tan imprudente!

Mi furia estaba desatada. Salté sobre él, impelido por todos los sentimientos que pueden armar a un ser contra la existencia de otro. Él me esquivó fácilmente y dijo:

–¡Calmaos! Os suplico que me escuchéis, antes de que descarguéis vuestro odio sobre mi desventurada cabeza. ¿Acaso no he sufrido lo suficiente, que aún deseáis aumentar mi desdicha? Amo la vida, aunque solo sea para mí una sucesión de angustias, y defenderé la mía. Recordad que me habéis hecho más poderoso que vos mismo: soy más alto que vos; mis miembros, más ágiles. Pero no me dejaré arrastrar por la tentación de enfrentarme a vos. Soy vuestra criatura, y siempre seré fiel y sumiso ante vos, mi señor natural y mi rey, si vos cumplís también con vuestra parte, con las obligaciones que tenéis para conmigo. ¡Oh, Frankenstein...! No seáis justo con todos los demás, y me aplastéis a mí solo, a quien más debéis vuestra clemencia, vuestro cariño. Recordad que soy vuestra creación... yo debería ser vuestro Adán... pero, bien al contrario, soy un ángel caído, a quien privasteis de la alegría sin ninguna culpa; por todas partes veo una maravillosa felicidad de la cual solo yo estoy irremediablemente excluido. Yo era afectuoso y bueno: la desdicha me convirtió en un malvado. ¡Hacedme feliz, y volveré a ser bueno...!

–¡Apártate...! –contesté–. No te escucharé. No puede haber nada entre tú y yo.

Somos enemigos. ¡Apártate de mí... o midamos nuestras fuerzas en una lucha en la que uno de los dos deba morir...!

—¿Cómo puedo conseguir que os apiadéis de mí? —dijo aquel engendro—. ¿No habrá súplicas que consigan que volváis vuestra benevolente mirada hacia la criatura que implora vuestra bondad y compasión...? Creedme, Frankenstein: yo era bueno... mi alma rebosaba de amor y humanidad; pero... ¿no estoy solo... miserablemente solo? Y vos, mi creador, me aborrecéis. ¿Qué esperanza puedo albergar respecto a vuestros semejantes, que no me deben nada? Me desprecian y me odian. La montañas desoladas y los lúgubres glaciares son mi refugio. He vagado por estos lugares durante muchos días. La grutas de hielo, a las que solo yo no temo, son mi hogar, y el único lugar al que los hombres no desean venir. Bendigo estos espacios tenebrosos, porque son más amables conmigo que vuestros semejantes. Si la humanidad entera supiera de mi existencia, como vos, cogería las armas para conseguir mi completa aniquilación. Así... ¿no he de odiar a aquellos que me aborrecen? No habrá tregua con mis enemigos. Soy desgraciado, y ellos compartirán mi desdicha. Pero en vuestra mano está recompensarme y librar a todos los demás de un mal que solo espera a que vos lo desencadenéis, y que no os engullirá en los torbellinos de su furia solo a vos y a vuestra familia, sino a muchísimos otros más. Permitid que se conmueva vuestra compasión y vuestra justicia, y no me despreciéis. ¡Escuchad mi historia! Cuando la hayáis oído, maldecidme o apiadaos de mí, de acuerdo con lo que consideréis que merezco. Pero escuchadme... Las leyes humanas permiten a los reos, no importa lo sanguinarios que sean, hablar en su propia defensa antes de ser condenados. Escuchadme, Frankenstein... Me acusáis de asesinato, y sin embargo destruiríais gustosamente vuestra propia criatura. ¡Oh, gloria a la eterna justicia del hombre! Pero no os pido que me perdonéis; escuchadme y luego, si podéis y así lo deseáis, destruid la obra que nació de vuestras propias manos.

—¿Por qué me traes a la memoria hechos cuyo simple recuerdo me hace estremecer, y de los cuales solo yo soy la triste causa y razón? —grité—. ¡Maldito sea el día en que viste la luz! ¡Y aunque me maldiga a mí mismo, malditas sean las manos que te crearon! ¡Me has hecho más desgraciado de lo que nadie puede imaginar! ¡No me has dejado la posibilidad de considerar si soy justo contigo o no! ¡Apártate, apártate de mi vista!

—Así lo haré, Creador, apartaré de vuestra vista a aquel a quien aborrecéis —contestó y puso delante de mis ojos sus espantosas manos, y yo las aparté con violencia—; pero podéis seguir escuchándome y concederme vuestra compasión. Por las virtudes que tuve una vez, os lo ruego: escuchad mi historia. Es larga y extraña, y la temperatura de este lugar no es adecuada para vuestra delicada sensibilidad; venid a la cabaña de las montañas. El sol aún está alto en el cielo; antes de que caiga y se oculte tras aquellas montañas e ilumine otro mundo, habréis escuchado mi historia y podréis decidir. De vos depende si he de apartarme para siempre de los lugares que ocupan los hombres y he de llevar una vida tranquila, sin hacer daño a nadie, o he de convertirme en el azote de vuestros semejantes y en la causa de vuestra ruina inmediata.

Y diciendo aquello, emprendió la marcha por el hielo. Lo seguí. Tenía el corazón destrozado y no le respondí; pero mientras avanzaba, sopesé los distintos argumentos que había utilizado, y al fin decidí escuchar su historia. En parte me vi empujado por la curiosidad, y la compasión terminó de inclinarme a ello. Hasta entonces solo lo consideraba el asesino de mi hermano, y deseaba con ansiedad que me confirmara o me negara aquella idea. Por vez primera también, sentí que un creador tenía deberes para con su criatura, y que antes de quejarme por su maldad debía conseguir que fuera feliz. Esos motivos me forzaron a aceptar su ruego. Cruzamos los hielos, pues, y ascendimos por las montañas que había al otro lado. El aire era frío, y la lluvia comenzaba a caer de nuevo. Entramos en la cabaña... el monstruo con aire de satisfacción, yo con el corazón oprimido y con los ánimos abatidos. Pero había decidido escucharle; y, sentándome junto al fuego que encendió, comenzó a contarme así su historia.

****

# VOLUMEN II

# CAPÍTULO 1

Solo con mucha dificultad recuerdo los primeros instantes de mi existencia. Todos los acontecimientos de aquel período se me aparecen confusos e indistintos. Una extraña sensación me embargaba. Veía, sentía, oía y olía al mismo tiempo, y eso ocurría incluso mucho tiempo antes de que aprendiera a distinguir las operaciones de mis distintos sentidos. Recuerdo que, poco a poco, una luz cada vez más fuerte se apoderó de mis nervios de tal modo que me obligó a cerrar los ojos. Luego la oscuridad me envolvió y me angustió. Pero apenas había sentido esto cuando, abriendo los ojos (o eso supongo ahora), la luz se derramó sobre mí de nuevo. Caminé, creo, y descendí; pero de repente descubrí un gran cambio en mis sensaciones. Antes estaba rodeado de cuerpos oscuros y opacos, inaccesibles a mi tacto o a mi vista; y ahora descubría que podía caminar libremente, y que no había obstáculos que no pudiera superar o evitar. La luz se hizo cada vez más opresiva y como el calor me agotaba cuando caminaba, busqué un lugar donde pudiera haber sombra. Fue en el bosque que hay cerca de Ingolstadt; y allí, junto a un arroyo, me tumbé durante unas horas y descansé, hasta que sentí las punzadas del hambre y la sed. Esto me obligó a levantarme y abandonar mi sueño, y comí algunos frutos del bosque que encontré colgando de los árboles o tirados por el suelo. Sacié mi sed en el arroyo; y luego, volviéndome a tumbar, me embargó el sueño. Ya era de noche cuando me desperté; también sentí frío, y se puede decir que instintivamente casi me asusté al descubrirme completamente solo. Antes de abandonar vuestros aposentos, como tuve sensación de frío, me había cubierto con algunas ropas; pero eran insuficientes para protegerme de los rocíos de la noche. Era un pobre desgraciado, indefenso y miserable. Ni sabía ni podía comprender nada; pero sintiendo que el dolor invadía todo el cuerpo, me senté y lloré.

Poco después, una hermosa luz fue cubriendo los cielos poco a poco y tuve una sensación de placer. Me levanté y observé una brillante esfera que se elevaba entre los árboles. La miré maravillado. Se movía lentamente; pero iluminaba mi camino, y de nuevo fui a buscar frutos. Todavía estaba aterido cuando, bajo uno de los árboles, encontré una enorme capa con la cual me cubrí, y me senté en la tierra. No había ideas claras en mi mente; todo me resultaba confuso. Sentía la luz, el hambre, la sed y la oscuridad; innumerables sonidos tintineaban en mis oídos, y por todas partes me llegaban distintos olores; lo único que podía distinguir era la luna brillante, y clavé mis ojos en ella con placer. Transcurrieron varios días y noches, y la esfera de la noche ya había menguado mucho cuando comencé a distinguir unas sensaciones de otras. Poco a poco empecé a discernir con facilidad el arroyo claro que me proporcionaba el agua y los árboles que me cubrían con su follaje. Me encantó descubrir por vez primera aquel sonido tan agradable que a menudo halagaba mis oídos, y que procedía de las gargantas de pequeños animales alados que a menudo la luz de mis ojos descubría. También comencé a ver con más precisión las formas que me rodeaban y a comprender las horas de la radiante luz que se derramaba sobre mí. A veces intentaba imitar las agradables canciones de los pájaros, pero me resultaba imposible. A veces deseaba expresar mis sensaciones a mi modo, pero el sonido desagradable e incomprensible que salió de mi garganta me aterró y me devolvió de nuevo al silencio.

La luna había desaparecido de la noche y se volvió a mostrar de nuevo con una forma más pequeña mientras yo aún vivía en el bosque. Por aquel entonces mis sensaciones habían llegado a ser ya bastante claras y mi mente todos los días concebía nuevas ideas. Mis ojos empezaron a acostumbrarse a la luz y a percibir los objetos con sus formas precisas: ya distinguía a los insectos de las plantas y, poco a poco, unas plantas de otras. Descubrí que los gorriones apenas cantaban, salvo unas notas toscas, mientras que las de los mirlos eran dulces y encantadoras. Un día, cuando me hallaba aterido de frío, encontré un fuego que habían abandonado algunos mendigos vagabundos y me embargó un gran placer cuando sentí su calor. En mi alegría, alargué mi mano hacia las brasas vivas, pero rápidamente la aparté con un grito de dolor. Qué extraño, pensé, que la misma causa produjera al mismo tiempo efectos tan contrarios. Estudié con detenimiento la composición del fuego y, para mi alegría, descubrí que salía de la madera. Rápidamente recogí algunas ramas, pero estaban húmedas y no prendieron. Me quedé triste por esto y volví a sentarme para ver cómo funcionaba el fuego. La madera húmeda que había dejado cerca se fue secando y luego empezó a arder. Pensé en aquello; y tocando las distintas ramas, descubrí la causa y me ocupé de recoger una gran cantidad de madera que yo podría secar y así tendría mucha reserva para el fuego. Cuando vino la noche y con ella trajo el sueño, tuve mucho miedo de que mi fuego pudiera apagarse. Lo cubrí cuidadosamente con madera seca y hojas, y luego puse más ramas húmedas; y luego, extendiendo en el suelo mi capa, me tumbé y caí dormido. Por la mañana me desperté, y mi primera preocupación fue ver cómo estaba el fuego. Lo descubrí y una leve brisa lo avivó y lo prendió. También me fijé en eso y formé un abanico con ramas para avivar las brasas cuando estuvieran a punto de apagarse. Cuando vino la noche otra vez, vi con placer que el fuego daba luz además de calor; y el descubrimiento de este detalle me fue de mucha utilidad también a la hora de comer, porque vi que algunos restos de carne que los viajeros abandonaban habían sido asados y resultaban mucho más sabrosos que los frutos del bosque que yo recogía. Así pues, intenté preparar mi comida de la misma manera, poniéndola en las brasas vivas. Descubrí que los frutos se echaban a perder, pero las nueces mejoraban mucho. La comida, de todos modos, comenzó a escasear y a menudo pasaba todo el día buscando en vano algunas bellotas con las que calmar las punzadas del hambre. Cuando vi que ocurría esto, decidí abandonar el lugar en el que había vivido hasta entonces y buscar otro en el que pudiera satisfacer con más facilidad las pocas necesidades que tenía. Al emprender este viaje, lamenté muchísimo la pérdida de mi hoguera. La había conseguido por medios ajenos y no sabía cómo volverla a hacer. Pensé seriamente en este contratiempo durante varias horas, pero me vi obligado a renunciar a cualquier intento de hacer otra; y, envolviéndome en mi capa, atravesé el bosque y me dirigí hacia donde se pone el sol. Pasé tres días vagando por aquellos caminos y al final encontré el campo abierto. La noche anterior había caído una gran nevada, y los campos estaban blancos y sin hollar; todo parecía desolado, y de pronto comprobé que aquella sustancia blanca que cubría los campos me estaba congelando los pies. Eran alrededor de las siete de la mañana y yo solo suspiraba por conseguir un poco de comida y abrigo. Al final vi una pequeña cabaña que sin duda había sido construida para acoger a algún pastor. Aquello era nuevo para mí, y estudié la estructura de la cabaña con gran curiosidad. Encontré la puerta abierta, y entré. Había un anciano allí sentado, cerca de la chimenea sobre la cual estaba preparándose el desayuno. Se volvió al oír el ruido y, al verme, dio un fuerte alarido y, abandonando la cabaña, huyó corriendo por los campos con una velocidad de la que nadie lo hubiera creído capaz a juzgar por su frágil figura. Su huida me sorprendió un tanto, pero yo estaba encantado con la forma de aquella cabaña. Allí no podían penetrar ni la nieve ni la lluvia; el suelo estaba seco; y aquello me parecía un refugio tan excelente y maravilloso como les pareció el Pandemónium a los señores del infierno después de asfixiarse en el lago de fuego. Devoré con avidez los restos del desayuno del pastor, que consistían en pan, queso, leche y vino del Rin... pero esto último, de todos modos, no me gustó. Entonces me invadió el cansancio, me tumbé sobre un poco de paja, y me dormí.

Ya era mediodía cuando me desperté; y, animado por el calor del sol, decidí reemprender mi viaje; y, colocando los restos del desayuno del campesino en un zurrón que encontré, continué avanzando por los campos durante varias horas, hasta que llegué a una aldea al atardecer. ¡Me pareció un verdadero milagro...! Las cabañas, las casitas y las granjas, tan ordenadas, y las casas de los hacendados, unas tras otras, suscitaron toda mi admiración. Las verduras en los huertos y la leche y el queso que vi colocados en las ventanas de algunas granjas me cautivaron. Entré en una de las mejores casas, pero apenas había puesto el pie en la puerta cuando los niños comenzaron a gritar y una de las mujeres se desmayó. Todo el pueblo se alarmó: algunos huyeron; otros me atacaron, hasta que gravemente magullado por las piedras y otras muchas clases de armas arrojadizas, pude escapar a campo abierto y, aterrorizado, me escondí en un pequeño cobertizo, completamente vacío y de aspecto miserable, comparado con los palacios que había visto en la aldea. Aquel cobertizo, sin embargo, estaba contiguo a una casa de granjeros que parecía muy cuidada y agradable, pero después de mi última experiencia, que tan cara me había costado, no me atreví a entrar en ella. El lugar de mi refugio se había construido con madera, pero el techo era tan bajo que solo con mucha dificultad podía permanecer sentado allí dentro. De todos modos, no había madera en el suelo, como en la casa, pero estaba seco; y aunque el viento se colaba por innumerables rendijas, me pareció una buena protección contra la nieve y la lluvia. Así pues, allí me metí y me tumbé, feliz de haber encontrado un refugio ante las inclemencias de la estación y, sobre todo, ante la barbarie del hombre.

## CAPÍTULO 2

Tan pronto como despuntó la mañana, salí arrastrándome del refugio para ver la casa cercana y comprobar si podía permanecer en la guarida que había encontrado. Mi cobertizo estaba situado en la parte trasera de la casa y rodeado a ambos lados por una pocilga y una charca de agua limpia. También había una parte abierta, por la que yo me había arrastrado para entrar; pero entonces cubrí con piedras y leña todos los resquicios por los que pudieran descubrirme, y lo hice de tal modo que podía moverlo para entrar y salir; la única luz que tenía procedía de la pocilga, y era suficiente para mí.

Habiendo dispuesto de ese modo mi hogar y después de haberlo alfombrado con paja, me oculté, porque vi la figura de un hombre a lo lejos; y recordaba demasiado bien el tratamiento que me habían dado la noche anterior como para fiarme de él. En todo caso, antes me había procurado el sustento para aquel día, que consistía en un mendrugo de pan duro que había robado y un tazón con el cual podría beber, mejor que con las manos, del agua limpia que manaba junto a mi guarida. El suelo estaba un poco alzado, de modo que se mantenía perfectamente seco; y como al otro lado de la pared estaba la chimenea con el fuego de la cocina de la granja, el cobertizo estaba bastante caliente. Pertrechado de este modo, me dispuse a quedarme en aquella choza hasta que ocurriera algo que pudiera cambiar mi decisión. En realidad, era un paraíso comparado con el inhóspito bosque (mi primera morada), con las ramas de los árboles siempre goteando, y la tierra empapada. Di cuenta de mi desayuno con placer y cuando iba a apartar el tablazón para procurarme un poco de agua, oí unos pasos, y, mirando a través de un pequeño resquicio, pude ver a una muchacha que llevaba un cántaro en la cabeza y pasaba por delante de mi choza. La muchacha era muy joven y de porte gentil, muy distinta a los granjeros y criados que me había encontrado hasta entonces. Sin embargo, iba vestida muy sencillamente, y una tosca falda azul y una blusa de lino era toda su indumentaria; tenía el pelo rubio, y lo llevaba peinado en trenzas, pero sin adornos; parecía resignada, y triste. Se marchó, pero un cuarto de hora después regresó, llevando el cántaro, ahora casi lleno de leche. Mientras iba caminando, y parecía que apenas podía con el peso, un joven le salió al encuentro, y su rostro mostraba un abatimiento aún más profundo; profiriendo algunas palabras con aire melancólico, cogió el cántaro de la cabeza de la niña y lo llevó a la casa. Ella fue detrás, y ambos desaparecieron. Casi inmediatamente volví a ver al hombre joven otra vez, con algunas herramientas en la mano, cruzando el campo que había frente a la casa, y la niña también estuvo trabajando: a veces en la casa y a veces en el corral, donde les daba de comer a las gallinas. Cuando examiné bien mi choza, descubrí que una esquina de mi cobertizo antiguamente había sido parte de una ventana de la casa, pero el hueco se había cubierto con tablones. Uno de ellos tenía una pequeña y casi imperceptible grieta, a través de la cual solo podía penetrar la mirada; a través de esa ranura se veía una pequeña sala, encalada y limpia pero casi vacía de mobiliario. En una esquina, cerca de una pequeña chimenea estaba sentado un anciano, apoyando la cabeza en la mano con un gesto de desconsuelo. La muchacha joven estaba ocupada intentando arreglar la casa; pero entonces sacó algo de una caja que tenía en las manos y se sentó junto al anciano, quien, cogiendo un instrumento, comenzó a tocar y a emitir sonidos más dulces que el canto del zorzal o el ruiseñor. Incluso a mí, un pobre desgraciado que jamás había visto nada hermoso, me pareció una escena encantadora. Los cabellos plateados y la expresión bondadosa del anciano granjero se ganaron mi respeto, mientras que los gestos amables de la joven despertaron mi amor. El anciano tocó una canción dulce y triste, la cual, según descubrí, arrancaba lágrimas de los ojos de su encantadora compañera, pero el anciano no se dio cuenta de ello hasta que ella dejó escapar un suspiro. Entonces, él dijo algunas palabras, y la pobre niña, dejando su labor, se arrodilló a sus pies. Él la levantó y sonrió con tal bondad y cariño que yo tuve sensaciones de una naturaleza peculiar y abrumadora; eran una mezcla de dolor y placer, como nunca había experimentado antes, ni por el hambre ni por el frío, ni por el calor o la comida; incapaz de soportar esas emociones, me aparté de la ventana.

Poco después, el hombre joven regresó, trayendo sobre los hombros un haz de leña. La niña lo recibió en la puerta, le ayudó a desprenderse de su carga y, metiendo un poco de leña en la casa, la puso en la chimenea; luego, ella y el joven se apartaron a un rincón de la casa, y él le mostró una gran rebanada de pan y un pedazo de queso. Ella pareció contenta y salió al huerto para coger algunas raíces y plantas; luego las puso en agua y, después, al fuego. Continuó después con su labor, mientras el joven salía al huerto, donde se ocupó con afán en cavar y sacar raíces. Después de trabajar así durante una hora, la joven fue a buscarlo y volvieron a la casa juntos. Mientras tanto, el anciano había permanecido pensativo; pero, cuando se acercaron sus compañeros, adoptó un aire más alegre, y todos se sentaron a comer. La comida se despachó rápidamente; la joven se ocupó de nuevo en ordenar la casa; el viejo salió a la puerta y estuvo paseando al sol durante unos minutos, apoyado en el brazo del joven. Nada podría igualar en belleza el contraste que había entre aquellos dos maravillosos hombres; el uno era anciano, con el cabello plateado y un rostro que reflejaba bondad y amor; el joven era esbelto y apuesto, y sus rasgos estaban modelados por la simetría más delicada, aunque sus ojos y su actitud expresaban una tristeza y un abatimiento indecibles. El anciano regresó a la casa; y el joven, con herramientas distintas de las que había utilizado por la mañana, dirigió sus pasos a los campos. La noche cayó repentinamente, pero, para mi absoluto asombro, descubrí que los granjeros tenían un modo de conservar la luz por medio de velas, y me alegró comprobar que la puesta de sol no acababa con el placer que yo experimentaba viendo a mis vecinos. Por la noche, la muchacha y sus compañeros se entretuvieron en distintas labores que en aquel momento no comprendí, y el anciano de nuevo cogió el instrumento que producía los celestiales sonidos que me habían encantado por la mañana. Tan pronto como hubo concluido, el joven comenzó, no a tocar, sino a proferir sonidos que resultaban monótonos y en nada recordaban la armonía del instrumento del anciano ni las canciones de los pájaros; más adelante comprendí que leía en voz alta, pero en aquel momento yo no sabía nada de la ciencia de las palabras y las letras. La familia apagó las luces después y se retiró, o eso pensé yo, a descansar.

Yo me tumbé en la paja, pero no pude dormir. Pensé en todo lo que había ocurrido durante el día. Lo que me llamaba la atención principalmente eran los amables modales de aquellas personas, y anhelé unirme a ellos, pero no me atreví. Recordaba demasiado bien el trato que había sufrido la noche anterior por parte de aquellos aldeanos bárbaros y decidí que, cualquiera que fuera la conducta que pudiera adoptar en el futuro, por el momento me quedaría tranquilamente en mi cobertizo, observando e intentando descubrir las razones de sus actos.

Los granjeros se levantaron a la mañana siguiente antes de que saliera el sol. La joven aderezó la casa y preparó la comida; y el joven, montado en un animal grande y extraño, se alejó. Aquel día transcurrió con la misma rutina que el día anterior. El hombre joven estuvo todo el día ocupado fuera, y la muchacha se entretuvo en varias ocupaciones y labores en la casa. El anciano, pronto supe que era ciego, empleaba sus largas horas de asueto tocando su instrumento o pensando. Nada puede asemejarse al cariño y al respeto que los jóvenes granjeros le demostraban a aquel anciano venerable. Le prodigaban toda la amabilidad imaginable esas pequeñas atenciones del afecto y el deber, y él las recompensaba con sus bondadosas sonrisas.

Sin embargo, no eran completamente felices. El hombre joven y su compañera a menudo se apartaban a una esquina de su habitación común y lloraban. Yo no conocía la causa de su tristeza, pero aquello me afectaba profundamente. Si aquellas criaturas tan encantadoras eran desdichadas, resultaba menos extraño que yo, un ser imperfecto y solitario, fuera completamente desgraciado. Pero... ¿por qué aquellos seres tan buenos eran tan infelices? Tenían una casa preciosa (o, al menos, lo era a mis ojos) y todos los lujos; tenían una chimenea para calentarse cuando helaba y deliciosos alimentos para cuando tenían hambre; iban vestidos con ropas excelentes; y, aún más, podían disfrutar de la compañía mutua y de la conversación... y todos los días intercambiaban miradas de cariño y afecto. ¿Qué significaban entonces aquellas lágrimas? ¿Expresarían realmente dolor? Al principio fui incapaz de responder a estas preguntas, pero una constante atención y el transcurso del tiempo consiguieron explicarme muchas cosas que al principio me parecieron enigmáticas.

# CAPÍTULO 3

Transcurrió un considerable período de tiempo antes de que descubriera una de las causas de la inquietud de aquella encantadora familia. Era la pobreza... y sufrían esa desgracia hasta unos límites angustiosos. Su sustento solo constaba de pan, las verduras de su huerto y la leche de una vaca, que daba muy poca durante el invierno, cuando sus dueños apenas podían encontrar alimento para ella. Creo que a menudo sufrían muy desagradablemente la punzada del hambre, sobre todo los dos jóvenes granjeros, porque muchas veces vi cómo le ponían al anciano la comida delante, cuando ellos no tenían nada para sí. Ese rasgo de bondad me conmovió profundamente. Yo me había acostumbrado a robar parte de sus viandas durante la noche, para mi propio sustento; pero cuando descubrí que al hacerlo infligía aún más sufrimiento a los granjeros, me abstuve y me conformé con las bayas, nueces y raíces que recolectaba en un bosque cercano. También descubrí otros medios mediante los cuales podía colaborar en sus trabajos. Comprobé que el joven empleaba buena parte del día en recoger madera para el hogar familiar; así que por la noche, con frecuencia cogía sus herramientas (enseguida aprendí cómo se utilizaban) y llevaba a la casa leña suficiente para el consumo de varios días.

Recuerdo que la primera vez que hice eso, la muchacha, que abrió la puerta por la mañana, pareció absolutamente sorprendida al ver un gran montón de madera en el exterior. Dijo algunas palabras en voz alta, e inmediatamente el joven salió, y también pareció sorprendido. Observé con placer que aquel día no iba al bosque, sino que lo empleaba en reparar la granja y en cultivar el huerto.

Poco a poco también hice otro descubrimiento de mayor importancia para mí. Comprendí que aquellas personas tenían un método para comunicarse mutuamente sus experiencias y sentimientos mediante ciertos sonidos articulados que proferían. Me di cuenta de que las palabras que decían a veces producían placer o dolor, sonrisas o tristeza, en el pensamiento y el rostro de quienes las oían. En realidad, parecía una ciencia divina, y deseé ardientemente adquirirla y conocerla. Pero todos los intentos que hice al respecto resultaron fallidos. Su pronunciación era muy rápida; y como las palabras que emitían no tenían ninguna relación aparente con los objetos visibles, yo no era capaz de dar con la clave que me permitiera desentrañar el misterio de su significado. Esforzándome mucho, de todos modos, y después de permanecer durante muchas revoluciones de la luna en mi cobertizo, descubrí los nombres que daban a algunos de los objetos que más aparecían en su hablar: aprendí y comprendí las palabras «fuego», «leche», «pan» y «leña». También aprendí los nombres de los propios granjeros. La joven y su compañero tenían cada uno varios nombres, pero el anciano solo tenía uno, que era Padre. A la muchacha la llamaban hermana o Agatha, y el joven era Felix, hermano o hijo. No puedo explicar el placer que sentí cuando aprendí las ideas que se correspondían con cada uno de aquellos sonidos y fui capaz de pronunciarlos. Distinguí muchas otras palabras, aunque aún no era capaz de comprenderlas o aplicarlas... como «bueno», «querido», «infeliz».

Así pasé el invierno. Las hermosas costumbres y la belleza de los granjeros consiguieron que me encariñara mucho con ellos. Cuando ellos estaban tristes, yo me deprimía; y disfrutaba con sus alegrías. Apenas vi a otros seres humanos con ellos; y si ocurría que alguno entraba en la casa, sus rudos modales y sus ademanes agresivos solo me convencían de la superioridad de mis amigos. El anciano, así pude percibirlo, a menudo intentaba animar a sus hijos, porque descubrí que de ese modo los llamaba a veces, para que abandonaran su melancolía. Y entonces hablaba en un tono cariñoso, con una expresión de bondad que transmitía alegría, incluso a mí. Agatha escuchaba con respeto; sus ojos a veces se llenaban de lágrimas que intentaba enjugar sin que nadie lo notara; pero yo generalmente comprobaba que sus gestos y su hablar era más alegre después de haber escuchado las exhortaciones de su padre. Eso no ocurría con Felix. Este siempre era el más triste del grupo; e incluso para mis torpes sentidos, parecía que sufría más profundamente que sus seres queridos. Pero si su expresión parecía más apenada, su voz era más animada que la de su hermana, especialmente cuando se dirigía al anciano.

Podría mencionar innumerables ejemplos que, aunque sean pequeños detalles, reflejan los caracteres de aquellos encantadores granjeros. En medio de la pobreza y la necesidad, Felix amablemente le llevó a su hermana las primeras flores blancas que brotaron entre la nieve. Por la mañana temprano, antes de que ella se levantara, él limpiaba la nieve que cubría el camino de la vaquería, sacaba agua del pozo, e iba a buscar la leña al cobertizo donde, para su constante asombro, siempre se encontraba con que una mano invisible había repuesto la madera que iban gastando. Por el día, yo creo que a veces trabajaba para un granjero vecino, porque a menudo se iba y no regresaba hasta la hora de la cena, y sin embargo no traía leña. En otras ocasiones trabajaba en el huerto; pero como había tan poco que hacer en la temporada de los hielos, a menudo se ocupaba de leerles al anciano y a Agatha. Al principio aquellas lecturas me dejaron absolutamente perplejo; pero, poco a poco, descubrí que cuando leía profería los mismos sonidos que cuando hablaba; así que pensé que él veía en el papel ciertos signos que entendía y que podía decir, y yo deseé fervientemente comprender aquello también. ¿Pero cómo iba a hacerlo si ni siquiera comprendía los sonidos para los cuales se habían escogido aquellos signos? De todos modos, mejoré bastante en esta disciplina, pero no lo suficiente como para mantener ningún tipo de conversación, aunque ponía toda el alma en el intento:

porque yo comprendía con toda claridad que, aunque deseara vivamente mostrarme a los granjeros, no debería ni siquiera intentarlo hasta que no dominara su lenguaje; aquel conocimiento permitiría que no se fijaran mucho en la deformidad de mi aspecto; y de esto me había dado cuenta también por el permanente contraste que se ofrecía a mis ojos.

Yo admiraba las formas perfectas de mis granjeros... su elegancia, su belleza, y la tersura de su piel: ¡y cómo me horroricé cuando me vi reflejado en el agua del estanque! Al principio me retiré asustado, incapaz de creer que en realidad era yo el que se reflejaba en la superficie espejada; y cuando me convencí plenamente de que realmente era el monstruo que soy, me embargaron las sensaciones más amargas de tristeza y vergüenza. ¡Oh... aún no conocía bien las fatales consecuencias de esta miserable deformidad...!

Cuando el sol comenzó a calentar un poco más, y la luz del día duraba más, la nieve desapareció, y entonces vi los árboles desnudos y la tierra negra. Desde entonces Felix estuvo más ocupado; y las conmovedoras señales del hambre amenazante desaparecieron. Sus alimentos, como supe más adelante, eran muy burdos, pero bastante saludables; y contaban con cantidad suficiente. Varias clases nuevas de plantas brotaron en el huerto, y ellos las preparaban y condimentaban para comerlas; y aquellas señales de bienestar aumentaron día a día, a medida que avanzaba la estación.

El anciano, apoyado en su hijo, caminaba todos los días a mediodía, cuando no llovía, pues, como descubrí, así se dice cuando los cielos derraman sus aguas. Esto ocurría frecuentemente; pero un viento fuerte secaba rápidamente la tierra y la estación se fue haciendo cada vez más agradable.

Mi vida en el cobertizo era siempre igual. Por la mañana espiaba los movimientos de los granjeros; y cuando se hallaban cada cual ocupado en sus labores, yo dormía: el resto del día lo empleaba en observar a mis amigos. Cuando se retiraban a descansar, si había luna, o la noche estaba estrellada, me adentraba en los bosques y recolectaba mi propia comida y leña para la granja. Cuando regresaba, y a menudo era muy necesario, limpiaba el camino de nieve, y llevaba a cabo aquellas tareas que había visto hacer a Felix. Más adelante descubrí que aquellas labores, ejecutadas por una mano invisible, les asombraban profundamente; y en aquellas ocasiones, una o dos veces les oí pronunciar las palabras «espíritu bueno», «prodigio»: pero en aquel momento no comprendía el significado de esos términos.

Entonces mis pensamientos se hicieron cada día más activos, y deseaba fervientemente descubrir las razones y los sentimientos de aquellas criaturas encantadoras; sentía una gran curiosidad por saber por qué Felix parecía tan abatido, y Agatha tan triste. Pensé (¡pobre desgraciado!) que podría estar en mi poder devolver la felicidad a aquellas personas que tanto la merecían. Cuando dormía, o me ausentaba, se me aparecían las imágenes del venerable padre ciego, de la adorable Agatha y del bueno de Felix. Yo los consideraba como seres superiores, que podrían ser dueños de mi destino futuro. Tracé en mi imaginación mil modos de presentarme ante ellos, y pensé cómo me recibirían. Imaginé que sentirían asco, hasta que con mis amables gestos y mis palabras conciliadoras consiguiera ganarme su favor, y más adelante, su cariño.

Aquellos pensamientos me entusiasmaban y me obligaban a esforzarme con renovado interés en el aprendizaje del arte del lenguaje. Mi garganta era bastante ruda, pero flexible; y aunque mi voz era muy distinta a la suave melodía de sus voces, conseguía sin embargo pronunciar con bastante facilidad aquellas palabras que comprendía. Era como el burro y el perrillo faldero: y de todos modos, el buen burro, cuyas intenciones eran buenas, aunque sus modales fueran un tanto rudos, merecía mejor trato que los golpes y los insultos.

Las lluvias suaves y la adorable calidez de la primavera cambió por completo el aspecto de la tierra. Los hombres, que antes de este cambio parecían haber estado escondidos en sus cuevas, se dispersaron por todas partes y se ocuparon en las distintas artes de la agricultura. Los pájaros cantaban con acentos más alegres y las ramas comenzaron a echar brotes en los árboles. ¡Mundo alegre y feliz...! ¡Morada apropiada para los dioses, que muy poco tiempo antes estaba yerma, húmeda y enferma! Me animé mucho ante el encantador aspecto de la Naturaleza; el pasado se borró de mi memoria, el presente era feliz y el futuro refulgía con brillantes rayos de esperanza y promesas de alegría.

# CAPÍTULO 4

Me apresuro ahora a narrar la parte más conmovedora de mi historia. Relataré sucesos que grabaron sentimientos en mí que, de lo que era, me han convertido en lo que soy.

La primavera adelantaba rápidamente; el tiempo ya era muy agradable, y los cielos estaban despejados. Me sorprendió que lo que antes estaba desierto y oscuro ahora estallara con las flores más hermosas y con tanto verdor. Mil perfumes deliciosos y mil escenas maravillosas gratificaban y animaban mis sentidos.

Ocurrió uno de aquellos días, cuando mis granjeros habían hecho una pausa en su trabajo —el anciano tocaba la guitarra y sus hijos lo escuchaban—; observé que el rostro de Felix parecía más melancólico que nunca: suspiraba constantemente; y entonces el padre dejó de tocar, y por sus gestos supuse que preguntaba por la razón de la tristeza de su hijo. Felix contestó con un tono alegre, y el anciano volvió a tocar la canción, cuando alguien llamó a la puerta.

Era una dama montada a caballo, acompañada por un campesino que hacía de guía. La dama venía vestida con un traje oscuro, y se cubría con un tupido velo negro. Agatha hizo una pregunta; la extranjera solo contestó pronunciando, con un dulce acento, el nombre de Felix. Su voz era muy musical, pero no se parecía nada a la de mis amigos. Al oír aquella palabra, Felix se levantó y se acercó rápidamente a la dama, quien, al verlo, retiró el velo y mostró un rostro de belleza y expresión angelicales. Tenía el pelo muy negro y brillante, como el plumaje del cuervo, y curiosamente trenzado; sus ojos eran oscuros, pero dulces, aunque muy vivos; sus facciones eran regulares y proporcionadas, y su piel maravillosamente blanca, y las mejillas encantadoramente sonrosadas.

Felix pareció sufrir un arrebato de alegría cuando la vio, y cualquier rastro de pena se desvaneció en su rostro, que inmediatamente brilló con un éxtasis de alegría, del cual apenas lo creía capaz; sus ojos centellearon, y sus mejillas enrojecieron de emoción; y en aquel momento pensé que era tan hermoso como la extranjera. Ella parecía dudar entre distintos sentimientos; secándose algunas lágrimas en aquellos ojos encantadores, le tendió la mano a Felix, que la besó apasionadamente, y la llamó, por lo que pude distinguir, su dulce árabe. Ella pareció no comprenderle bien, pero sonrió. Él la ayudó a desmontar y, despidiendo al guía, la condujo al interior de la casa. Él y su padre intercambiaron algunas palabras; y la joven extranjera se arrodilló a los pies del anciano, y habría besado su mano, pero él la levantó, y la abrazó cariñosamente.

Pronto me di cuenta de que aunque la extranjera emitía sonidos articulados, y parecía tener un lenguaje propio, ni los granjeros la entendían ni ella los entendía a ellos. Hacían muchos gestos que yo no entendía, pero vi que su presencia llenaba de alegría toda la casa, disipando la pena como el sol disipa las brumas de la mañana. Felix parecía especialmente feliz, y siempre se dirigía a su árabe con sonrisas radiantes. Agatha, la siempre dulce Agatha, besaba las manos de la encantadora extranjera; y, señalando a su hermano, hacía gestos que querían decir que él había estado triste hasta que ella llegó, o eso me parecía a mí. Transcurrieron así algunas horas; por sus rostros se entendía que estaban contentos, pero yo no comprendía por qué. De repente me di cuenta, por la frecuencia con que la extranjera pronunciaba una palabra ante ellos, que de estaba intentando aprender su lengua; y la idea que se me ocurrió instantáneamente fue que yo podría utilizar los mismos métodos para alcanzar el mismo fin. La extranjera aprendió cerca de veinte palabras en la primera lección, la mayoría de ellas, en realidad, eran aquellas que yo ya había aprendido, pero me aproveché de otras.

Cuando llegó la noche, Agatha y la árabe se retiraron pronto. Cuando se separaron, Felix besó la mano de la extranjera, y dijo: «Buenas noches, dulce Safie». Él se quedó despierto mucho más tiempo, conversando con su padre; y, por la frecuente repetición de su nombre, supuse que su encantadora invitada era el asunto de su conversación. Deseaba ardientemente comprender qué decían, y puse todos mis sentidos en ello, pero me resultó completamente imposible.

A la mañana siguiente, Felix se fue a trabajar; y, después de que Agatha concluyera sus labores, la árabe se sentó a los pies del anciano y, cogiendo su guitarra, tocó algunas canciones tan encantadoramente hermosas que inmediatamente arrancaron de mis ojos lágrimas de pena y placer. Ella cantaba, y su voz fluía con una dulce cadencia, elevándose o decayendo, como la del ruiseñor en los bosques.

Cuando terminó, le dio la guitarra a Agatha, que al principio la rechazó. Luego tocó una canción sencilla, y su voz entonó con dulces acentos, pero muy distintos a la maravillosa melodía de la extranjera. El anciano parecía embelesado, y dijo algunas palabras que Agatha intentó explicar a Safie y mediante las cuales deseaba expresar que le había encantado escuchar su canción.

Los días transcurrían ahora tan apaciblemente como antes, con un único cambio: que la alegría había ocupado el lugar de la tristeza en los rostros de mis amigos. Safie estaba siempre alegre y feliz; ella y yo mejoramos rápidamente en el conocimiento de la lengua, de tal modo que en dos meses comencé a comprender la mayoría de las palabras que pronunciaban mis protectores.

Mientras tanto, también la tierra negra se cubrió de hierba, y las verdes laderas quedaron salpicadas con innumerables flores, dulces para el olfato y para la vista, estrellas de pálido fulgor en medio de los bosques iluminados por la luna; el sol empezó a calentar más, las noches se hicieron claras y suaves; y mis vagabundeos nocturnos eran un inmenso placer para mí, aunque fueran considerablemente más cortos debido a que la puesta de sol era muy tardía y el sol amanecía muy pronto; porque nunca me aventuré a salir a la luz del día, temeroso de que me dieran el mismo trato que había sufrido antaño en la primera aldea en la que entré.

Pasaba los días prestando la mayor atención, porque así podía aprender el lenguaje con más rapidez; y puedo presumir de que avancé más rápidamente que la árabe, que comprendía muy pocas cosas, y hablaba con palabras entrecortadas, mientras que yo comprendía y podía imitar casi todas las palabras que se decían.

Mientras mejoraba mi forma de hablar, también aprendí la ciencia de las letras, mientras se las enseñaban a la extranjera; y esto me abrió todo un mundo de maravillas y placeres.

El libro con el cual Felix enseñaba a Safie era Las ruinas de los imperios, de Volney. Yo no habría comprendido en absoluto la intención del libro si no hubiera sido porque, al leerlo, Felix ofrecía explicaciones muy minuciosas. Había escogido esa obra, decía, porque el estilo declamatorio se había elaborado imitando a los autores orientales. A través de esa obra yo obtuve algunos conocimientos someros de historia y una visión general de los diversos imperios que hubo en el mundo; me proporcionó una perspectiva de las costumbres, los gobiernos y las religiones de las distintas naciones de la Tierra. Entonces supe de la indolencia de los asiáticos, del genio insuperable y de la actividad intelectual de los griegos, de las guerras y la maravillosa virtud de los primeros romanos... y de su posterior degeneración, y del declive de aquel poderoso imperio, de la caballería, de la Cristiandad, y de los reyes. Supe del descubrimiento del hemisferio americano, y lloré con Safie por el desventurado destino de sus habitantes indígenas.

Aquellas maravillosas narraciones me inspiraron extraños sentimientos. ¿De verdad era el hombre a un tiempo tan poderoso, tan virtuoso, tan magnánimo y, sin embargo, tan vicioso y ruin? En ocasiones se mostraba como un vástago del mal, y otras veces como poseedor de todo lo que puede concebirse de noble y divino. Ser un hombre grande y virtuoso parecía el honor más alto que pudiera recaer en un ser sensible; ser ruin y vicioso, como ha quedado escrito que fueron tantos hombres, parecía la degradación más ínfima, una condición más abyecta que la de los topos ciegos o los gusanos inmundos. Durante mucho tiempo no pude comprender cómo podía atreverse un hombre a matar a un semejante, ni siquiera por qué eran necesarias las leyes o los gobiernos; pero cuando conocí los detalles de las maldades y los crímenes, ya nada me maravilló, y desprecié todo aquello con asco y repugnancia.

Las conversaciones de los granjeros me descubrían ahora nuevas maravillas. Mientras escuchaba atentamente las lecciones con las que Felix enseñaba a la árabe, fui aprendiendo el extraño sistema de la sociedad humana. Entonces supe del reparto de las riquezas, de las inmensas fortunas y de la extrema pobreza, de las familias, de los linajes y la nobleza de sangre.

Las palabras me inducían a pensar sobre mí mismo. Aprendí que las posesiones más apreciadas por vuestros semejantes eran un linaje elevado e inmaculado, unido a las riquezas. Un hombre podría ganarse el respeto solo con una de esas dos cosas; pero si no contaba al menos con una de ellas, excepto en casos muy raros, se le consideraba un vagabundo y un esclavo, destinado a emplear su vida en provecho de unos pocos escogidos. ¿Y qué era yo? De mi creación y de mi creador yo no sabía absolutamente nada; pero sabía que no tenía ni dinero, ni amigos, ni nada en propiedad. Además, se me había dado una figura espantosamente deforme y repulsiva; ni siquiera tenía la misma naturaleza que el hombre. Yo era más ágil, y podía subsistir con una dieta bastante más escasa; soportaba mejor los calores y los fríos extremados sin que mi cuerpo sufriera tantos daños; y mi estatura era muy superior a la suya. Cuando miraba a mi alrededor, no veía ni oía que hubiera nadie como yo. ¿Era entonces un monstruo, un error sobre la Tierra, un ser del que todos los hombres huían y a quien todos los hombres rechazaban?

No puedo explicaros la angustia que aquellas reflexiones me producían; intenté olvidarlas, pero el conocimiento solo logró aumentar mi pesadumbre. ¡Oh...! ¡Ojalá me hubiera quedado para siempre en mi bosque primero, sin saber ni sentir nada más que el hambre, la sed o el calor...!

¡Qué cosa más extraña es el conocimiento! Cuando se ha adquirido, se aferra a la mente como el liquen a la roca. A veces deseaba sacudirme todas las ideas y todos los sentimientos; pero aprendí que solo había un modo de superar la sensación de dolor, y era la muerte... un estado que temía, aunque no lo comprendía. Admiraba la virtud y los buenos sentimientos, y adoraba las amables costumbres y las encantadoras cualidades de mis granjeros; pero yo quedaba excluido de cualquier relación con ellos, excepto a través de medios que yo me procuraba a hurtadillas, cuando nadie me veía ni sabía de mi existencia, y que, más que satisfacer, aumentaban el deseo que tenía de ser uno más entre mis amigos. Las amables palabras de Agatha y las divertidas sonrisas de la encantadora árabe no eran para mí. Los buenos consejos del anciano y la animada conversación del enamorado Felix no eran para mí. ¡Miserable, infeliz desgraciado...!

Otras lecciones se quedaron grabadas en mí, incluso más profundamente. Conocí la diferencia de los sexos; y cómo nacen y crecen los niños; y cómo el padre disfruta de las sonrisas de su hijo, y de las alegres locuras de los muchachos mayores; y cómo toda la vida y los cuidados de la madre se depositan en esa preciosa obligación; y cómo la mente de la juventud se desarrolla y se adquieren conocimientos; y supe de los hermanos, y las hermanas, y todas las infinitas relaciones que unen a unos seres humanos con otros mediante lazos mutuos.

Pero... ¿dónde estaban mis amigos y mis parientes? Ningún padre había visto mis días de infancia, ninguna madre me había bendecido con sonrisas y caricias; y si existieron, toda mi vida pasada no era ya más que una mancha, un vacío oscuro en el cual me resultaba imposible distinguir nada. Desde mi primer recuerdo yo había sido como era en esos momentos, tanto en altura como en proporciones. No había visto a nadie que se me pareciera, ni que quisiera mantener ninguna relación conmigo. ¿Qué era yo? La pregunta surgía una y otra vez, y solo podía contestarla con lamentos.

Luego explicaré adónde me condujeron esas ideas; pero permitidme ahora regresar a los granjeros, cuya historia encendió en mí sentimientos encontrados de indignación, placer y asombro, pero todos terminaron finalmente en más cariño y respeto hacia mis protectores... porque así me gustaba llamarlos, engañándome a mí mismo de un modo inocente y casi doloroso.

# CAPÍTULO 5

Transcurrió algún tiempo antes de que conociera la historia de mis amigos. Era tal que no podía dejar de producir una profunda impresión en mi mente, pues desvelaba innumerables circunstancias, todas especialmente interesantes y maravillosas para alguien tan absolutamente ignorante como yo.

El nombre del anciano era De Lacey. Provenía de una buena familia de Francia, donde había vivido durante muchos años, en la riqueza, respetado por sus superiores y amado por sus iguales. Su hijo fue educado para servir a su país, y Agatha se había relacionado con las damas más distinguidas. Pocos meses antes de mi llegada, habían vivido en una ciudad grande y esplendorosa llamada París, rodeados de amigos y disfrutando de todos los placeres que pueden proporcionar la virtud, el refinamiento intelectual y el gusto, junto a una aceptable fortuna.

El padre de Safie había sido la causa de su ruina. Era un mercader turco y había vivido en París durante mucho tiempo, cuando, por alguna razón que no pude comprender, se granjeó el odio de los gobernantes. Lo detuvieron y lo metieron en la cárcel el mismo día en que Safie llegaba de Constantinopla para reunirse con él. Fue juzgado y condenado a muerte. La injusticia de aquella sentencia era de todo punto evidente. Todo París estaba indignado, y se consideró que habían sido su religión y su riqueza, y en absoluto el crimen del que se le acusó, las razones de su condena. Felix estuvo presente en el juicio; no pudo controlar su espanto e indignación cuando oyó la decisión del tribunal. En aquel momento hizo una promesa solemne de liberarlo y luego se ocupó de buscar los medios para conseguirlo. Después de muchos intentos infructuosos para conseguir acceder a la prisión, descubrió una ventana sólidamente enrejada en una parte poco vigilada del edificio, desde la cual se veía la mazmorra del desafortunado mahometano, el cual, cargado de cadenas, aguardaba desesperado la ejecución de aquella bárbara sentencia. Felix acudió a la ventana enrejada por la noche y le hizo saber al prisionero sus intenciones de liberarlo. El turco, asombrado y esperanzado, intentó encender aún más el celo de su liberador con promesas de recompensas y riquezas. Felix rechazó sus ofertas con desprecio. Sin embargo, cuando vio a la encantadora Safie, a la que le habían permitido visitar a su padre y quien, por sus gestos, le demostraba su más viva gratitud, el joven tuvo que admitir que el cautivo poseía un tesoro que realmente podría recompensar el esfuerzo y el peligro que iba a correr.

El turco inmediatamente percibió la impresión que su hija había causado en el corazón de Felix, e intentó asegurar su colaboración con la promesa de concederle su mano en matrimonio. Felix era demasiado noble como para aceptar aquella oferta, aunque observaba aquella posibilidad como la culminación de toda su felicidad.

A lo largo de los días siguientes, mientras proseguían los preparativos para la fuga del mercader, el entusiasmo de Felix se encendió aún más por varias cartas que recibió de aquella encantadora muchacha, que halló el medio para expresar sus pensamientos en la lengua de su amante con la ayuda de un anciano, un criado de su padre que sabía francés. Le agradecía a Felix, en los términos más vehementes, su bondadoso gesto, y al mismo tiempo lamentaba discretamente su propio destino. Tengo copias de aquellas cartas, porque durante mi estancia en el cobertizo encontré medios para procurarme recado de escribir, y a menudo esas misivas estuvieron en manos de Felix y Agatha. Antes de separarnos, os las entregaré; así quedará probada la veracidad de mi historia; pero por el momento, como el sol ya comienza a declinar, solo tendré tiempo para repetiros lo sustancial de las mismas. Safie le explicaba que su madre era una árabe cristiana que había sido apresada y convertida en esclava por los turcos. Por su belleza, se ganó el corazón del padre de Safie, que se casó con ella. La joven muchacha hablaba en los términos más elogiosos y entusiastas de su madre, pues, habiendo nacido libre, despreciaba la esclavitud a la que ahora se veía sometida. Instruyó a su hija en los principios de su religión y le enseñó a aspirar a una altura intelectual y a una independencia de espíritu superiores y prohibidas para las mujeres que siguen a Mahoma. Aquella mujer murió, pero sus enseñanzas quedaron impresas indeleblemente en la mente de Safie, que enfermaba ante la idea de regresar de nuevo a Asia y ser enclaustrada entre los muros de un harén, solo con permiso para ocuparse en pueriles entretenimientos que se acomodaban mal al temperamento de su alma, ahora acostumbrada a las ideas elevadas y a la noble emulación de la virtud. La perspectiva de casarse con un cristiano y permanecer en un país donde a las mujeres se les permitía tener un puesto en la sociedad le resultaba especialmente atractiva.

Se fijó el día para la ejecución del turco; pero la noche anterior pudo escapar de la prisión y, antes de que amaneciera, ya se encontraba a muchas leguas de París. Felix se había procurado pasaportes con el nombre de su padre, de su hermana y de sí mismo. Le contó su plan al primero, que colaboró en la añagaza abandonando temporalmente su casa con el pretexto de un viaje y se ocultó con su hija en un lugar apartado de París. Felix condujo a los fugitivos por toda Francia hasta Lyon y luego cruzaron Mont-Cenis hasta llegar a Livorno, donde el mercader había decidido esperar una oportunidad favorable para pasar a África. No pudo negarse a sí mismo el placer de permanecer algunos días en compañía de la árabe, que le manifestó el cariño más sencillo y tierno. Hablaban con la ayuda de un intérprete, y Safie le cantaba las celestiales melodías de su país natal. El turco consintió aquella relación y alentó las esperanzas de los jóvenes enamorados, pero en realidad tenía otros planes bien distintos. Le repugnaba la idea de que su hija pudiera casarse con un cristiano, pero temía las represalias de Felix si se mostraba un tanto tibio, porque era consciente de que aún se encontraba en manos de su libertador, ya que podría denunciarlo a las autoridades de Italia, donde se encontraban en aquel momento. Ideó mil planes que le permitieran prolongar el engaño hasta que ya no fuera necesario... y entonces se llevaría a su hija a África. Las noticias que llegaron de París facilitaron enormemente sus planes.

El gobierno de Francia estaba furioso por la fuga del reo y no reparó en medios para descubrir y castigar al liberador. El plan de Felix se descubrió rápidamente y De Lacey y Agatha fueron encarcelados. Tales noticias llegaron a oídos de Felix y lo despertaron de su placentero sueño. Su padre, anciano y ciego, y su dulce hermana se encontraban ahora en una maloliente mazmorra, mientras él disfrutaba de la libertad y de la compañía de su enamorada. Esta idea lo atormentaba. Acordó con el turco que, si este último tenía la oportunidad de huir antes de que Felix pudiera regresar a Italia, Safie podría quedarse en calidad de huésped en un convento de Livorno; y después, despidiéndose de la encantadora árabe, se dirigió apresuradamente a París y se puso en manos de la ley, esperando de este modo liberar a De Lacey y a Agatha.

Pero no lo consiguió. Permanecieron presos durante cinco meses antes de que tuviera lugar el juicio, y el fallo del mismo les arrebató su fortuna y los condenó al exilio perpetuo de su país natal.

Encontraron un refugio miserable en una casa de campo en Alemania, donde los encontré. Felix supo que el turco traicionero, por el cual él y su familia soportaba aquella incomprensible opresión, al averiguar que su liberador había sido de aquel modo reducido a la miseria y a la degradación, había traicionado la gratitud y el honor, y había abandonado Italia con su hija, enviándole a Felix una insultante cantidad de dinero para ayudarle, como dijo, a conseguir algún medio para subsistir en el futuro.

Tales eran los acontecimientos que amargaban el corazón de Felix y que lo convertían, cuando lo vi por vez primera, en el miembro más desgraciado de su familia. Él podría haber soportado la pobreza; y si esta humillación hubiera sido la vara de medir su virtud, habría salido muy honrado de ello. Pero la ingratitud del turco y la pérdida de su adorada Safie eran desgracias más amargas e irreparables. Ahora, la llegada de la árabe infundía nueva vida en su alma.

Cuando ella tuvo noticia de que Felix había sido privado de su riqueza y su posición, el mercader ordenó a su hija que no pensara más en su enamorado y que se preparara para regresar a su país natal con él. El generoso carácter de Safie se indignó ante aquella orden. Intentó protestar ante su padre, pero él la despidió furiosamente, reiterando su tiránico mandato.

Pocos días después, el turco entró en los aposentos de su hija y apresuradamente le dijo que tenía razones para creer que se había difundido que se encontraban en Livorno y que podría ser entregado rápidamente al gobierno francés. Por tanto, había alquilado un barco que lo llevaría a Constantinopla, y hacia esa ciudad zarparía en breves horas. Intentó dejar a su hija al cuidado de un criado, para que partieran más adelante y con más tranquilidad, junto a la mayor parte de sus riquezas, que aún no habían llegado a Livorno.

Safie pensó mucho y a solas qué podría hacer en aquella terrible situación. La idea de vivir en Turquía le resultaba odiosa; su religión y sus sentimientos también se oponían a ello. Por algunos documentos de su padre que cayeron en sus manos, supo del exilio de su enamorado y memorizó de inmediato el lugar en el que vivía. Durante algún tiempo estuvo indecisa, pero al final tomó una resolución. Llevando consigo algunas joyas que le pertenecían y una pequeña suma de dinero, abandonó Italia con una criada natural de Livorno que sabía árabe, y partió hacia Alemania. Llegó sin más inconvenientes a una ciudad que se encontraba a unas veinte leguas de la granja de los De Lacey; entonces, su criada cayó gravemente enferma. Safie se ocupó de ella con todo el cariño, pero la pobre muchacha murió, y la árabe se quedó sola, sin conocer la lengua del país e ignorando absolutamente de las costumbres del mundo. En todo caso, cayó en buenas manos. La italiana había mencionado el nombre del lugar al que se dirigían; y, tras su muerte, la mujer de la casa en la cual habían estado se tomó la molestia de asegurarse de que Safie llegara sana y salva a la granja de su enamorado.

# CAPÍTULO 6

Tal era la historia de mis queridos granjeros. Me impresionó profundamente. Y a partir de la descripción de la vida social que dejaba entrever aprendí a admirar las virtudes y a despreciar los vicios de la humanidad. Y, del mismo modo, consideraba el crimen como un mal alejado de mí; siempre tenía delante la bondad y la generosidad, animándome a desear convertirme en un actor en el alegre escenario donde se desarrollaban y se mostraban tantas cualidades admirables. Pero al dar cuenta de los avances de mi inteligencia, no debo omitir una circunstancia que aconteció a principios del mes de agosto de ese mismo año.

Una noche, durante mi acostumbrada visita al bosque cercano donde recolectaba mi propia comida y desde donde llevaba a casa leña para mis protectores, encontré en el suelo una bolsa de cuero con varias prendas de vestir y algunos libros. Inmediatamente me hice con el botín y regresé con él a mi cobertizo. Los libros afortunadamente estaban escritos en la lengua y con las letras que había aprendido en la granja; eran el Paraíso perdido, un libro con las Vidas de Plutarco y las Desventuras de Werther. La posesión de aquellos tesoros me proporcionó un extraordinario placer; podría estudiar y ejercitar constantemente mi intelecto en aquellas historias cuando mis amigos estuvieran ocupados en sus labores cotidianas. Apenas puedo describiros el efecto de esos libros. Produjeron en mí una infinidad de imágenes e ideas, que algunas veces me elevaban hasta el éxtasis pero más frecuentemente me hundían en la más profunda desolación. En las Desventuras de Werther, además del interés de su sencilla y emocionante historia, se proponían tantas opiniones y se arrojaba luz sobre lo que hasta entonces habían sido para mí asuntos completamente ignorados, que encontré en ese libro una fuente inagotable de reflexión y asombro. Las costumbres amables y hogareñas que describía, unidas a los delicados juicios y sentimientos que se expresan sin ningún egoísmo, se acomodaban perfectamente a mi experiencia con mis protectores y a las necesidades que siempre habían estado vivas en mi corazón. Pero yo pensaba que el propio Werther era el ser más maravilloso que yo hubiera visto o imaginado jamás. Su carácter no era pretencioso, pero dejó una profunda huella en mí. Las disquisiciones sobre la muerte y el suicidio parecían pensadas para asombrarme completamente. Yo no pretendía juzgar los pormenores del caso; sin embargo, me inclinaba por la opinión del protagonista, cuya muerte lloré sin comprenderla del todo. Mientras leía, sin embargo, comparaba las historias con mis propios sentimientos y con mi situación. Descubrí que era parecido y, sin embargo, muy distinto a aquellas personas de los libros, de cuyas conversaciones yo era solo un observador. Simpatizaba con ellos y en parte los comprendía, pero mi intelecto aún era inmaduro; yo no dependía de nadie, ni estaba relacionado con nadie. «El camino de mi partida estaba abierto», y no había nadie que lamentara mi muerte. Mi aspecto era repugnante, y mi estatura, gigantesca. ¿Qué significaba aquello? ¿Quién era yo? ¿Qué era yo? ¿De dónde venía? ¿Cuál era mi destino? Me hacía aquellas preguntas constantemente, pero era incapaz de darles una respuesta.

El libro de las Vidas de Plutarco que yo tenía relataba las historias de los primeros fundadores de la antigua república. Este libro tuvo un efecto sobre mí bastante diferente al de las cartas de Werther. De las imaginaciones de Werther aprendí el abatimiento y la tristeza; pero Plutarco me enseñó los nobles ideales: me elevó sobre la miserable esfera de mis propias reflexiones, para admirar y amar a los héroes de las épocas pasadas. Muchas de las cosas que leía sobrepasaban con mucho mi entendimiento y mi experiencia. Adquirí una idea muy confusa de los reinos y de las extensiones de los países, de los poderosos ríos y de los océanos infinitos. Pero lo desconocía absolutamente todo de las ciudades y de las grandes aglomeraciones humanas. La granja de mis protectores había sido la única escuela en la que yo había estudiado la naturaleza humana. Pero aquel libro presentaba nuevas y formidables situaciones. Leí historias de hombres que se dedicaban a gobernar los asuntos públicos o a masacrar a sus semejantes. Sentí que crecía en mí una gran pasión por la virtud y un aborrecimiento por el vicio, al menos en la medida en que yo comprendía el significado de aquellos términos, relativos únicamente al placer y al dolor, pues en ese sentido los aplicaba. Movido por aquellos sentimientos, desde luego acabé admirando a los legisladores pacíficos, como Numa, Solón y Licurgo, más que a Rómulo y Teseo. La vida familiar de mis protectores consiguió que aquellas impresiones quedaran firmemente arraigadas en mi mente; si mi primer encuentro con la humanidad hubiera sido junto a un joven soldado que ardiera en deseos de gloria y sacrificio, podría haber quedado imbuido por diferentes sentimientos.

Pero el Paraíso perdido despertó emociones distintas y bastante más profundas. Lo leí, como había leído los otros libros que habían caído en mis manos, como una historia verdadera. Sacudió en mí todos los sentimientos de asombro y veneración que era capaz de despertar la descripción de un Dios omnipotente combatiendo contra sus criaturas. A menudo comparaba distintas situaciones conmigo mismo, porque su similitud me sobrecogía. Como Adán, yo fui creado aparentemente tal y como era, pero no estaba unido por lazo alguno a ningún otro ser vivo; y su situación era diferente de la mía en otros muchos aspectos. Él había nacido de las manos de Dios como una criatura perfecta, feliz, próspera, y protegida por el amor incondicional de su creador. Se le permitía hablar y adquirir conocimientos de los seres de naturaleza superior; pero yo era un desgraciado, y me encontraba indefenso y solo. Muchas veces pensaba que en realidad pertenecía a la estirpe de Satán; porque a menudo, como él, cuando veía la dicha de mis protectores, la amarga bilis de la envidia me invadía por dentro.

Otra circunstancia reforzó y confirmó aquellos sentimientos. Poco después de que llegara al cobertizo, descubrí algunos papeles en el bolsillo de las ropas que había cogido de vuestro estudio. Al principio no les había prestado atención; pero ahora que ya era capaz de descifrar los signos en los que estaban escritos, comencé a estudiarlos con interés. Era vuestro diario de los cuatro meses que precedieron a mi creación. Vos describíais minuciosamente en aquellos papeles cada paso que dabais en el proceso de vuestro trabajo; esa historia estaba mezclada con algunos apuntes de cuestiones familiares. Sin duda recordáis esos papeles. Aquí están. En ellos se relata todo lo concerniente a mi origen maldito; todos los detalles de aquella serie de repulsivas circunstancias que lo hicieron posible están ahí, a la vista. La minuciosísima descripción de mi odiosa y asquerosa persona se ofrece en un lenguaje que describe vuestros propios horrores y ha convertido los míos en una cicatriz imborrable. Enfermaba a medida que lo leía. «¡Odioso el día en el que se me dio la vida!», grité desesperado. «¡Maldito Creador! ¿Por qué disteis forma a un monstruo tan espantoso que incluso vos mismo me disteis la espalda asqueado? Dios, en su piedad, hizo al hombre hermoso y atractivo. Yo soy más odioso a la vista que las amargas manzanas del infierno al gusto. Satán tenía compañeros, otros demonios que lo admiraban y lo animaban; pero yo estoy solo y todo el mundo me detesta.»

Esas eran mis reflexiones en mis horas de abatimiento y soledad; pero cuando contemplaba las virtudes de los granjeros, su amable y bondadoso carácter, me convencía de que cuando conocieran mi admiración por sus virtudes, tendrían piedad de mí y pasarían por alto la deformidad de mi persona. ¿Serían capaces de cerrarle la puerta a un ser que, aun siendo monstruoso, imploraba su compasión y amistad? Decidí al menos no desesperar, sino prepararme en todos los sentidos para afrontar un encuentro que decidiría mi destino. Pospuse aquella tentativa algunos meses más, porque la importancia de salir con bien de aquella situación me inspiraba un horrible temor a fracasar. Además, descubrí que mi comprensión mejoraba tanto con las experiencias de cada día que no deseaba afrontar aquella empresa hasta que no transcurrieran algunos meses más y adquiriera más conocimientos.

Mientras tanto, varios cambios tuvieron lugar en la casa. La presencia de Safie irradiaba felicidad entre los moradores, y yo también descubrí que allí reinaba una mayor abundancia. Felix y Agatha empleaban más tiempo divirtiéndose y conversando y algunos criados les ayudaban en sus labores. No parecían ricos, pero estaban contentos y felices. Estaban tranquilos y en paz, mientras yo me sentía cada día más miserable. El hecho de aumentar mis conocimientos solo conseguía mostrarme más claramente que era un monstruo proscrito. Yo abrigaba una esperanza, es cierto, pero se desvanecía cuando veía mi imagen reflejada en el agua o incluso cuando observaba mi sombra a la luz de la luna. Intenté apartar aquellos temores y fortalecerme para la prueba que tenía previsto llevar a cabo en el plazo de breves meses; y algunas veces permitía que mis pensamientos, sin el freno de la razón, vagaran por los jardines del Paraíso, y me atrevía a imaginar seres amables y encantadores que comprendían mis sentimientos y consolaban mi tristeza. Sus rostros angelicales me ofrecían sonrisas de compasión. Pero todo era un sueño. No había ninguna Eva que mitigara mis penas ni compartiera mis pensamientos. Estaba solo. Recordé las súplicas de Adán a su creador, pero... ¿dónde estaba el mío? Me había abandonado, y con toda la amargura de mi corazón, lo maldije.

Así transcurrió el otoño. Vi, con sorpresa y temor, que las hojas amarilleaban y caían, y la naturaleza de nuevo adquiría el aspecto mortecino y desolado que tenía cuando por vez primera vi los bosques y la adorable luna. No me importaban los rigores del tiempo. Por mi constitución, estoy más preparado para sufrir el frío que el calor. Pero mis únicas alegrías consistían en ver las flores y los pájaros, y todas las galas del verano; cuando se me privó de todo aquello, volví la mirada a los granjeros. Su felicidad no había disminuido por el adiós del verano. Se querían y se comprendían, y sus alegrías, que dependían de las de los otros, no se interrumpían por los acontecimientos que ocasionalmente ocurrían a su alrededor. Cuanto más los observaba, mayor era mi deseo de suplicarles protección y comprensión. Mi corazón anhelaba que aquellas encantadoras personas me conocieran y me quisieran, y que sus dulces miradas se dirigieran a mí con compasión. No me atrevía a pensar que pudieran volverme la espalda con desprecio u horror. A los pobres que se detenían y llamaban a su puerta nunca se les despedía. Es verdad que yo iba a pedir tesoros más preciosos que un poco de pan o un lugar para descansar. Iba a pedir comprensión y cariño, y no creía que pudiera ser absolutamente indigno de ello.

# CAPÍTULO 7

El invierno adelantaba y, desde que desperté a la vida, ya se había cumplido todo un ciclo de estaciones. En aquel entonces mi atención estaba únicamente centrada en mi plan para presentarme en casa de mis protectores. Le di mil vueltas a innumerables planes, pero lo que finalmente decidí fue entrar en su hogar cuando el anciano ciego estuviera solo. Yo era lo suficientemente inteligente para saber que la fealdad anormal de mi persona había sido el principal motivo de horror para aquellos que me habían visto antes. Mi voz, aunque desagradable, no tenía nada de terrible. Así pues, pensé que si podía ganarme la benevolencia del anciano De Lacey, en ausencia de sus hijos, podría tal vez de ese modo conseguir que mis jóvenes protectores me aceptaran.

Un día, cuando el sol brillaba sobre las hojas rojas que alfombraban la tierra y esparcía alegría aunque negaba el calor, Safie, Agatha y Felix salieron a dar un largo paseo por el campo, y el anciano, por su propio gusto, se quedó solo en la casa. Cuando sus hijos se marcharon, él cogió su guitarra y tocó varias canciones tristes y dulces, más dulces y tristes que todas las que le había oído tocar hasta entonces. Al principio su rostro parecía iluminado de placer, pero, a medida que cantaba, fue adquiriendo un gesto meditabundo y apesadumbrado; luego apartó el instrumento y se quedó absorto en sus pensamientos.

Mi corazón latía muy deprisa. Era la hora y el momento definitivo, en el que se decidirían mis esperanzas. Los criados se habían ido a una fiesta que se celebraba en la vecindad. Todo estaba en silencio, en el interior y alrededor de la casa. Era una ocasión excelente; sin embargo, cuando iba a ejecutar mi plan, me fallaron las piernas y me derrumbé en tierra. Me levanté de nuevo y, reuniendo todo el valor del que fui capaz, aparté los maderos que había colocado delante de mi cobertizo para ocultarme. El aire fresco me reanimó, y con renovada determinación me aproximé a la puerta de la casa. Llamé.

—¿Quién es? —preguntó el anciano—. Adelante...

Entré.

—Perdone esta intromisión —dije—. Soy un viajero, y solo necesito descansar un poco. Le estaría muy agradecido si me permitiera quedarme unos momentos junto al fuego.

—Pase —dijo De Lacey—, intentaré buscar el modo de atenderle; pero, desgraciadamente, mis hijos no están en casa y, como yo soy ciego, me temo que me será muy difícil encontrar algo para que pueda comer.

—No se moleste, amable señor —contesté—. Traigo comida; lo único que necesito es un poco de calor y descanso.

Me senté y se hizo el silencio. Sabía muy bien que cada minuto era precioso para mí, sin embargo, permanecí indeciso respecto a la manera de comenzar la conversación, cuando el anciano se dirigió a mí:

–Por su modo de hablar, extranjero, supongo que es usted compatriota mío... ¿Es usted francés?

–No –contesté–, pero fui educado por una familia francesa y solo conozco esa lengua. Ahora voy a solicitar la protección de unos amigos, a quienes aprecio sinceramente y en cuyo favor he depositado todas mis esperanzas.

–¿Son alemanes? –preguntó De Lacey.

–No... son franceses. Pero hablemos de otra cosa... Soy una persona desafortunada y abandonada. Miro a mi alrededor y no tengo parientes ni amigos en este mundo. Esas buenas gentes a quienes voy a visitar nunca me han visto y saben muy poco de mí. Me embargan mil temores; porque si fracaso, ya siempre seré un desheredado en este mundo.

–No desespere –dijo el anciano–. Verdaderamente es triste no tener amigos: pero los corazones de los hombres, cuando no tienen prejuicios fundados en el egoísmo, siempre están llenos de amor fraternal y caridad. Así pues, tenga fe en sus esperanzas; y si esos amigos son buenos y amables, no desespere.

–Son muy buenos –contesté–. Son las mejores personas del mundo, pero, desgraciadamente, están predispuestos contra mí. Yo tengo buenas intenciones; amo la virtud y el conocimiento; hasta ahora no he hecho daño a nadie y en alguna medida he beneficiado a otros; pero un prejuicio fatal nubla sus ojos; y, donde deberían ver a un amigo sensible y bueno, solo ven un monstruo detestable.

–Es verdaderamente lamentable –contestó De Lacey–, pero si usted es de verdad inocente, ¿no puede desengañarlos?

–Estoy a punto de intentar llevar a cabo esa tarea. Y es por esa razón por la que me siento abrumado por tantos temores. Aprecio mucho a esos amigos; no lo saben, pero durante muchos meses les he hecho algunos favores en sus tareas cotidianas; pero ellos creen que yo quiero hacerles daño, y es ese prejuicio el que deseo vencer.

–¿Dónde viven esos amigos? –preguntó De Lacey.

–Cerca de aquí... en este lugar.

El anciano se detuvo un instante y luego añadió:

–Si usted quisiera confiarme abiertamente los detalles, quizá podría intentar desengañarlos. Soy ciego y no puedo juzgar su aspecto, pero hay algo en sus palabras que me asegura que es usted sincero. Yo soy pobre, y vivo en el exilio, pero será para mí un verdadero placer ser de alguna ayuda a cualquier ser humano.

–¡Qué buen hombre! –exclamé–. Acepto su ofrecimiento y se lo agradezco mucho. Me infunde usted nuevos ánimos con su amabilidad, y espero que no me aparten de la compañía y la comprensión de mis semejantes.

–¡Que el Cielo no lo permita...! Ni aunque usted fuera un verdadero criminal... porque eso solo podría conducirle a usted a la desesperación, y no incitarlo a la virtud. También yo soy desafortunado. Mi familia yo y hemos sido condenados, aunque somos inocentes: juzgue, pues, si no he de comprender sus infortunios.

—¿Cómo podría agradecérselo, mi mejor y único benefactor...? Por vez primera oigo de sus labios la voz de la comprensión dirigida a mí. Siempre le estaré agradecido, y su humanidad me asegura el éxito con los amigos con los que estoy a punto de encontrarme.

—¿Puedo saber cuáles son los nombres de sus amigos y dónde viven? —preguntó De Lacey.

Guardé silencio. Aquel era el momento decisivo en el que se me arrebataría o se me concedería la felicidad para siempre. Luché en vano por encontrar el valor suficiente para contestarle; el esfuerzo acabó con todo el ánimo que me quedaba; me hundí en la silla y sollocé. Y en aquel momento oí los pasos de mis jóvenes protectores. No tenía tiempo que perder; pero, aferrándome a la mano del anciano, grité...

—¡Ahora es el momento...! ¡Sálveme! ¡Protéjame! ¡Usted y su familia son los amigos que busco! ¡No me abandonen en el momento decisivo...!

—¡Dios mío...! —exclamó el anciano—. ¿Quién es usted?

En aquel momento se abrió la puerta de la casa, y entraron Felix, Safie y Agatha. ¿Quién puede describir el horror y el asombro que sintieron al verme? Agatha se desmayó, y Safie, incapaz de ocuparse de su amiga, huyó de la casa corriendo. Felix se adelantó rápidamente y con una fuerza sobrenatural me apartó de su padre, a cuyas rodillas yo me había aferrado. En un arrebato de furia, me arrojó al suelo y me golpeó violentamente con un palo. Vi que estaba a punto de golpearme de nuevo cuando, sobreponiéndome al dolor y a la angustia, huí de la casa y, en medio de la confusión, escapé sin que me vieran y me oculté en el cobertizo.

¡Maldito, maldito Creador! ¿Por qué tuve que vivir? ¿Por qué en aquel instante no apagaste la llama de la existencia que caprichosamente me diste? No lo sé... La desesperación aún no se había apoderado de mí; solo tenía sentimientos de rabia y venganza. Podría haber destruido con placer la casa y haber matado a sus moradores... y haber saciado mi furia con sus gritos y su dolor. Cuando llegó la noche, salí de mi escondrijo y vagué por el bosque. Ya no me retenía el miedo a que me descubrieran, y pude dar rienda suelta a mi angustia con espantosos aullidos. Era como una bestia salvaje atrapada en un lazo, destruyendo todo lo que se le pone por delante y deambulando por el bosque como un ciervo viejo. ¡Oh...! ¡Qué noche más horrorosa pasé! Las gélidas estrellas brillaban burlándose de mí, los árboles desnudos me decían adiós con sus ramas, y aquí y allá el dulce canto de un pájaro rompía aquella absoluta quietud. Todo, salvo yo, descansaba o se alegraba. Yo, como el Demonio, albergaba un infierno en mi interior: y puesto que no encontraba a nadie que me comprendiera, deseé arrancar los árboles, sembrar el caos y la destrucción, y luego sentarme y disfrutar de aquel desastre.

Pero aquella fue una cascada de sensaciones que no podía durar. Acabé agotado por el exceso de ejercicio físico y me derrumbé en la hierba húmeda, con la impotencia de la desesperación. Entre los miles y miles de hombres, no había ni uno que sintiera compasión por mí o quisiera ayudarme... ¿acaso debía yo tener alguna piedad para con mis enemigos? ¡No! Desde aquel momento le declaré guerra eterna a la humanidad y, sobre todo, a aquel que me había creado y que me había arrojado a aquella insoportable humillación.

Salió el sol. Oí las voces de los hombres y supe que era imposible regresar a mi escondrijo durante el día; de modo que me oculté en la espesura del bosque, y decidí dedicar las horas siguientes a reflexionar sobre mi situación. Los rayos de sol y el aire puro del día me devolvieron en parte la calma; y cuando consideré lo que había ocurrido en la granja, no pude evitar creer que me había precipitado un tanto en mis conclusiones. Desde luego, había actuado imprudentemente. Era evidente que mi conversación había emocionado al padre y que me había comportado como un necio al mostrar mi figura y aterrorizar a sus hijos. Debería haber familiarizado al viejo De Lacey conmigo y, poco a poco, haberme ido mostrando al resto de la familia cuando hubieran estado preparados para soportar mi presencia. Pero no pensé que mis errores fueran irreparables; y, después de pensarlo mucho, decidí regresar a la casa, buscar al anciano y, con mis ruegos y súplicas, ganarlo para mi causa.

Aquellos pensamientos me tranquilizaron y, por la tarde, me sumí en un profundo sueño; pero la fiebre de mi sangre no me permitió gozar de un descanso apacible. La horrible escena del día anterior constantemente pasaba ante mis ojos: las mujeres huían y el furioso Felix me arrancaba de los pies de su padre. Me desperté exhausto; y descubriendo que ya era de noche, me arrastré fuera de mi escondrijo y fui a buscar comida.

# CAPÍTULO 8

Cuando aplaqué mi hambre, dirigí mis pasos hacia el camino bien conocido que conducía a la granja. Todo estaba en paz. Me arrastré hasta mi cobertizo y permanecí allí, en silenciosa espera, hasta la hora en que la familia solía levantarse. La hora pasó, y el sol ya estaba muy alto en el cielo, pero los granjeros no aparecían. Temblé violentamente, sospechando alguna horrible desgracia. El interior de la casa estaba oscuro y no se oía movimiento alguno. No puedo describir la angustia que sentí en aquellos momentos.

Entonces, dos campesinos pasaron por allí; pero, deteniéndose cerca de la casa, comenzaron a hablar, gesticulando mucho. No entendí lo que dijeron, porque su lengua era distinta a la de mis protectores. De todos modos, poco después, Felix apareció con otro hombre. Me sorprendió, porque yo sabía que él no había salido de la casa aquella mañana, y esperé con inquietud para descubrir, por sus palabras, el significado de aquellas extraños sucesos.

—¿Se da cuenta usted de que va a pagar tres meses de renta —le dijo el hombre que iba con él— y que perderá lo que dé el huerto? No quiero aprovecharme injustamente de usted, así que le ruego que se tome algunos días para pensar bien su decisión...

—Es completamente inútil —contestó Felix—, no podremos volver jamás a esta casa. La vida de mi padre está en gravísimo peligro debido a la horrorosa circunstancia que le he contado. Mi mujer y mi hermana nunca olvidarán ese espanto. Le ruego que no insista. Aquí tiene usted su propiedad, y permita que me vaya inmediatamente de este lugar.

Felix temblaba horrorosamente mientras decía aquello. Él y su acompañante entraron en la casa, en la cual permanecieron algunos minutos, y luego se despidieron. Nunca volví a ver a nadie de la familia De Lacey.

Permanecí en mi cobertizo durante el resto del día, en un estado de inconcebible y estúpida desesperación. Mis protectores se habían ido y habían roto el único lazo que me unía al mundo. Por primera vez, los sentimientos de venganza y odio embargaron mi pecho, y no me esforcé en controlarlos; al contrario, dejándome arrastrar por la corriente, dejé que mi pensamiento se inclinara hacia la violencia y la muerte. Cuando pensaba en mis amigos... en la amable voz de De Lacey, en los encantadores ojos de Agatha, y en la exquisita belleza de la árabe, aquellos pensamientos se desvanecían, y las copiosas lágrimas me calmaban un tanto. Pero, de nuevo, cuando pensaba que me habían rechazado y abandonado, regresaba la furia; y como no podía golpear a ningún ser humano, volvía mi ira contra cualquier objeto inanimado. Cuando se hizo de noche, coloqué mucha leña alrededor de la casa; y, después de haber destruido todos los frutos del huerto, esperé con obligada paciencia hasta que la luna se escondió para comenzar el trabajo. Con la noche adelantada, se levantó un fuerte viento desde el bosque y rápidamente dispersó las nubes que habían cubierto los cielos... Aquel vendaval se hizo más y más violento hasta convertirse en un poderoso huracán y produjo una especie de locura en mi ánimo que rompió todas las ataduras con la razón y la reflexión. Encendí una rama seca de un árbol y dancé con furia alrededor de aquella casa adorada, con los ojos aún clavados en el horizonte de occidente, el lugar por donde la luna iba a ponerse. Parte de su esfera finalmente se ocultó, y yo agité mi rama ardiendo; desapareció la luna, y con un alarido, prendí la paja y el heno seco que había colocado. El viento inflamó el fuego, y la casa inmediatamente quedó envuelta en llamas que la abrazaban y la lamían con sus afiladas y destructivas lenguas. En cuanto estuve seguro de que nada podría salvar ni la más mínima parte de aquella construcción, abandoné el lugar y busqué refugio en el bosque.

Y ahora, con el mundo ante mí, ¿hacia dónde encaminaría mis pasos? Decidí huir lejos del escenario de mis desgracias. Pero para mí, odiado y despreciado, todos los países iban a ser igual de espantosos. Al final, un pensamiento cruzó mi mente: vos. Por vuestros papeles supe que vos habíais sido mi creador; ¿y a quién podría recurrir con más justicia, sino a quien me había dado la vida? Entre las lecciones que Felix le había enseñado a Safie, no había faltado la geografía. Por eso sabía cómo se encontraban dispuestos los diferentes países del mundo. Vos habíais mencionado Ginebra, el nombre de vuestra ciudad natal, y hacia ese lugar decidí encaminarme.

Pero... ¿cómo iba a orientarme? Yo sabía que debía viajar en dirección suroeste para alcanzar mi destino, pero el sol era mi único guía. No conocía los nombres de las ciudades por las que tendría que pasar, ni podía pedir información a ningún ser humano. Pero no desesperé. De vos solo podía esperar auxilio, aunque hacia vos no tuviera otro sentimiento que odio. ¡Creador insensible y despiadado...! Me otorgasteis sensaciones y pasiones, y luego me arrojasteis al mundo para desprecio y horror de la humanidad. Pero solo a vos podía dirigir mis súplicas, y solo en vos decidí buscar la justicia que en vano intenté encontrar en cualquier otro ser de apariencia humana.

Mis viajes fueron penosos, y los sufrimientos que tuve que soportar, amargos. Ya estaba muy adelantado el otoño cuando abandoné la región en la que durante tanto tiempo había vivido. Viajaba solo por la noche, temeroso de encontrarme con algún rostro humano. La naturaleza se marchitó a mi alrededor y el sol ya no calentaba; la lluvia y la nieve me atormentaban continuamente, y no encontraba refugio alguno... ¡Oh, Tierra! ¡Cuán a menudo maldije a quien me dio el ser! La bondad de mi naturaleza había desaparecido, y todo en mi interior se tornó rencor y amargura. Cuanto más me acercaba al lugar donde vos vivíais, más profundamente sentía que el espíritu de la venganza se había convertido en dueño de mi corazón. La nieve cayó a mi alrededor, y las aguas se endurecieron, pero yo no descansé. Algunas señales, aquí y allá, me guiaron en la buena dirección, pero a menudo me desviaba mucho del buen camino. La agonía de mi dolor no me daba descanso. Y nada ocurría de lo que mi rabia y mi desgracia no pudieran extraer su alimento. Pero una circunstancia que aconteció cuando llegué a los confines de Suiza, cuando el sol ya había recuperado parte de su calor y la tierra de nuevo comenzaba a mostrarse verde, confirmó de un modo particular la amargura y el horror de mis sentimientos.

Generalmente descansaba durante el día y viajaba solo por la noche, cuando estaba seguro de hallarme lejos del alcance de los hombres. Sin embargo, una mañana, descubriendo que mi camino discurría por un bosque profundo, me aventuré a continuar mi viaje después de que ya hubiera amanecido. El día, que era uno de los primeros de la primavera, incluso consiguió animarme con la belleza de los rayos del sol y la dulzura de la brisa. Sentí que revivían en mí emociones de bondad y placer que parecían haber muerto; casi sorprendido por aquellas nuevas emociones, me dejé arrastrar por ellas y, olvidando mi soledad y mi deformidad, me atreví a sentirme feliz. Lágrimas de bondad de nuevo abrasaron mis mejillas, e incluso elevé con agradecimiento mis ojos humedecidos hacia el maravilloso sol que derramaba aquella alegría sobre mí.

Continué serpenteando por los caminos del bosque hasta que llegué al final, donde lo bordeaba un río profundo y rápido, en el cual muchos árboles dejaban caer sus ramas, ahora llenas de brotes de la reciente primavera. Allí me detuve, sin saber exactamente qué camino seguir, cuando oí voces que me obligaron a esconderme bajo la sombra de los cipreses. Apenas estaba oculto cuando una niña vino corriendo hasta el lugar donde estaba escondido, riendo y jugando como si huyera para escapar de alguien. Continuó su carrera junto al borde cortado del río, cuando de repente su pie resbaló, y cayó en los rápidos. Salí inmediatamente de mi escondrijo y, con un inmenso esfuerzo contra la corriente del río, la salvé y la arrastré de nuevo a la orilla. Estaba sin sentido; e intenté por todos los medios y con todas mis fuerzas reanimarla, cuando de repente me vi sorprendido por la llegada de un campesino, que probablemente era la persona de quien la niña huía jugando. Al verme, se abalanzó sobre mí, arrebatándome a la niña de los brazos, y huyendo hacia lo más profundo del bosque. Lo seguí rápidamente, apenas sé por qué; pero cuando el hombre vio que lo seguía de cerca, me apuntó con un arma que llevaba y disparó. Me desplomé en la tierra y él, aún más deprisa, se internó en el bosque.

Aquella fue la recompensa a mi bondad. Había salvado a un ser humano de la muerte y, como recompensa, ahora me retorcía entre horribles dolores por un disparo que me había destrozado la carne y el hueso. Los sentimientos de bondad y amabilidad que había albergado solo unos instantes antes dieron lugar a una furia infernal y al rechinar de dientes... inflamado por el dolor, juré odio eterno y venganza a toda la humanidad. Pero el dolor que me causaba la herida me venció, mi pulso se detuvo y me desmayé.

Durante algunas semanas llevé una vida miserable en aquellos bosques, intentando curarme la herida que había recibido. La bala me había perforado el hombro, y yo no sabía si aún permanecía allí o lo había traspasado; en cualquier caso, no tenía medios para sacarla. Mis sufrimientos aumentaron también por el opresivo sentimiento de injusticia e ingratitud que aquellos dolores suponían. Mis juramentos diarios clamaban venganza... una venganza absoluta y mortal, porque solo así podría compensar los ultrajes y el dolor que había sufrido.

Después de algunas semanas, mi herida curó, y continué mi viaje. Ni el brillo del sol ni las suaves brisas de la primavera pudieron aliviar ya los trabajos que tuve que soportar; toda alegría no era sino una burla para mí, que insultaba mi estado de desolación, y me hacía sentir más dolorosamente que yo no estaba hecho para la felicidad. Pero mis sufrimientos ya se acercaban a su conclusión, y dos meses después llegué a los alrededores de Ginebra.

Era casi de noche cuando llegué a las afueras de la ciudad, y me aparté a un lugar escondido en los campos que la rodean, para pensar en el modo de dirigirme a vos. Me encontraba abatido por el cansancio y el hambre, y me sentía demasiado desgraciado para disfrutar de las dulces brisas del atardecer o las vistas del sol poniéndose tras las imponentes montañas del Jura. En aquel momento, me alivió un ligero sueño, el cual fue perturbado por la aparición de un hermoso muchacho, que entró en mi escondrijo corriendo con la juguetona alegría de la infancia. De repente, cuando lo miré, una idea se apoderó de mí... que aquella pequeña criatura seguramente no tendría prejuicios y que había vivido muy poco tiempo como para haberse imbuido del horror hacia la deformidad. Así pues, si pudiera hacerme con él y educarlo como mi compañero y amigo, no me encontraría tan solo en este mundo lleno de gente. Apremiado por aquel impulso, agarré al muchacho cuando pasó y lo atraje hacia mí. En cuanto vio mi figura, puso las manos delante de los ojos y profirió un agudo chillido. Le aparté las manos de la cara por la fuerza y le dije:

—Muchacho, ¿qué haces...? No pretendo hacerte daño; escúchame...

Él luchaba ferozmente.

—¡Déjame! —gritó—. ¡Monstruo! ¡Monstruo horrible! ¡Quieres devorarme y destrozarme en mil pedazos...! ¡Eres un ogro! ¡Déjame, o llamaré a mi papá...!

—Chico... —le dije—, jamás volverás a ver a tu padre... Vas a venir conmigo.

Estalló en gritos furiosos:

—¡Monstruo espantoso...! ¡Déjame, déjame! Mi papá es magistrado... Es el señor Frankenstein... ¡Déjame! ¡No te atrevas a tocarme...!

—¡Frankenstein! —exclamé—. Entonces perteneces a mi enemigo, a aquel por quien he jurado venganza eterna... y tú serás mi primera víctima.

El muchacho aún porfiaba y me insultaba con gritos que solo conseguían llevar la desesperación a mi corazón. Lo cogí por la garganta para intentar que se callara, y un instante después yacía muerto a mis pies.

Observé a mi víctima, y una alegría y un triunfo infernal embargaron mi corazón... y mientras aplaudía, exclamé:

—Yo también puedo sembrar la desolación. Mi enemigo no es invulnerable; esta muerte lo hundirá en la desesperación, y miles y miles de desgracias lo atormentarán y lo destruirán.

Cuando clavé mis ojos en el muchacho, vi algo que brillaba en su pecho. Lo cogí. Era el retrato de una mujer hermosísima. A pesar de mi maldad, aquel retrato me calmó y atrajo mi atención. Durante unos breves instantes observé con deleite sus ojos oscuros y profundos, y sus adorables labios, pero de inmediato volvió a invadirme la ira: recordé que me habían privado para siempre de los placeres que criaturas como aquella podrían proporcionarme; y que aquella cuyo rostro contemplaba, si me mirara, habría cambiado aquel aire de divina bondad por un gesto de horror y repugnancia.

¿Acaso os sorprende que semejantes pensamientos me volvieran loco de rabia? Yo solo me maravillo de que en aquel momento, en vez de dar al viento mis emociones mediante inútiles exclamaciones y dolor, no me precipitara contra la humanidad y pereciera en mi deseo de destruirla. Mientras me sentía embargado por aquellos sentimientos, abandoné el lugar en el que había cometido el asesinato y busqué un escondrijo más apartado. En aquel momento vi a una mujer que pasaba cerca... Era joven, ciertamente no tan hermosa como la del retrato que yo tenía, pero de agradable aspecto y en la encantadora flor de la juventud y de la salud. Y pensé que allí iba una de aquellas sonrisas que se entregan a todo el mundo, excepto a mí. «No escapará a mi venganza; gracias a las lecciones de Felix y a las sanguinarias leyes de los hombres, he aprendido cómo hacer el mal.» Me acerqué a ella sin ser notado y coloqué el retrato a buen recaudo en uno de los bolsillos de su vestido.

Durante algunos días estuve merodeando por el lugar en el que se habían desarrollado aquellos acontecimientos, a veces deseando poder veros, y a veces decidido a abandonar el mundo y sus miserias para siempre. Al final me dirigí hacia estas montañas y he recorrido todas esas grutas inmensas, consumido por una ardiente pasión que solo vos podéis calmar. Y no podemos despedirnos hasta que me hayáis prometido cumplir con mis peticiones. Estoy solo y soy muy desgraciado. Nadie querrá estar conmigo, pero una mujer tan deforme y horrible como yo no me rechazaría. Ese es el ser que debéis crear para mí.

# CAPÍTULO 9

La criatura terminó de hablar y clavó su mirada en mí, esperando una respuesta. Pero yo estaba desconcertado y perplejo, y era incapaz de ordenar mis ideas lo suficiente como para comprender el significado de su propuesta. Él añadió:

–Debéis crear una compañera para mí, una mujer con la que pueda vivir, que me comprenda y a la que yo pueda comprender, para poder existir. Solo vos podéis hacerlo, y lo exijo como un derecho que no debéis negarme.

Cuando dijo aquello, no pude contener la ira que ardía en mi interior.

–¡Pues claro que me niego! –contesté–, y por nada del mundo conseguirás que acceda a ello. Puedes convertirme en el hombre más desgraciado de la Tierra, pero no conseguirás que me rebaje y me convierta en un ser despreciable ante mí mismo.

¿Es que debo crear otro ser como tú, para que vuestra maldita alianza destruya el mundo? ¡Apártate de mí! Ya te he contestado. Puedes matarme, pero no lo haré.

—Estáis equivocado —replicó—; y, en vez de amenazaros, estoy dispuesto a razonar con vos. Soy malvado porque soy desgraciado. ¿O no me desprecia y me odia toda la humanidad? Vos, mi creador, me destrozaríais en mil pedazos y os preciaríais de semejante triunfo. Recordad eso... y decidme por qué debería apiadarme de un hombre que no tiene piedad de mí. Si me arrojaseis a una de esas grietas de hielo y destruyerais mi cuerpo, obra de vuestras propias manos, ni siquiera lo llamaríais asesinato. ¿Debo respetar a un hombre que me condena? Mejor será que convivamos y colaboremos amablemente, y, en vez de daños, derramaría sobre vos todos los beneficios imaginables, con lágrimas de gratitud. Pero eso no puede ser; las emociones humanas son barreras infranqueables para nuestra alianza. Pero no me someteré como un esclavo abyecto. Vengaré mis sufrimientos; si no puedo inspirar amor, causaré terror; y principalmente a vos, mi enemigo supremo, porque sois mi creador, os he jurado odio eterno. Me esforzaré en destruiros, y no daré por terminada mi tarea hasta que arrase vuestro corazón y maldigáis la hora de vuestro nacimiento.

Una ira diabólica animó su rostro cuando dijo aquello; su cara se contraía en muecas demasiado horribles para que un ser humano pudiera tolerarlas; pero inmediatamente se calmó y continuó.

—Intentaba razonar... Esta obsesión me perjudica, porque no comprendéis que solo vos sois la única causa de su fuego. Si alguien fuera capaz de ser bondadoso conmigo, yo devolvería entonces esa bondad doblada cien y cien veces; solo por una criatura así, sería capaz de hacer las paces con toda la humanidad. Pero ahora estoy fantaseando con sueños que nunca podrán cumplirse. Lo que os pido es razonable y justo. Solo exijo una criatura de otro sexo, pero tan espantosa como yo. Es un consuelo pequeño, pero eso es todo lo que puedo recibir, y será suficiente para mí. Es verdad que seremos monstruos y que estaremos apartados del mundo, pero precisamente por eso nos sentiremos más unidos el uno con el otro. No seremos felices, pero no haremos mal a nadie y no sufriremos la desdicha que ahora siento yo. ¡Oh... mi creador! Hacedme feliz; permitidme que sienta gratitud hacia vos por ese único acto de bondad para conmigo. Permitidme comprobar que soy capaz de inspirar la comprensión de otra criatura. No me neguéis esta petición.

Me sentí conmovido. Temblaba cuando pensaba en las posibles consecuencias de aceptar, pero creí que había una parte de justicia en su argumentación. Su relato y los sentimientos que ahora expresaba demostraban que era una criatura de emociones delicadas; y yo, como su hacedor, ¿no debía proporcionarle toda la felicidad que estuviera en mi mano concederle? Él percibió el cambio en mis sentimientos y continuó.

—Si consentís, ni vos ni ninguna criatura humana nos volverá a ver jamás. Me iré a las vastas selvas de América. Mi alimento no es como el de los hombres; yo no mato a un cordero ni a un cabrito para saciar mi apetito. Las bellotas y las bayas me proporcionan suficiente alimentación. Mi compañera será de la misma naturaleza que yo y se contentará con lo mismo. Haremos nuestro lecho con hojas secas; el sol nos iluminará como a todos los hombres y madurará nuestros alimentos. Estás emocionado. El cuadro que os presento es amable y humano, y debéis sentir que solo os podríais negar haciendo uso de una tiranía y una crueldad caprichosas. Aunque habéis sido despiadado conmigo, veo compasión en vuestros ojos. Permitidme que aproveche este momento favorable y os persuada para que me prometáis lo que tan ardientemente deseo.

–Has prometido que os apartaréis de los lugares donde habitan los hombres –contesté– e iréis a vivir a las selvas desiertas donde las bestias del monte serán vuestra única compañía. ¿Cómo vas a poder mantener esa promesa de exilio, tú, que ansias tanto el cariño y la comprensión del hombre? Volverías, y buscarías su comprensión, y volverías a encontrarte con su desprecio; tus malvadas pasiones se reavivarían, y entonces contarías con una compañera que te ayudaría a cumplir tus deseos de destrucción. Apártate... No puedo aceptar.

El monstruo contestó con vehemencia:

–¡Qué inconstantes son vuestros sentimientos...! Solo hace un momento parecíais conmovido por mis súplicas: ¿por qué volvéis a endureceros ante mis quejas? Os juro, por la tierra que piso, y por vos, que me habéis creado, que con la compañera que me concedáis me alejaré de la presencia de los hombres y viviré, si es necesario, en los lugares más salvajes. Mis malas pasiones desaparecerán, porque habré encontrado la comprensión. Mi vida transcurrirá apaciblemente, alejada de todo, y en el momento de morir no maldeciré a mi hacedor.

Sus palabras tuvieron un extraño efecto en mí. Me compadecí de él y, por un momento, sentí el impulso de consolarlo; pero cuando lo miraba, cuando veía aquella masa inmunda que se movía y hablaba, mi corazón enfermaba y mis sentimientos se transformaban en horror y odio. Intenté sofocar esas emociones. Pensaba que, aunque no pudiera apreciarlo en absoluto, no tenía derecho a negarle la pequeña porción de felicidad que estaba en mi mano poder proporcionarle.

–Juras no hacer daño a nadie –dije–, pero ¿no has demostrado ya tu implacable maldad? ¿No debería desconfiar de ti? ¿No será esto una trampa para engrandecer tu victoria? ¿No estaré proporcionándote más ocasiones para tu venganza?

–¿Cómo...? –exclamó–. Pensaba que os habíais compadecido de mí y, sin embargo, aún os negáis a concederme el único bien que aplacaría mi corazón y me convertiría en un ser inofensivo. Si no tengo relaciones ni afectos, me entregaré al odio y a la maldad. El amor de otro ser destruirá la razón de mis crímenes y me convertiré en algo de cuya existencia nadie sabrá. Mis maldades son hijas de una soledad forzada que aborrezco, y mis virtudes florecerán necesariamente cuando reciba la comprensión de un igual. Sentiría el afecto de un ser vivo y me convertiría en un eslabón en la cadena del ser y de los acontecimientos de los que ahora estoy excluido.

Me detuve algún tiempo a reflexionar en todo lo que había dicho y a meditar los argumentos que había empleado. Pensé en las prometedoras virtudes que había mostrado al principio de su existencia; y en la subsiguiente ruina de todos aquellos amables sentimientos, por culpa del desprecio y el espanto que sus protectores habían manifestado hacia él. En mis cálculos no olvidé ni su fuerza ni sus amenazas: una criatura que podía vivir en las grutas de hielo de los glaciares y podía ocultarse de sus perseguidores en las aristas de precipicios inaccesibles era un ser que poseía facultades a las que era imposible hacer frente. Después de una larga pausa para meditar, concluí que la justicia debida tanto a él como a mis semejantes me obligaba a acceder a sus peticiones. Así pues, volviéndome hacia él, le dije:

–Accedo a tu petición, con la siguiente condición: que me prometas solemnemente que abandonarás Europa, y cualquier otro lugar donde haya seres humanos, tan pronto como ponga en tus manos la hembra que te acompañará en tu exilio.

–¡Lo juro –gritó–, por el sol y por los cielos azules del Paraíso, que mientras existan jamás volveréis a verme! Marchad, entonces, a vuestra casa y comenzad los trabajos. Observaré vuestros avances con incontenible ansiedad, y, descuidad, que cuando todo esté preparado, yo apareceré.

Y diciendo aquello, rápidamente se alejó de mí, temeroso quizá de que cambiara de opinión. Le vi descender la montaña más veloz que el vuelo del águila y rápidamente lo perdí de vista entre las ondulaciones del mar de hielo.

Su relato había durado todo el día, y el sol ya estaba sobre la línea del horizonte cuando él partió. Yo sabía que debía comenzar a descender inmediatamente hacia el valle, pues muy pronto me vería envuelto en una completa oscuridad. Pero mi corazón estaba apesadumbrado, y avanzaba con pasos lentos. El esfuerzo de ir serpenteando por los pequeños senderos, y fijando mis pies firmemente mientras avanzaba, me agotaba, absorto como estaba en las emociones que los acontecimientos de aquel día habían despertado en mí. Ya era muy de noche cuando llegué a un lugar de descanso que hay a mitad de camino y me senté junto a la fuente. Las estrellas brillaban de tanto en tanto, a medida que las nubes pasaban por delante de ellas. Los pinos oscuros se elevaban frente a mí, y por todas partes, aquí y allá, los árboles quebrados yacían en tierra; era un paisaje de maravillosa solemnidad que encendió extraños pensamientos en mi interior. Lloré amargamente y, retorciéndome las manos de dolor, exclamé:

–¡Oh, estrellas, y nubes, y viento... todos os burláis de mí! ¡Si realmente tenéis piedad de mí, aplastadme y destruidme! ¡Y si no, alejaos; alejaos y dejadme en la oscuridad!

Eran pensamientos enloquecidos y desesperados, pero no puedo describir hasta qué punto el eterno centellear de las estrellas me abrumaba, y cómo esperaba cada ráfaga de viento como si fuera un espantoso y turbio viento del sur dispuesto a consumirme.

Ya había amanecido cuando llegué a la aldea de Chamonix; pero mi aspecto, macilento y extraño, apenas pudo calmar los temores de mi familia, que había estado angustiada toda la noche, esperando mi regreso.

Al día siguiente regresamos a Ginebra. La intención de mi padre con aquel viaje había sido distraer mi mente y restaurar mi tranquilidad perdida. Pero la medicina había resultado fatal; e, incapaz de comprender aquella tristeza excesiva que yo parecía estar sufriendo, se apresuró a regresar a casa, esperando que la tranquilidad y la calma de la vida familiar aliviara poco a poco mis sufrimientos, cualquiera que fuera su causa.

Por mi parte, apenas participé en todos sus preparativos, y el amable cariño de mi amada Elizabeth no servía para arrancarme de las profundidades de mi desesperación. La promesa que le había hecho a aquel demonio pesaba en mi espíritu como las capas de hierro que llevaban los infernales hipócritas de Dante. Todos los placeres de la tierra y del cielo pasaban ante mí como en un sueño, y solo aquel único pensamiento poseía la capacidad para mostrarse como la verdadera realidad de la vida. ¿Es que alguien puede admirarse de que en ocasiones sufriera una especie de locura, o de que viera en torno a mí una multitud de espantosas bestias infligiéndome incesantes heridas que a menudo me hacían proferir gritos y amargos lamentos?

Sin embargo, poco a poco, aquellos sentimientos se calmaron. Volví a adentrarme en la vida cotidiana, si no con interés, al menos con un tanto de tranquilidad.

# CAPÍTULO 10

Día tras día, semana tras semana fueron transcurriendo tras mi regreso a Ginebra, y no reuní el valor suficiente para comenzar el trabajo. Temía la venganza del demonio si lo defraudaba, sin embargo, era incapaz de vencer mi repugnancia a emprender la tarea. También descubrí que era incapaz de componer una mujer sin volver a dedicarle muchos meses de estudio y laboriosas pruebas. Había oído que un filósofo inglés había hecho algunos descubrimientos, cuyo conocimiento me sería de mucha utilidad, y en ocasiones pensaba pedirle permiso a mi padre para visitar Inglaterra con esa intención; pero me aferraba a cualquier excusa para retrasarlo y no me decidí a interrumpir mi tranquilidad recuperada. Mi salud, que hasta entonces se había resentido, había mejorado mucho; y, cuando no lo impedía el recuerdo de mi desgraciada promesa, me encontraba bastante animado. Mi padre observó aquel cambio con placer y constantemente buscaba el mejor método para erradicar los restos de la melancolía que de vez en cuando regresaba y me atacaba con su feroz oscuridad, ensombreciendo el anhelado amanecer. En aquellos momentos me refugiaba en la más absoluta soledad: pasaba días enteros en el lago, solo, en un pequeño bote, mirando las nubes y escuchando el murmullo de las olas, en silencio y en completa indiferencia. Pero el aire fresco y el sol brillante con mucha frecuencia conseguían devolverme en alguna medida la compostura; y cuando regresaba, respondía a los saludos de mis amigos con una sonrisa más dispuesta y un espíritu más afectuoso.

Fue después de volver de una de esas excursiones cuando mi padre, llamándome aparte, se dirigió a mí del siguiente modo:

—Mi querido hijo, me alegra mucho comprobar que has vuelto a tus antiguos placeres y parece que vuelves a ser tú mismo. Y, sin embargo, aún estás triste y rehúyes nuestra compañía. Durante un tiempo he estado completamente perdido al respecto y no podía ni siquiera imaginar cuál podría ser la causa de esto; pero ayer se me ocurrió una idea, y si está bien fundada, te ruego que me la confirmes. En este punto, la discreción no solo sería completamente inútil, sino que contribuiría a triplicar nuestras tribulaciones.

Temblé visiblemente cuando terminó aquella introducción, y mi padre continuó:

—Te confieso, hijo mío, que siempre he considerado el matrimonio con tu prima como el fundamento de nuestra felicidad familiar y el báculo de mi ancianidad. Os conocéis desde que érais muy niños; estudiabais juntos y parecía, por vuestros caracteres y gustos, que estabais hechos el uno para el otro. Pero los hombres a veces estamos tan ciegos... y lo que yo creía que podía ser lo mejor para encauzar mi plan puede haberlo arruinado por completo; tal vez solo la mires como a una hermana, sin que haya en ti ningún deseo de convertirla en tu esposa. Es más, seguro que has encontrado a otra de la que estás enamorado; y, considerando que has comprometido tu honor en el futuro matrimonio con tu prima, ese sentimiento puede causar el punzante dolor que pareces sentir.

—Querido padre, tranquilízate. Quiero a mi prima de todo corazón y sinceramente. No he conocido a ninguna mujer que me inspirara, como Elizabeth, la admiración y el cariño más profundo. Mis esperanzas y mis perspectivas de futuro se basan enteramente en la expectativa de nuestra unión.

—Mi querido Victor, la confirmación de tus sentimientos en este asunto me produce una alegría mayor que la que me haya podido proporcionar cualquier otra cosa desde hace mucho tiempo. Si es eso lo que sientes, seremos felices con toda seguridad, por mucho que las circunstancias actuales puedan arrojar alguna tristeza sobre nosotros. Pero es esa tristeza que se ha apoderado con tanta fuerza de tu espíritu la que querría desterrar. Dime, pues, si tienes alguna objeción a una inmediata celebración formal de vuestro matrimonio. Hemos sido muy desdichados, y los recientes acontecimientos nos han arrebatado esa tranquilidad familiar que mis años y mis achaques precisan. Eres joven; sin embargo, disponiendo de una notable fortuna, no creo que un matrimonio temprano pueda interferir en cualquier proyecto futuro que hayas planeado, sea en la universidad o en la administración pública. En cualquier caso, no creas que deseo imponerte la felicidad, o que un retraso por tu parte me causaría ninguna inquietud seria. Interpreta mis palabras con sencillez y respóndeme, te lo ruego, con confianza y sinceridad.

Escuché a mi padre en silencio y durante unos momentos permanecí sin dar contestación alguna. Rápidamente, le di mil vueltas a una avalancha de pensamientos e intenté llegar a una conclusión. ¡Dios mío...! La idea de una boda inmediata con mi prima me aterrorizaba y me consternaba. Estaba comprometido por una solemne promesa que aún no había cumplido y que no me atrevía a romper; y si lo hacía, ¡cuántos e insospechados sufrimientos podrían desatarse sobre mí y mi adorada familia! ¿Acaso podía celebrar un banquete con aquel peso mortal colgando de mi cuello y arrastrándome por el suelo? Debía cumplir mi compromiso: solo así conseguiría que el monstruo se fuera con su compañera antes de que yo pudiera permitirme disfrutar de un matrimonio en el cual tenía depositadas todas mis esperanzas de paz. Recordé también la necesidad perentoria en que me hallaba, bien de viajar a Inglaterra, bien de entablar una larga correspondencia con los filósofos de ese país, cuyos conocimientos y descubrimientos me resultaban indispensables en semejante empresa. Esta última forma de conseguir la información precisa era lenta y enojosa; además, cualquier cambio me sentaría bien, y estaba encantado con la idea de pasar uno o dos años en otro lugar y con otras ocupaciones, lejos de mi familia; durante ese período de tiempo podría ocurrir algo que me devolviera la paz y la felicidad. Podría cumplir mi promesa y el monstruo podría partir; o tal vez podría acontecer algún accidente que acabara con él y pusiera fin a mi esclavitud para siempre. Aquellos sentimientos dictaron la respuesta que le di a mi padre. Expresé mi deseo de visitar Inglaterra; pero, ocultando las verdaderas razones de aquella petición, disfracé mis intenciones con la máscara de un supuesto deseo de viajar y ver mundo antes de instalarme para siempre entre los muros de mi ciudad natal.

Presenté mi ruego con toda formalidad, y mi padre muy pronto accedió a mi petición... Creo que no ha habido un padre más indulgente o menos tiránico en el mundo. Nuestro plan se dispuso de inmediato. Viajaría a Estrasburgo, donde me reuniría con Clerval, y luego bajaríamos juntos por el Rin. Pasaríamos algún tiempo, poco, en las ciudades de Holanda, y la mayor parte de nuestro periplo lo pasaríamos en Inglaterra. Regresaríamos por Francia. Se acordó que este viaje duraría dos años.

Mi padre se contentó con la idea de que me casaría con Elizabeth inmediatamente después de mi regreso a Ginebra.

–Estos dos años –dijo– pasarán rápidamente, y será el único retraso que se oponga a tu felicidad. Y, en realidad, deseo fervientemente que llegue el tiempo en que todos estemos juntos y que ni las esperanzas ni los temores consigan alterar nuestra tranquilidad familiar.

–Estoy de acuerdo –contesté–. Para entonces, Elizabeth y yo seremos más maduros, y espero que más felices, de lo que somos en este momento.

Suspiré, pero mi padre amablemente evitó hacerme ninguna pregunta más respecto a la razón de mi tristeza. Él esperaba que los paisajes nuevos y el entretenimiento del viaje me devolvieran la tranquilidad.

Luego hice los preparativos para el viaje, pero se apoderó de mí un sentimiento que me llenó de temor y angustia. Durante mi ausencia, debería dejar a mis familiares solos, inconscientes de la existencia de un enemigo, y desprotegidos ante sus ataques, pues tal vez se enfurecería al ver que yo me iba. Pero había prometido seguirme allá donde quisiera que yo fuera: ¿no vendría tras de mí a Inglaterra? Esa suposición era desde luego aterradora, pero tranquilizadora en tanto en cuanto significaba que mi familia estaría segura. Me amargaba la idea de que pudiera ocurrir lo contrario. Pero durante todo el tiempo en el que fui esclavo de mi criatura, solo me dejé guiar por los impulsos de cada instante; y mis sensaciones en aquel momento me aseguraban con toda certeza que aquel demonio me seguiría y que mi familia quedaría al margen del peligro de sus maquinaciones.

Fue muy a finales de agosto cuando partí de Ginebra, dispuesto a vivir dos años en el extranjero. Elizabeth aceptó las razones de mi viaje, y solo lamentaba que ella no tuviera las mismas oportunidades para ampliar sus conocimientos y cultivar su inteligencia. De todos modos, lloró al despedirse y me pidió que regresara feliz y tranquilo.

–Todos te necesitamos –dijo–; y si tú estás triste, ¿cuáles serán nuestros sentimientos?

Me metí en el carruaje que iba a alejarme de allí, sin saber apenas adónde me dirigía y sin importarme lo que sucedía a mi alrededor. Solo recuerdo, y pensé en ello con la angustia más amarga, que ordené que empaquetaran mi instrumental químico para llevármelo. Porque decidí cumplir mi promesa mientras estuviera en el extranjero y regresar, si era posible, como un hombre libre. Abrumado por todas aquellas visiones terribles, atravesé muchos paisajes maravillosos y majestuosos, pero mis ojos estaban clavados en el vacío y no veían nada; solo podía pensar en la finalidad de mi viaje y en el trabajo que iba a ocuparme mientras durara. Después de algunos días en los que estuve sumido en una indolente apatía, durante los cuales recorrí muchas leguas, llegué a Estrasburgo, donde permanecí dos días esperando a Clerval. Finalmente, vino; ¡Dios mío! ¡Qué enorme contraste había entre ambos! Él siempre estaba atento a todo; disfrutaba cuando veía la belleza del sol al atardecer, y aún se alegraba más cuando lo veía amanecer y comenzaba un nuevo día. Me señalaba los cambiantes colores del paisaje y las tonalidades del cielo.

—¡Esto sí que es vivir! —exclamaba—. ¡Me encanta vivir! Pero tú... mi querido Frankenstein, ¿por qué estás triste y apenado?

En efecto, estaba muy ocupado en mis sombríos pensamientos, y ni veía la aparición de la estrella vespertina ni los dorados amaneceres reflejados en el Rin; y usted, amigo mío, seguramente se divertiría mucho más con el diario de Clerval, que observaba el paisaje con mirada sentimental y gozosa, que escuchando mis reflexiones... yo, un pobre desgraciado atrapado en una maldición que me cerraba todos los caminos de la alegría.

Habíamos acordado bajar el Rin en barco, desde Estrasburgo a Rotterdam, donde podríamos coger un navío hacia Londres. Durante aquel viaje pasamos junto a pequeñas islas y visitamos algunas hermosas ciudades. Pasamos un día en Mannheim y, cinco días después de nuestra partida de Estrasburgo, llegamos a Maguncia. El curso del Rin, a partir de Maguncia, es mucho más pintoresco. El río desciende rápidamente y serpentea entre colinas, no muy altas, pero escarpadas, y con hermosísimas formas. Vimos muchos castillos en ruinas, asomándose al borde de altos e inaccesibles precipicios, rodeados por bosques oscuros. Esta parte del Rin, en efecto, presenta un paisaje singularmente variopinto. En cierto punto, uno puede observar colinas escarpadas, castillos en ruinas asomándose a tremendos precipicios, con el oscuro Rin precipitándose en el fondo... Y de repente, a la vuelta de un promontorio, florecen los viñedos y surgen populosas ciudades, y los meandros de un río con suaves riberas verdes se hacen dueños del paisaje. Viajábamos en la época de la vendimia y oímos las canciones de los trabajadores mientras avanzábamos río abajo. Incluso yo, con el espíritu abatido y el ánimo continuamente perturbado por sentimientos sombríos, incluso yo pude disfrutar de aquello. Me tumbaba en la barcaza, y, mientras, miraba el cielo azul sin nubes, y me embriagaba con una paz que durante mucho tiempo me había sido esquiva. Y si aquellas eran mis sensaciones, ¿cómo describir las de Henry? Parecía que se hubiera trasladado al país de las hadas y gozaba de una felicidad que rara vez disfrutan los hombres.

—He visto los paisajes más hermosos de mi país —decía—. He estado en los lagos de Lucerna y de Uri, donde las montañas nevadas se desploman casi verticalmente sobre el agua, proyectando sombras negras e impenetrables que los hacen tétricos y lúgubres, si no fuera por los islotes verdes que tranquilizan la vista con su alegre aspecto. He visto esos lagos agitados por la tempestad, cuando el viento arranca remolinos de agua y advierte cómo debe de ser una tromba marina en el océano abierto... y he visto romper las olas con furia en la base de las montañas, donde el cura y su amante quedaron sepultados por una avalancha y donde se dice que aún se escuchan sus voces moribundas en medio de las ventiscas nocturnas. He visto las montañas de La Valais y del Pays de Vaud, pero esta región, Victor, me gusta más que todas aquellas maravillas. Las montañas de Suiza son majestuosas y extraordinarias, pero en las orillas de este divino río hay encantos como no he visto jamás. Mira aquel castillo colgado en aquel precipicio; y aquel otro también, en la isla, casi oculto entre el follaje de aquellos encantadores árboles; y ahora, mira aquel grupo de trabajadores que vuelven de sus viñedos; y aquella aldea, medio escondida en la quebrada de la montaña... ¡Oh, seguramente el espíritu que habita y protege este lugar tiene un alma más piadosa con los hombres que aquellos que se esconden en los glaciares o viven en los inaccesibles picos de las montañas de nuestra tierra!

Sonreí ante el entusiasmo de mi amigo y recordé con un suspiro aquella época en la que mis ojos habrían brillado con alegría al contemplar los paisajes que entonces veíamos. Pero el recuerdo de aquellos días era demasiado doloroso; debía acallar cualquier pensamiento para disfrutar de un poco de paz, y aquella idea ya era suficiente para emponzoñar cualquier placer.

Desde Colonia bajamos a las llanuras de Holanda, y decidimos continuar en diligencia el resto de nuestro camino, porque el viento era contrario y la corriente del río era demasiado lenta como para arrastrar el barco. Ahora llegábamos a un territorio muy distinto. La tierra era arenosa y las ruedas se hundían frecuentemente en ella. Las ciudades en este país constituían la parte más agradable del paisaje. Los holandeses son extremadamente ordenados, pero a menudo nos sorprendía lo poco práctico que resultaba su orden. Recuerdo que en cierto lugar había un molino de viento colocado de tal modo que el postillón se vio obligado a llevar el carruaje por un extremo del camino para evitar el giro de las aspas. El camino a menudo discurría entre dos canales, donde no había espacio más que para que pasara un carruaje; y cuando nos encontrábamos otro vehículo, lo cual ocurría con frecuencia, nos veíamos obligados a ir hacia atrás durante casi una milla, hasta que encontrábamos uno de los puentes levadizos que conducen a los sembrados, donde bajábamos con el carruaje y esperábamos a que pasara el otro. También empapan el lino en el barro de sus canales y lo cuelgan de los árboles, a lo largo de los caminos, para secarlo. Y cuando hace mucho calor, no es fácil soportar el hedor que desprende. Sin embargo, los caminos son magníficos y los prados, maravillosos.

Desde Rotterdam navegamos hasta Inglaterra. Fue una mañana despejada de los últimos días de septiembre cuando vi por primera vez los blancos acantilados de Gran Bretaña. Las riberas del Támesis ofrecían un paisaje nuevo; eran llanas pero fértiles, y casi todas las ciudades tenían una historia curiosa. Vimos Tilbury Fort, y recordamos la Armada Española; Gravesend, Woolwich, Greenwich... lugares de los que ya había oído hablar en mi país. Al final vimos las numerosísimas agujas de Londres, con San Pablo elevándose sobre todas las demás, y la Torre, famosa en la historia de Inglaterra.

# CAPÍTULO 11

Así pues, Londres era nuestro lugar de destino; decidimos permanecer algunos meses en aquella ciudad famosa y maravillosa. Clerval deseaba conocer a hombres de genio y talento que estaban en auge en aquellos años; pero para mí aquella era una cuestión secundaria; yo estaba principalmente preocupado por los medios con los que conseguir la información necesaria para cumplir mi promesa, y rápidamente despaché algunas cartas de presentación que llevaba conmigo, dirigidas a los más distinguidos filósofos de la naturaleza. Si aquel viaje hubiera tenido lugar durante mis días de estudio y felicidad, me habría proporcionado un indescriptible placer.

Pero sobre mi vida había caído una maldición, y solo visité a aquellas personas con el fin de recabar la información que me pudieran ofrecer sobre el asunto en el que estaba tan profundamente interesado. La relación con otras personas me resultaba odiosa; cuando estaba solo, podía dejar volar mi imaginación hacia donde más me complaciera; y la voz de Henry me tranquilizaba, y así podía engañarme con una paz transitoria. Pero los rostros curiosos, amables y alegres despertaban una negra desesperación en mi corazón. Veía un muro infranqueable situado entre mis semejantes y yo; aquel muro se había levantado con la sangre de William y Justine, y pensar en aquellos sucesos llenaba mi alma de angustia. Pero en Clerval veía la imagen de lo que yo había sido antaño; era curioso y estaba deseando adquirir nuevas experiencias y conocimientos. Las diferencias en las costumbres que observaba eran para él una fuente infinita de observación y entretenimiento. Siempre estaba ocupado, y lo único que enturbiaba su felicidad era mi tristeza y mi semblante apesadumbrado. Yo intentaba ocultarlo todo lo posible, puesto que no debía arrebatarle los placeres naturales a una persona que, alejada de preocupaciones o de recuerdos amargos, está adentrándose en los nuevos horizontes que le ofrece la vida. A menudo me negaba a acompañarlo, alegando otros compromisos, y así podía quedarme solo. Entonces comencé también a reunir los materiales necesarios para mi nueva creación, y aquello fue para mí como una tortura, como gotas de agua que continuamente caen sobre la cabeza. Cada pensamiento que dedicaba a ello me causaba una inmensa angustia, y cada palabra que decía al respecto hacía temblar mis labios y palpitar mi corazón.

Después de estar algunos meses en Londres, recibimos una carta de una persona que vivía en Escocia, que nos había visitado antaño en Ginebra. Mencionó las bellezas de su país natal y nos preguntó si aquello no tenía encanto suficiente para inducirnos a prolongar nuestro viaje hacia el norte, hasta Perth, donde vivía. Clerval, entusiasmado, deseaba aceptar aquella invitación; y yo, aunque detestaba cualquier relación con otras personas, deseaba volver a ver montañas y torrentes y todas las maravillosas obras que la naturaleza dispone en sus rincones favoritos. Habíamos llegado a Inglaterra a principios de octubre y ya estábamos en febrero; así que decidimos emprender nuestro viaje hacia el norte a finales del mes siguiente. En aquel periplo no teníamos intención de ir por el camino real de Edimburgo, sino visitar Windsor, Oxford, Matlock, y los lagos de Cumberland, de modo que alcanzaríamos el punto final de este viaje hacia finales de julio. Empaqueté mi instrumental químico y los materiales que había recabado, y decidí completar los trabajos en algún rincón apartado, en el campo.

Partimos de Londres el **27** de marzo y permanecimos algunos días en Windsor, donde paseamos por su precioso bosque. Para nosotros, hombres de la montaña, aquel paisaje era completamente nuevo; para nosotros todo era una novedad: los majestuosos robles, la abundancia de la caza, y las manadas de encantadores ciervos. Desde allí nos trasladamos a Oxford. Nos encantó la ciudad. Los edificios universitarios eran antiguos y pintorescos, las calles, anchas, y el paisaje se ordenaba maravillosamente en torno al encantador Isis, que se detiene en una amplia y plácida balsa de agua y luego corre hacia el sur de la ciudad. Teníamos cartas de presentación para varios profesores, que nos recibieron con gran amabilidad y cordialidad. Descubrimos que las costumbres de esa universidad habían mejorado mucho desde los tiempos de Gibbon, pero en la moda aún hay mucha intolerancia y una devoción por las normas establecidas que constriñe la inteligencia de los estudiantes y conduce a la esclavitud y a una gran estrechez de miras en la concepción de la vida. Aún se cometen muchas barbaridades, y aunque puedan ser motivo de risa para un extranjero, se observaban en el mundo universitario como cuestiones de la mayor importancia. Algunos caballeros se empeñaban obstinadamente en vestir pantalones claros cuando la norma de la universidad era vestir con ropa oscura: los maestros estaban irritados, pero sus alumnos se mantenían firmes, de tal modo que durante nuestra estancia dos estudiantes estuvieron a punto de ser expulsados por esta precisa cuestión. Aquella severa amenaza obligó a un notable cambio en el vestuario de los caballeros durante algunos días.

Así pues, para nuestro infinito asombro, nos encontramos con que aquel era el principal asunto de conversación cuando llegamos a la ciudad. Nuestros espíritus se colmaron con los recuerdos de los acontecimientos que habían tenido lugar allí casi un siglo y medio antes. Fue allí donde Carlos I había reunido sus huestes; aquella ciudad le había sido fiel cuando toda la nación le había abandonado para unirse a la causa del parlamento y la libertad. Cuando entramos en la ciudad, el recuerdo de aquel desafortunado rey, el amistoso Falkland y el insolente Goring ocuparon todos nuestros pensamientos, y nos extrañó cuando descubrimos que estaba llena de togados y estudiantes que tenían en mente cualquier cosa salvo aquellos acontecimientos. Sin embargo, hay algunos vestigios que recuerdan al viajero los antiguos tiempos; entre otros, admiramos con curiosidad la editorial fundada por el autor de la historia de los conflictos. También nos enseñaron el edificio en el que había vivido fray Bacon, el descubridor de la pólvora, y del cual se decía que se vendría abajo cuando entrara allí un hombre más sabio que aquel filósofo. El profesor bajito, de cara redonda y parlanchín que nos acompañaba se negó a pasar el umbral, aunque nosotros nos aventuramos en el interior con toda seguridad, y él probablemente podría haber hecho lo mismo.

Matlock, que era nuestra siguiente etapa, recordaba en gran medida el paisaje de Suiza; pero todo está en una escala menor, y a las verdes colinas les falta la corona de los lejanos Alpes blancos, que siempre asoman por encima de las montañas cubiertas de pinos en nuestro país. Visitamos la maravillosa gruta y los pequeños gabinetes de historia natural, donde las muestras están dispuestas del mismo modo que aparecen en las colecciones de Servox y Chamonix. Este último nombre me hizo temblar cuando lo pronunció Henry, y me apresuré a abandonar Matlock, donde todo parecía tan relacionado con nuestro país.

Desde Derby, aún viajando hacia el norte, pasamos dos meses en Cumberland y Westmoreland. En aquel lugar, casi podía imaginarme a mí mismo en las montañas suizas. Los pequeños neveros que aún persistían en la cara norte de las montañas, los lagos, y el fragor de los torrentes pedregosos me resultaban paisajes familiares y queridos. Allí también conocimos a personas que casi consiguieron hacerme creer que era feliz. La alegría de Clerval era considerablemente mayor que la mía; su inteligencia se crecía cuando se encontraba en compañía de hombres de talento, y descubrió en sí mismo una capacidad y unas emociones superiores a las que habría sospechado cuando se encontraba con personas menos inteligentes.

—Podría pasarme la vida aquí —me decía—, y entre estas montañas apenas echaría de menos Suiza y el Rin.

Pero descubrió que la vida de un viajero, entre sus encantos, esconde también muchos pesares. Sus sentimientos siempre están en tensión; y cuando comienza a acostumbrarse, se encuentra con que tiene que partir en busca de algo nuevo que una vez más exige su atención y que también deberá abandonar por otras novedades. Apenas habíamos ido a ver los muchos lagos de Cumberland y Westmoreland, y apenas habíamos empezado a encariñarnos con algunos de sus habitantes cuando tuvimos que despedirnos de ellos para continuar nuestro viaje, pues ya estaba muy próxima la fecha del encuentro con nuestro amigo escocés. Por mi parte, no lo lamenté. Había descuidado mi promesa durante algún tiempo, y temía las consecuencias si el monstruo se ponía furioso. Tal vez se había quedado en Suiza y había desatado su venganza contra mis familiares; aquella idea me perseguía y me atormentaba en todos aquellos momentos que, en otras circunstancias, podría haber disfrutado del descanso y la paz. Esperaba las cartas con febril impaciencia: si se retrasaban, me sentía abatido y abrumado por mil temores; y cuando llegaban, y veía el remite de Elizabeth o de mi padre, apenas me atrevía a leerlas, por temor a confirmar aquellas desgracias. Otras veces pensaba que aquel ser diabólico me seguía y podía recordarme la promesa asesinando a mi compañero. Cuando me acosaban esos pensamientos, no me apartaba de Henry ni un momento, y lo seguía como una sombra para protegerlo de la imaginaria furia de aquel asesino. Me sentía como si hubiera cometido un enorme crimen, cuyos remordimientos no me dejaran vivir. Yo era inocente, pero la realidad era que había lanzado sobre mí mismo una horrible maldición, tan mortal como la de un crimen.

Visité Edimburgo con mirada y espíritu lánguidos, aunque aquella ciudad podría haber cautivado el interés del ser más desdichado. A Clerval no le gustó tanto como Oxford, porque la antigüedad de esta última ciudad le encantaba. Pero la belleza y la regularidad de la nueva ciudad de Edimburgo le maravilló; sus alrededores son también los más bonitos del mundo: el Trono de Arturo, el Pozo de San Bernardo, y las Pentland Hills. Pero yo estaba impaciente por llegar al destino final del viaje. Una semana después abandonamos Edimburgo, pasamos por Cupar, St Andrews y bordeamos las orillas del Tay hasta Perth, donde nos esperaba nuestro amigo. Pero yo no estaba de humor para reír y conversar con extraños, ni compartir sus sentimientos o sus ideas con el buen humor que se espera de un invitado; así pues, le dije a Clerval que deseaba hacer un viaje por Escocia yo solo.

—Disfruta —le dije—; nos volveremos a encontrar aquí. Estaré fuera un mes o dos, pero no te preocupes por mí, te lo ruego; déjame tranquilo y solo durante un tiempo, y cuando regrese, espero traer el corazón aliviado, y más acorde con tu estado de ánimo.

Henry quiso disuadirme, pero al verme tan convencido, dejó de insistir. Me pidió que le escribiese a menudo.

—Preferiría acompañarte en tus excursiones solitarias —dijo—, en vez de quedarme con estos escoceses, a quienes no conozco; pero vete, mi querido amigo, y vuelve para que pueda sentirme como en casa, lo cual me resulta imposible si no estás.

# CAPÍTULO 12

Habiéndome despedido de mi amigo, decidí visitar algunos lugares remotos de Escocia y terminar mi trabajo en soledad. No dudaba de que el monstruo me seguía y se me presentaría delante cuando hubiera concluido, para poder recoger a su compañera. Con esa decisión tomada, crucé las tierras altas del norte y elegí una de las islas Orcadas para finalizar mi trabajo. Era un lugar muy apropiado para aquella tarea, porque apenas iba más allá de ser una roca cuyas orillas eran acantilados constantemente batidos por las olas. La tierra era baldía, y apenas proporcionaba pasto para unas cuantas vacas famélicas y un poco de avena para los habitantes, que no eran más de cinco personas, cuyos cuerpos demacrados y esqueléticos daban prueba de su triste destino. Las verduras y el pan, cuando se podían permitir semejantes lujos, e incluso el agua dulce, procedían de tierra firme, que se encontraba a unas cinco millas de distancia. En toda la isla no había más que tres cabañas miserables, y una de ellas estaba vacía cuando llegué. La alquilé. No tenía más que dos habitaciones, y ambas mostraban toda la escasez de la penuria más miserable. La techumbre se había hundido, los muros no estaban enyesados y la puerta bailaba fuera de los goznes. Ordené que la repararan un poco, puse algunos muebles, y me instalé allí... un hecho que sin duda habría provocado alguna sorpresa si no hubiera sido porque todos los sentidos de los campesinos estaban entumecidos por la necesidad y la extrema pobreza. En todo caso, pude vivir sin que nadie me observara ni me molestara, y apenas si me agradecieron la comida y las ropas que les di: hasta ese punto el sufrimiento debilita incluso las emociones más primitivas de los hombres.

En aquel retiro, dediqué las mañanas al trabajo, pero por la tarde, cuando el tiempo me lo permitía, paseaba por la playa pedregosa junto al mar, para contemplar las olas que rugían y rompían a mis pies. Era un paisaje monótono y, sin embargo, siempre cambiante. Pensé en Suiza; era tan distinta a aquel desolado y aterrador lugar. Sus colinas están cubiertas de viñedos y sus granjas salpican aquí y allá los valles. Sus preciosos lagos reflejan un cielo azul y delicado; y cuando los vientos azotan sus tierras, no parece más que el juego de un niño travieso en comparación con los aterradores bramidos del inmenso océano.

De aquel modo distribuía mi tiempo cuando llegué; pero a medida que avanzaba en mi trabajo, este se me hizo cada día más horrible y más detestable. A veces ni siquiera tenía valor para entrar en el laboratorio durante varios días, y en otras ocasiones permanecía allí encerrado día y noche con la única idea de terminarlo de una vez. Verdaderamente, estaba inmerso en una tarea asquerosa. Durante mi primer experimento, una especie de frenesí de entusiasmo me había cegado ante el horror del trabajo que estaba llevando a cabo; mi mente estaba absorta en los resultados de mi labor y mis ojos permanecían cerrados ante lo horroroso de mi proceder. Pero ahora lo estaba haciendo a sangre fría, y mi corazón a menudo enfermaba ante lo que estaban haciendo mis manos.

En aquella situación, entregado al trabajo más detestable, en una soledad donde nada podía reclamar mi atención, aparte de lo que me traía entre manos, mis nervios comenzaron a resentirse. Siempre estaba inquieto y atemorizado. A cada paso temía encontrarme con aquel ser que me acosaba. Algunas veces me quedaba quieto con los ojos clavados en el suelo, temiendo levantarlos, no fuera a encontrarme con aquello que tanto me aterrorizaba tener que ver. Temía alejarme de mis semejantes, no fuera a ser que cuando estuviera solo, viniera a exigirme a su compañera. Mientras tanto, seguía trabajando, y mi trabajo ya estaba considerablemente adelantado. Observaba con placer la idea de darlo por terminado, sin embargo, la liberación de aquella maldición que estaba sufriendo era una alegría en la que nunca me atreví a confiar del todo.

Una tarde estaba sentado en mi taller; el sol ya se había puesto y la luna estaba saliendo en ese momento tras el mar. No tenía luz suficiente para trabajar, y me senté allí sin hacer nada, preguntándome si debería dejar la tarea por aquella noche o apresurarme a terminarlo sin cejar en ello ni un instante. Mientras permanecía allí, la concatenación de ideas me condujo a considerar las consecuencias de lo que estaba haciendo. Tres años antes, me había enfrascado del mismo modo y había creado un monstruo cuya violencia inconcebible había destruido mi corazón y lo había anegado para siempre con los remordimientos más amargos. Y ahora estaba a punto de crear otro ser cuyo carácter también desconocía por completo. Aquella cosa podría ser diez mil veces más perversa y malvada que su compañero y podría deleitarse en el asesinato y en la villanía. Él me había jurado que se apartaría de los hombres y que se ocultaría en los desiertos, pero ella no; y ella, que se convertiría probablemente en un animal pensante y racional, podría negarse a cumplir un pacto acordado antes de su creación. Puede que incluso se odiaran. La criatura que ya vivía aborrecía su propia deformidad, ¿acaso no experimentaría un aborrecimiento aún mayor cuando la viera reflejada ante sus ojos en forma de una hembra? También puede que ella le volviera la espalda ante la belleza superior del hombre. Puede que se apartara de él, y así volvería a estar solo, y enloquecería ante la nueva provocación de verse despreciado por uno de su propia especie.

Aunque ellos abandonaran realmente Europa y fueran a vivir a los desiertos del nuevo mundo, tendrían la intención de engendrar hijos y así se propagaría sobre la tierra una raza de demonios cuya figura y mente sumiría al hombre en el terror. ¿Es que tenía yo algún derecho, solo por mi propio beneficio, a infligir esta maldición a las generaciones futuras? Me había dejado convencer por los sofismas del ser que había creado; me había dejado convencer por sus diabólicas amenazas; y ahora, por vez primera, el horror de mi promesa se presentó claramente ante mí. Me recorrió un escalofrío al pensar que los siglos futuros me maldecirían como si fuera la peste, y dirían que, por egoísmo, no había dudado en comprar mi propia tranquilidad a un precio que tal vez ponía en peligro la pervivencia de la especie humana. Temblé, y se me paralizó el corazón cuando levanté la mirada y vi al demonio junto a la ventana, iluminado por la luz de la luna. Una mueca fantasmal le retorcía los labios mientras miraba hacia donde yo me encontraba. Sí, me había seguido en mis viajes; se había detenido en los bosques, se había escondido en las cuevas o se había refugiado en los vastos páramos desiertos; y ahora venía a ver mis adelantos y exigía el cumplimiento de mi promesa. Cuando lo miré, su rostro pareció expresar la más inconcebible maldad y traición. Pensé con una sensación de locura en mi promesa de crear otro ser como él y, temblando de ira, hice pedazos la cosa en la que estaba trabajando. El monstruo me vio destruir la criatura en la cual había fundado la felicidad de su futura existencia y, con un alarido de diabólica desesperación y venganza, se alejó.

Frankenstein

Salí de la habitación y, cerrando la puerta, me juré de todo corazón no volver jamás a emprender aquellos trabajos; y luego, con pasos temblorosos, busqué mi alcoba. Estaba solo. No había nadie cerca de mí para disipar la tristeza y consolarme ante aquellas terribles pesadillas. Transcurrieron varias horas, y permanecí junto a la ventana observando el mar. Casi estaba inmóvil, porque los vientos guardaban silencio, y toda la naturaleza descansaba bajo la mirada de la luna callada. Solo algunos barcos de pesca moteaban el agua, y aquí y allá una dulce brisa traía los ecos de las voces cuando los pescadores se llamaban unos a otros. Sentía el silencio, aunque apenas era consciente de su asombrosa profundidad, hasta que de repente llegó a mis oídos el chapoteo de unos remos cerca de la orilla, y una persona saltó a tierra cerca de mi casa. Pocos minutos después oí el chirrido de mi puerta, como si alguien estuviera intentando abrirla muy despacio. Estaba temblando de la cabeza a los pies. Tuve el presentimiento de quién podía ser y pensé en avisar a alguno de los campesinos que vivían en una casa no muy lejos de la mía. Pero me encontraba aturdido por esa sensación de impotencia que tan a menudo se vive en las pesadillas, cuando uno trata en vano de huir de un peligro inminente y le resulta imposible moverse. Entonces oí el sonido de unas pisadas en el pasillo, la puerta se abrió y el engendro al que tanto temía apareció. Cerrando la puerta, se aproximó a mí y dijo con una voz ahogada:

–Has destruido la obra que comenzaste... ¿qué es lo que pretendes? ¿Te atreves a romper tu promesa? He soportado calamidades y miserias. Abandoné Suiza detrás de ti; me arrastré a lo largo de las orillas del Rin, entre sus pequeños islotes y por las cumbres de sus colinas. He vivido durante muchos meses en los páramos de Inglaterra y en los solitarios bosques de Escocia. He soportado un cansancio que no puedes imaginar, y frío y hambre. ¿Y te atreves a destruir mis esperanzas?

–¡Apártate de mí! –contesté–. ¡Rompo mi promesa! ¡Nunca crearé otro ser como tú, igual de deforme e igual de criminal!

–Esclavo... –dijo el engendro–, ya intenté razonar contigo una vez, pero has demostrado ser indigno de mi condescendencia. Recuerda que yo tengo el poder; tú crees que eres miserable, pero yo puedo hacerte tan desgraciado que incluso la luz del día podría resultarte odiosa. Tú eres mi creador, pero yo soy tu dueño: ¡obedéceme!

–Monstruo... –dije–, la hora de mi debilidad ha pasado, y el tiempo de tu poder ha concluido. Tus amenazas no pueden obligarme a cometer un acto de maldad, sino que me confirman en la decisión de no crear para ti una compañera en el crimen. ¿O es que debo, a sangre fría, arrojar al mundo otro demonio cuyo único placer consiste en sembrar muerte y destrucción? ¡Vete! ¡No cambiaré de opinión, y tus palabras solo conseguirán aumentar mi furia!

El monstruo vio la determinación en mi rostro e hizo rechinar los dientes en la impotencia de su ira.

–Cada hombre tiene su mujer, y cada animal tiene una compañera... ¿y yo tendré que estar solo? –gritó–. Tenía sentimientos de cariño, y todo lo que me devolvieron fue desprecio. Hombre: tú puedes odiarme, ¡pero ten cuidado! Tus horas transcurrirán entre el terror y el dolor, y muy pronto caerá sobre ti el rayo que te arrebatará la felicidad para siempre. ¿O es que piensas que vas a ser feliz mientras yo me arrastro en mi insoportable sufrimiento? Tú puedes negarme todos mis deseos, pero la venganza permanecerá... la venganza, más amada que la luz o los alimentos. Y puedo morir, pero antes tú, mi tirano y mi verdugo, maldecirás el sol que verá tu miseria. ¡Ten cuidado, porque no tengo miedo y, por tanto, soy poderoso! Estaré observando, con la astucia de una serpiente, para morderte e inocularte el veneno. ¡Hombre: te arrepentirás del daño que infliges!

—¡Maldito demonio! —grité—. ¡Cállate, y no emponzoñes el aire con tus malvadas amenazas! ¡Ya te he dicho cuál es mi decisión, y no soy ningún cobarde para asustarme por unas palabras! ¡Déjame! ¡Está decidido!

—Muy bien —dijo—. Me iré. Pero recuerda: ¡estaré contigo en tu noche de bodas!

# CAPÍTULO 13

Avancé decidido hacia él y grité:

—¡Miserable! ¡Antes de que firmes mi sentencia de muerte, asegúrate de que tú mismo estás vivo!

Lo habría atrapado, pero me esquivó, y abandonó la casa precipitadamente... unos instantes después lo vi subir a una barca, que cruzó las aguas con la suavidad de una saeta y pronto se perdió en medio de las olas.

Todo volvió a quedar en silencio; pero sus palabras resonaban en mis oídos. Ardía en deseos furiosos de perseguir al asesino de mi tranquilidad y hundirlo en el océano. Caminé arriba y abajo en mi habitación, nervioso y conmocionado; mi imaginación conjuraba ante mí miles de imágenes que solo conseguían atormentarme y zaherirme. ¿Por qué no lo había perseguido y había entablado con él una lucha a muerte? Bien al contrario, le había permitido escapar, y había dirigido sus pasos hacia tierra firme. Un escalofrío me recorrió el cuerpo cuando imaginé quién podría ser la siguiente víctima sacrificada a su insaciable venganza. Y entonces volví a pensar en sus palabras: «¡Estaré contigo en tu noche de bodas!» Así pues... ese era el plazo fijado para el cumplimiento de mi destino. En aquel momento, moriría y por fin aquel monstruo podría satisfacer y aplacar su maldad. Aquella perspectiva no me infundió temor; sin embargo, cuando pensé en mi amada Elizabeth... en sus lágrimas y en su infinita pena cuando comprobara que se le había arrebatado a su amante de un modo tan cruel... las lágrimas, las primeras que había derramado en muchos meses, anegaron mis ojos, y decidí no caer ante mi enemigo sin entablar una batalla feroz.

La noche pasó, y el sol asomó tras el océano. Mis sentimientos se calmaron, si puede llamarse calma a ese estado en que la furia violenta se hunde en las profundidades de la desesperación. Abandoné la casa, el espantoso escenario de la lucha de la noche anterior, y caminé por la playa junto al mar, y lo miré casi como la insuperable barrera que me separaba de mis semejantes. Más aún, cruzó mi mente el deseo de que semejante hecho se hiciera realidad; deseé poder pasar la vida en aquella roca yerma; desalentador, es cierto, pero al menos viviría ajeno a cualquier golpe fortuito de la desdicha. Si regresaba, era para ser sacrificado... o para ver morir a aquellos que más quería bajo la garra de un demonio que yo mismo había creado. Vagué por la isla como un alma en pena, lejos de todo lo que amaba y amargado por tal separación. A mediodía, cuando el sol ya estaba muy alto, me tumbé en la hierba y me venció un profundo sueño. Había estado despierto toda la noche anterior: tenía los nervios destrozados y los ojos inflamados por la vigilia y el dolor. El sueño en que me sumí me hizo bien; y cuando me desperté, sentí como si de nuevo perteneciera a la especie de los seres humanos, y comencé a reflexionar con más serenidad sobre lo que había ocurrido. Sin embargo, las palabras de aquel ser diabólico continuaban resonando en mis oídos, como una campana que tocara a muerto; aquellas palabras aparecían como un sueño, aunque claras y apremiantes como la realidad.

El sol estaba ya muy bajo, y yo aún permanecía sentado en la orilla, saciando mi apetito, que se había tornado voraz, con una galleta de avena, cuando vi que un barco de pescadores tocaba tierra cerca de donde yo me encontraba, y uno de los hombres me trajo un paquete; traía cartas de Ginebra, y otra de Clerval, instándome a reunirme con él. Me decía que ya había transcurrido casi un año desde que salimos de Suiza y aún no habíamos visitado Francia. Así pues, me pedía que abandonara mi isla solitaria y me reuniera con él en Perth al cabo de una semana, y entonces podríamos planear nuestros siguientes pasos. Aquella carta me devolvió de nuevo a la vida y decidí abandonar mi isla al cabo de dos días.

Sin embargo, antes de partir había una tarea que tenía que llevar a cabo, y en la cual me daba escalofríos pensar: debía embalar mi instrumental químico; y con ese propósito debía volver a entrar en la habitación que había sido el escenario de mi odioso trabajo; y debía manipular los utensilios, cuando la sola visión de los mismos me ponía enfermo. Al día siguiente, al amanecer, reuní el valor suficiente y abrí la puerta del taller. Los restos de la criatura a medio terminar, que yo había destruido, yacían dispersos por el suelo, y casi sentí como si hubiera destrozado la carne viva de un ser humano. Me detuve un instante para recobrarme y luego entré en la sala. Con manos temblorosas, fui sacando los aparatos fuera de la habitación; pero pensé que no debía dejar los restos de mi obra allí, porque aquello horrorizaría y haría sospechar a los campesinos, así que lo puse todo en una cesta, junto a una buena cantidad de piedras y, apartándola a un lado, decidí arrojarla al mar aquella misma noche; y, mientras tanto, volví a la playa y estuve limpiando y ordenando mi instrumental químico.

Nada podía ser más absoluto que el cambio que había tenido lugar en mis sentimientos desde la noche en que apareció el demonio. Antes había considerado mi promesa con una sombría desesperación, como algo que debía cumplirse, cualesquiera que fueran las consecuencias; pero ahora me sentía como si me hubieran quitado una venda de los ojos y, por vez primera, pudiera ver con claridad. La idea de volver a mi trabajo ni siquiera se me pasó un instante por la cabeza. La amenaza que había escuchado pesaba en mis pensamientos, pero no creía que pudiera hacer nada para apartarla de mi cabeza. Había decidido conscientemente que crear otro ser diabólico como aquel que ya había hecho sería un acto del más vil y atroz egoísmo, y aparté de mi mente cualquier pensamiento que pudiera conducirme a una conclusión diferente.

Entre las dos y las tres de la madrugada salió la luna, y entonces, colocando la cesta en el interior de un pequeño bote de vela, me adentré unas cuatro millas en el mar. El lugar estaba absolutamente solitario; solo algunas barcas regresaban a tierra, pero yo procuré alejarme de ellas. Me sentía como si fuera a cometer algún espantoso crimen y, con temblorosa ansiedad, evité cualquier encuentro con mis semejantes. Entonces, la luna, que hasta entonces había estado clara, se cubrió repentinamente con una espesa nube, y aproveché el momento de oscuridad para arrojar la cesta al mar. Escuché el burbujeo mientras se hundía y luego me aparté de aquel lugar. El cielo se había nublado; pero el aire era puro, aunque venía helado por la brisa del noreste que se estaba levantando. Pero me reanimó y me imbuyó de sensaciones tan agradables que decidí prolongar mi estancia en el agua y, fijando el timón, me tumbé en el fondo de la barca. Las nubes ocultaron la luna, todo estaba oscuro, y solo podía oír el sonido del barco cuando la quilla cortaba las olas. Aquel sonido me arrullaba y poco después me quedé profundamente dormido.

Yo no sé cuánto tiempo permanecí en esa situación, pero cuando me desperté, descubrí que el sol ya estaba muy alto. Se había desatado un fuerte viento y las olas constantemente amenazaban la seguridad de mi pequeño bote. Comprobé que el viento era del noreste y que debía de haberme alejado bastante de la costa en la que había embarcado. Intenté variar el rumbo, pero de inmediato supe que si volvía a intentarlo de nuevo, el barco se llenaría de agua al momento. En semejante situación, mi única solución era navegar a favor del viento. Confieso que sentí un poco de miedo. No llevaba brújula y estaba muy poco familiarizado con la geografía de aquella parte del mundo, así que el sol era lo único que podía ayudarme. El viento podría arrastrarme al Atlántico abierto y sucumbir a todas las penalidades de la inanición... o podrían tragarme las aguas insondables que rugían y se levantaban amenazantes a mi alrededor. Ya llevaba muchas horas en el bote y comenzaba a sentir las punzadas de una sed ardiente... un preludio de mayores sufrimientos. Miré a los cielos, que aparecían cubiertos con nubes que volaban con el viento solo para ser reemplazadas por otras. Observé el mar. Iba a ser mi tumba.

—¡Maldito demonio! —exclamé—. ¡Tu deseo se ha cumplido!

Pensé en Elizabeth, en mi padre, y en Clerval... y me sumí en una ensoñación tan desesperada y aterradora que incluso ahora, cuando el mundo está a punto de cerrarse ante mí para siempre, tiemblo al recordarla.

Así transcurrieron algunas horas. Pero poco a poco, a medida que el sol iba descendiendo hacia el horizonte, el viento se fue transformando en una ligera brisa, y el mar se vio libre de grandes olas; pero aquello dio paso a una fuerte marejada; me sentí enfermo y apenas capaz de sostener el timón, cuando de repente vi el perfil de tierra firme hacia el sur. Casi agotado por el cansancio y el sufrimiento, aquella repentina esperanza de vivir me embargó el corazón como una cálida alegría, y mis ojos derramaron abundantes lágrimas. ¡Qué mudables son nuestros sentimientos, y cuán extraño es ese apego tenaz que tenemos a la vida incluso cuando estamos sufriendo horriblemente! Preparé otra vela con parte de mi indumentaria e intenté poner rumbo a tierra con ansiedad. La orilla tenía un aspecto rocoso, pero a medida que me fui aproximando más, vi claramente señales de cultivos. Vi algunos barcos cerca de la orilla y de repente me vi transportado de nuevo junto a la civilización humana. Recorrí con inquietud las formas del terreno y descubrí con alegría un campanario, el cual vi elevarse a lo lejos, tras un pequeño promontorio. Como me encontraba en un estado de extrema debilidad después de tanto esfuerzo, decidí dirigirme directamente hacia la ciudad, porque sería el lugar donde podría procurarme algún alimento más fácilmente. Por fortuna, llevaba dinero.

Al rodear el promontorio, descubrí un pequeño pueblecito, y un puerto en el que entré, con el corazón rebosante de alegría ante mi inesperada salvación.

Mientras yo estaba ocupado amarrando el barco y arriando las velas, varias personas se congregaron en el lugar. Parecían muy sorprendidas ante mi aparición, pero, en vez de ofrecerme su ayuda, susurraban y hacían gestos que en cualquier otro momento podrían haberme producido una leve sensación de alarma. Pero en tales circunstancias, simplemente observé que hablaban inglés y, por tanto, me dirigí a ellos:

—Amigos míos —dije—, ¿serían tan amables de decirme cómo se llama este pueblo... y dónde estoy?

—Pronto lo sabrá —contestó un hombre bruscamente—. Puede que haya llegado a un lugar que al final no le guste mucho. Pero no le van a preguntar dónde le apetece alojarse, se lo aseguro.

Yo estaba extraordinariamente sorprendido al recibir una respuesta tan desapacible por parte de un extraño, y también me quedé perplejo al ver los rostros ceñudos y enojados de las personas que lo acompañaban.

—¿Por qué me contesta con tanta brusquedad? —repliqué—. Desde luego, no es costumbre de los ingleses recibir a los extranjeros de un modo tan poco amistoso.

—No sé cuáles son las costumbres de los ingleses —dijo aquel hombre—, pero la costumbre de los irlandeses es detestar a los criminales.

Mientras se desarrollaba aquel extraño diálogo, me di cuenta de que rápidamente aumentaba el número de personas congregadas. Sus rostros expresaban una mezcla de curiosidad y enfado que me molestaba y en cierta medida me asustaba. Pregunté por dónde se iba a la posada, pero nadie me contestó. Entonces di un paso adelante, y un murmullo se elevó entre la gente mientras me seguían y me rodeaban... y entonces un hombre de aspecto desagradable, adelantándose, me dio unas palmadas en el hombro y me dijo:

—Vamos, señor, sígame a casa del señor Kirwin; tendrá que darle explicaciones.

—¿Quién es el señor Kirwin? —dije—. ¿Y por qué tengo que darle explicaciones? ¿Acaso no es este un país libre?

—Claro, señor —contestó el hombre—, lo suficientemente libre para la gente honrada. El señor Kirwin es el magistrado, y usted debe dar cuenta de la muerte de un caballero que apareció asesinado aquí la pasada noche.

Aquella respuesta me asombró, pero inmediatamente me recobré. Yo era inocente, y podía probarlo fácilmente. Así pues, seguí a aquel hombre en silencio y me condujo a una de las mejores casas del pueblo. Estaba a punto de sucumbir al cansancio y al hambre; pero, estando rodeado por una multitud, pensé que lo mejor sería hacer acopio de todas mis fuerzas, no fuera que tomaran mi debilidad física como prueba de mi temor o mi culpabilidad. Poco podía imaginar la calamidad que pocos instantes después se iba a abatir sobre mí, ahogando en horror y desesperación todo temor a la ignominia y a la muerte. Debo detenerme aquí, porque preciso toda mi fortaleza para traer a mi memoria las horrorosas imágenes de los acontecimientos que voy a relatar con todo detalle.

# CAPÍTULO 14

Inmediatamente me condujeron ante el magistrado, un hombre anciano y benévolo de gestos tranquilos y afables. De todos modos, me observó detenidamente con cierta severidad; y luego, dirigiéndose a las personas que me habían llevado hasta allí, preguntó quiénes habían sido testigos en aquella ocasión. Alrededor de una docena de hombres dieron un paso al frente; y cuando el magistrado señaló a uno, este dijo que había estado toda la noche anterior pescando con su hijo y su cuñado, Daniel Nugent, y que entonces, hacia las nueve de la noche, vieron que se levantaba una fuerte marejada del norte, y que, por tanto, pusieron rumbo a puerto. Era una noche muy oscura, porque no había luna; no atracaron en el puerto, sino, como era su costumbre, en una cala que se encontraba unas dos millas más abajo. Él se adelantó llevando parte de los aparejos de pesca, y sus compañeros le seguían a cierta distancia. Mientras iba caminando por la arena, tropezó con algo y cayó en tierra todo lo largo que era; sus compañeros fueron a ayudarle y a la luz de los faroles descubrieron que se había caído sobre el cuerpo de un hombre que, según todas las apariencias, estaba muerto.

Su primera suposición fue que se trataba del cadáver de alguna persona que se había ahogado y que había sido arrojado a la orilla por las olas. Pero, después de examinarlo, descubrieron que las ropas no estaban mojadas y que el cuerpo ni siquiera estaba frío todavía. Enseguida lo llevaron a casa de una anciana que vivía cerca del lugar e intentaron, en vano, devolverle la vida. Parecía un joven apuesto, de unos veinte años de edad. Al parecer había sido estrangulado, porque no había señales de violencia, excepto la marca negra de unos dedos en su cuello.

La primera parte de aquella declaración no tenía el menor interés para mí; pero cuando se mencionó la marca de los dedos, recordé el asesinato de mi hermano y me puse muy nervioso; comencé a temblar y se me nubló la vista, lo cual me obligó a apoyarme en una silla para sostenerme; el magistrado me observó con mirada penetrante y, desde luego, extrajo una impresión desfavorable de mi comportamiento.

El hijo confirmó el relato del padre. Pero cuando se le preguntó a Daniel Nugent, este juró con toda seguridad que, justo antes de que se cayera su compañero, vio un barco con un hombre solo en él, a corta distancia de la orilla; y, por lo que pudo ver a la luz de las estrellas, era el mismo barco en el que yo había llegado a tierra.

Una mujer declaró que vivía cerca de la playa y que estaba a la puerta de su casa esperando el regreso de los pescadores; alrededor de una hora antes de que supiera del descubrimiento del cuerpo, vio un barco, con un hombre solo, que se alejaba de la parte de la costa donde posteriormente se había encontrado el cadáver.

Otra mujer confirmó el relato según el cual era cierto que los pescadores habían llevado el cuerpo a su casa. No estaba frío, y lo pusieron en una cama y le dieron friegas, y Daniel fue al pueblo a buscar al boticario, pero el joven ya estaba sin vida.

Se preguntó a otros hombres a propósito de mi llegada, y todos estuvieron de acuerdo en que, con el fuerte viento del norte que se había levantado durante la noche, era muy probable que yo hubiera estado zozobrando durante muchas horas y, finalmente, me hubiera visto obligado a regresar al mismo punto del que había salido. Además, señalaron que parecía como si yo hubiera traído el cadáver de otro lugar; y era muy probable que, como al parecer no conocía la costa, pudiera haber entrado en el puerto sin saber la distancia que había desde el pueblo de *** hasta el lugar donde había abandonado el cadáver.

El señor Kirwin, al oír aquella declaración, ordenó que me llevaran a la sala donde habían depositado el cuerpo provisionalmente, para que pudiera observarse qué efecto me causaba la visión del mismo. Probablemente el gran nerviosismo que yo había mostrado cuando se había descrito cómo se había cometido el asesinato fue la razón por la que se propuso semejante procedimiento. Así pues, el magistrado y algunas personas más me condujeron a la posada. No pude evitar sorprenderme ante las extrañas coincidencias que habían tenido lugar durante aquella azarosa noche; pero sabiendo que, a la hora en que se había hallado el cuerpo, yo había estado hablando con varias personas en la isla en la que estaba viviendo, me encontraba perfectamente tranquilo respecto a las consecuencias del caso.

Entré en la sala donde yacía el cadáver y me condujeron hasta el ataúd. ¿Cómo describir lo que sentí...? Aún me siento morir de horror, y no puedo siquiera pensar en aquel terrible momento sin sentir escalofríos y una horrible angustia que solo ligeramente me recuerda los espantosos tormentos que sufrí cuando lo reconocí. El juicio, la presencia del magistrado y los testigos pasaron como un sueño por mi mente cuando vi el cuerpo sin vida de Henry Clerval tendido ante mí. Jadeé buscando aire; y, arrojándome sobre el cuerpo, exclamé:

–Mi querido Henry... ¿también a ti te han arrebatado la vida mis criminales maquinaciones? Ya he matado a dos personas; otras víctimas esperan su turno. Pero tú... Clerval, mi amigo, mi buen amigo...

Mi cuerpo no pudo soportar durante más tiempo el agónico sufrimiento que estaba soportando y me sacaron de la sala entre horribles convulsiones.

La fiebre vino después. Durante dos meses estuve al borde de la muerte. Mis delirios, como supe después, eran espantosos. Me acusaba a mí mismo de ser el asesino de William, de Justine y de Clerval. A veces les pedía a mis cuidadores que me ayudaran a destruir al ser diabólico que me atormentaba; y, en otras ocasiones, sentía cómo los dedos del monstruo se aferraban a mi garganta y daba alaridos de angustia y terror. Afortunadamente, como yo hablaba en mi lengua natal, solo el señor Kirwin pudo entenderme. Pero mis gestos y mis alaridos de amargura fueron suficientes para aterrorizar a los otros testigos.

¿Por qué no cedí a la muerte entonces? Era más desgraciado que ningún hombre lo fue jamás; entonces, ¿por qué no me hundí en el silencio y en el olvido? La muerte arrebata a muchos niños en la flor de la vida, las únicas esperanzas de sus padres, que los adoran. ¡Cuántas novias y jóvenes amantes han estado un día rebosantes de salud y esperanza y al siguiente eran ya víctimas de los gusanos y de la putrefacción de la tumba! ¿De qué materia estaba hecho yo para que pudiera resistir de aquel modo los golpes que, como el constante girar de una rueda, continuamente renovaban mi tortura?

Pero yo estaba condenado a vivir y dos meses después me encontré como si estuviera despertando de un sueño, en una prisión, tendido en un camastro miserable y rodeado de rejas, candados, cerrojos, y todo el desdichado aparato de una mazmorra. Fue una mañana, lo recuerdo, cuando me desperté en aquel estado. Había olvidado los detalles de lo que había ocurrido y solo me sentía como si una gran desgracia se hubiera abatido sobre mí. Pero cuando miré a mi alrededor y vi las ventanas enrejadas y la estrechez de la celda donde me encontraba, todo lo sucedido cruzó mi memoria y lloré amargamente. Aquellos gemidos despertaron a una vieja que estaba durmiendo en una silla, a mi lado. Era una cuidadora a sueldo, la mujer de uno de los carceleros, y su aspecto reflejaba todas esas malas cualidades que a menudo caracterizan a esa clase de personas. Su rostro era duro e implacable, como el de las personas acostumbradas a contemplar el dolor sin mostrar comprensión ninguna. Su voz expresaba una absoluta indiferencia. Se dirigió a mí en inglés, y en sus palabras pude reconocer la voz que había oído durante mi enfermedad.

—¿Ya está mejor, señor? —dijo.

Contesté en el mismo idioma, con una voz débil.

—Creo que sí; pero si todo esto es verdad, si no estoy en realidad soñando, lamento estar aún vivo para seguir sintiendo este sufrimiento y este horror.

—Si es por eso —replicó la vieja—, si lo dice usted por el caballero que mató, creo que sería mejor que estuviera usted muerto, porque me parece a mí que lo va a pasar muy mal. Lo van a colgar a usted cuando se celebren las próximas sesiones judiciales en el pueblo; de todos modos, no es asunto mío. Me han dicho que lo cuide y ya está usted bien. Cumplo con mi deber y tengo la conciencia tranquila; mejor nos iría si todo el mundo hiciera lo mismo.

Le di la espalda con repugnancia a aquella mujer que podía hablarle de aquel modo absolutamente insensible a una persona que se acababa de salvar, habiendo estado al filo de la muerte; pero me sentí débil e incapaz de pensar en todo lo que había acontecido. Todas las escenas de mi vida aparecían como en un sueño. A veces dudaba y pensaba que tal vez todo aquello no era verdad, porque los hechos nunca adquirían en mi mente toda la fuerza de la realidad.

A medida que las imágenes que flotaban ante mí se fueron haciendo más nítidas, me subió la fiebre; la oscuridad se ciñó en torno a mí; no tenía a nadie cerca para consolarme con la voz amable del cariño; ninguna mano querida me confortaba. Vino el médico y me prescribió algunas medicinas, y la vieja me las preparó; pero se dejaba ver perfectamente una absoluta indiferencia en el primero, y una mueca de crueldad parecía firmemente impresa en el gesto de la segunda. ¿Quién podría estar interesado en el destino de un asesino, sino el verdugo que se iba a ganar el sueldo?

Aquellos fueron mis primeros pensamientos, pero pronto supe que el señor Kirwin me había dispensado una gran amabilidad. Había ordenado que prepararan para mí la mejor celda de la prisión (en efecto, era miserable, pero era la mejor), y había sido él quien había procurado el médico y las personas que me atendieron. Es verdad que apenas vino a verme, porque, aunque deseaba ardientemente aliviar los sufrimientos de cualquier ser humano, no deseaba presenciar las agonías y los espantosos delirios de un asesino. Así pues, vino algunas veces para comprobar que no estaba desatendido, pero sus visitas fueron cortas y muy de vez en cuando.

Un día, cuando ya me iba restableciendo poco a poco, me sentaron en una silla, con los ojos medio abiertos y con las mejillas lívidas como las de un muerto. Me encontraba abrumado por la tristeza y el dolor, y a menudo pensaba si no debía buscar la muerte en vez de esperar allí, miserablemente encerrado, solo a que me soltaran en un mundo atestado de desgracias. En alguna ocasión consideré si no debería declararme culpable y sufrir el castigo de la ley, el cual, arrebatándome la vida, me proporcionaría el único consuelo que era capaz de admitir. Tales eran mis pensamientos, cuando se abrió la puerta de la celda y entró el señor Kirwin. Su rostro dejaba entrever comprensión y amabilidad: acercó una silla a la mía y se dirigió a mí en francés.

—Me temo que este lugar no le hace mucho bien. ¿Puedo hacer algo para que se encuentre mejor?

—Gracias —contesté—, pero ya nada importa; no hay nada en el mundo que pueda conseguir que me encuentre mejor.

—Ya sé que la comprensión de un extraño no es de mucha ayuda para una persona como usted, abatido por una tragedia tan extraña... Pero espero que pronto abandone este desgraciado lugar... porque, sin duda, se podrán encontrar fácilmente pruebas que permitan liberarlo de los cargos criminales que se le imputan...

—Eso es lo último que me preocupa... Debido a una sucesión de extraños acontecimientos, me he convertido en el más desgraciado de los mortales. Perseguido y atormentado como estoy, y como he estado... ¿puede la muerte hacerme algún daño?

—En efecto, nada puede ser más desagradable y triste que las extrañas circunstancias que han ocurrido últimamente. Por alguna sorprendente casualidad, usted fue arrojado a nuestras playas, bien conocidas por su hospitalidad. Fue apresado inmediatamente y acusado de asesinato, y lo primero que se le presentó a sus ojos fue el cuerpo de su amigo asesinado de ese modo atroz, y que algún malvado colocó, como si dijéramos... en su camino.

Mientras el señor Kirwin decía esto, a pesar de la agitación que sufría con el relato de mis sufrimientos, también me sorprendió considerablemente el conocimiento que parecía tener respecto a mí. Imagino que mi rostro no dejó de mostrar cierto asombro, porque el señor Kirwin se apresuró a decir:

—No fue hasta un día o dos después de su enfermedad cuando pensé que debía examinar sus ropas, para descubrir alguna pista que me permitiera enviar a sus familiares una nota en la que explicara su desgracia y su enfermedad. Encontré varias cartas, entre otras, una que, por su encabezamiento, enseguida comprendí que sería de su padre. Inmediatamente le escribí a Ginebra. Han pasado casi dos meses desde que envié la carta. Pero... está usted enfermo... está usted temblando... Parece usted indispuesto para tolerar cualquier emoción...

—No saber lo que ha ocurrido es mil veces peor que el acontecimiento más horrible. Dígame qué nueva escena de muerte ha tenido lugar y a qué muerto debo llorar.

—Su familia se encuentra toda perfectamente bien —dijo el señor Kirwin con amabilidad—, y alguno, alguien que le quiere, va a venir a visitarle.

No sé qué asociación de ideas se produjo en mi mente, pero instantáneamente se me pasó por la cabeza que el monstruo había venido a burlarse de mi desgracia y a reírse de mí por la muerte de Clerval, como una nueva forma de instigarme a cumplir sus diabólicos deseos. Me cubrí los ojos con las manos y grité de angustia...

—¡Oh, lléveselo...! ¡No puedo verlo! ¡Por el amor de Dios, no le deje entrar...!

El señor Kirwin me miró con gesto contrariado. No pudo evitar pensar que mi exclamación podía entenderse como una confirmación de mi culpabilidad, y dijo en un tono bastante severo:

—Hubiera creído, joven, que la presencia de su padre sería bienvenida, en vez de producirle una aversión tan violenta.

—Mi padre... —dije, mientras cada rasgo y cada músculo de mi cuerpo pasaba de la angustia a la alegría—. ¿De verdad ha venido mi padre? ¡Mi buen padre, mi buen padre...! Pero... ¿dónde está? ¿Por qué no se apresura a venir...?

El cambio de mi comportamiento sorprendió y agradó al magistrado; quizá pensó que mi anterior exclamación era una momentánea recaída en el delirio. Y entonces, inmediatamente, volvió a su antigua benevolencia. Se levantó y abandonó la celda con la enfermera, y un instante después, entró mi padre.

En aquel momento, nada podría haberme alegrado tanto como la presencia de mi padre. Le tendí y le estreché la mano y exclamé:

—Entonces... ¿estás bien...? ¿Y Elizabeth...? ¿Y Ernest?

Mi padre me tranquilizó, asegurándome que todos estaban bien y diciéndome que no le había dicho a mi prima que yo estaba encarcelado; simplemente le había mencionado que estaba enfermo.

—¡En qué lugar estás, hijo mío...! —añadió, observando lúgubremente las ventanas enrejadas y el miserable aspecto de la celda—. Viajabas para buscar la felicidad, pero la fatalidad parece perseguirte a ti... y al pobre Clerval.

El nombre de mi desafortunado amigo asesinado me causó una agitación demasiado grande como para que mi debilidad pudiera soportarlo. Prorrumpí en llanto.

—Dios mío... sí, padre mío —dije—, algún espantoso destino pende sobre mí, y al parecer debo vivir para cumplirlo; de otro modo, habría muerto sobre el ataúd de Henry.

# CAPÍTULO 15

No se nos permitió conversar durante mucho tiempo, dado que el precario estado de mi salud exigía tomar todas las precauciones necesarias que pudieran asegurar mi tranquilidad. El señor Kirwin entró e insistió en que mis fuerzas no deberían agotarse en demasiadas emociones. Pero la presencia de mi padre era para mí como la de un ángel bueno, y poco a poco recobré la salud. A medida que la enfermedad me abandonaba, me iba invadiendo una melancolía negra y lúgubre que nada podía disipar. Siempre tenía delante la imagen fantasmal de Clerval asesinado. En más de una ocasión, el nerviosismo al que me conducían aquellos recuerdos hizo temer a mis amigos que podría sufrir una peligrosa recaída.

¡Dios mío! ¿Por qué se empeñaron en conservar una vida tan mísera y detestable? Fue seguramente para que yo pudiera cumplir mi destino, del cual estoy ya tan cerca. Pronto, oh, muy pronto, la muerte acallará estos latidos de mi corazón y me liberará de esta pesada carga de angustia que me hunde en el cieno; y, cuando se haya ejecutado la sentencia de la justicia, yo también podré entregarme al descanso. En aquel entonces la presencia de la muerte aún me resultaba distante, aunque el deseo de morir siempre estaba presente en mis pensamientos; y a menudo permanecía durante horas enteras sin moverme y sin hablar, deseando que alguna descomunal catástrofe pudiera acabar conmigo y, en semejante destrucción, arrastrara también a la causa de mis desdichas.

Las sesiones judiciales de la región se aproximaban. Ya llevaba tres meses en prisión; y, aunque aún estaba débil y corría un permanente peligro de recaída, me obligaron a viajar casi cien millas hasta la capital del condado, donde tenía la sede el tribunal. El señor Kirwin se encargó de reunir con mucho cuidado a todos los testigos y organizar mi defensa. Me evitaron la vergüenza de aparecer públicamente como un criminal, puesto que el caso no se presentó ante el tribunal que decide la pena de muerte. El gran jurado rechazó la acusación pues quedó probado que yo me encontraba en las islas Orcadas a la hora en que se descubrió el cuerpo de mi amigo. Y solo quince días después de mi traslado, me sacaron de prisión. Mi padre se emocionó mucho al verme absuelto de los humillantes cargos de asesinato y al comprobar que nuevamente se me permitía respirar el aire puro y regresar a mi país natal. Yo no compartía aquellos sentimientos, porque para mí los muros de una mazmorra o los de un palacio eran igualmente odiosos. El cáliz de la vida estaba envenenado para siempre; y aunque el sol brillaba sobre mí, y sobre aquellos de corazón alegre y feliz, yo no veía a mi alrededor más que una densa y aterradora oscuridad que ningún resplandor podía penetrar, salvo la luz de dos ojos clavados sobre mí... A veces eran los alegres ojos de Henry, languideciendo en la muerte, con las negras pupilas casi cubiertas por los párpados y las largas pestañas que los ribeteaban. En otras ocasiones eran los ojos turbios y acuosos del monstruo, tal y como lo vi por vez primera en mis aposentos de Ingolstadt.

Mi padre intentó despertar en mí sentimientos de afecto. Hablaba de Ginebra, a la que pronto volveríamos... de Elizabeth, de Ernest. Pero sus palabras solo conseguían arrancarme profundos suspiros. Algunas veces, en realidad, tenía deseos de ser feliz, de volver junto a mi adorada prima y regresar al lago azul que me había sido tan querido desde mis primeros años; pero el estado habitual de mis emociones era la apatía, para la cual una prisión es lo mismo que un palacio en el paisaje más hermoso que pueda pintar la naturaleza; y semejante estado a menudo se veía interrumpido por ataques de angustia y desesperación. En esos momentos, a menudo intenté poner fin a la existencia que detestaba, y ello hizo precisas una constante atención y vigilancia, para impedir que cometiera algún horrible acto de violencia. Recuerdo que, cuando me sacaron de la prisión, oí a un hombre decir: «Puede que sea inocente de asesinato, pero lo que es seguro es que tiene mala conciencia.»

Aquellas palabras me conmocionaron. ¡Mala conciencia! Sí, con toda seguridad: tenía mala conciencia.

William, Justine y Clerval habían muerto debido a mis infernales maquinaciones.

—¿Y qué muerte pondrá fin a esta tragedia? —clamaba—. ¡Ah, padre...! ¡Salgamos de este maldito país! ¡Llévame donde pueda olvidarme de mí mismo, donde pueda olvidar mi existencia y a todo el mundo...!

Mi padre de inmediato accedió a mis deseos; y, después de habernos despedido del señor Kirwin, nos encaminamos rápidamente a Dublín. Cuando el carguero partió de Irlanda con viento favorable y abandoné para siempre aquel país que había sido para mí el escenario de tanto dolor, me sentí como si me hubieran quitado de encima una pesada carga. Era medianoche, mi padre dormía abajo, en el camarote, y yo permanecía en cubierta mirando las estrellas y escuchando el rumor de las olas. Agradecí la presencia de aquella oscuridad que apartaba a Irlanda de mi vista, y mi pulso latió con febril alegría cuando pensé que pronto volvería a ver Ginebra. El pasado me pareció entonces una espantosa pesadilla; sin embargo, el barco en el que me encontraba, el viento que soplaba desde las odiosas costas de Irlanda y el mar que me rodeaba me aseguraban, ciertamente, que no había sufrido visiones engañosas y que Clerval, mi amigo y mi más querido compañero, había muerto, víctima de mis actos y del monstruo que yo había creado.

Hice memoria de toda mi vida: la apacible felicidad cuando vivía con mi familia en Ginebra, la muerte de mi madre, y mi partida hacia Ingolstadt. Recordé con un escalofrío el enloquecido entusiasmo que me había impulsado a la creación de mi odioso enemigo, y traje a mi mente la noche en la cual recibió la vida. Fui incapaz de seguir el hilo de mis razonamientos. Mil emociones me embargaron, y rompí a llorar amargamente.

Desde que me recuperé de las fiebres, había adquirido la costumbre de tomar todas las noches una pequeña cantidad de láudano, porque solo gracias a esta droga era capaz de descansar lo suficiente para seguir viviendo. Angustiado por el recuerdo de mis desgracias, tomé una dosis doble y pronto caí dormido profundamente. Pero, Dios mío, el sueño no consiguió liberarme de la memoria y del dolor; mis sueños se poblaban de mil cosas que me aterrorizaban. Hacia el amanecer tuve una especie de pesadilla. Sentí la garra de aquel demonio aferrada a mi garganta y no podía librarme de ella. Gritos y lamentos resonaban en mis oídos. Mi padre, que siempre me vigilaba, notando mi inquietud, me despertó y señaló el puerto de Holyhead, en el cual ya estábamos entrando.

Habíamos decidido no ir a Londres, sino cruzar el país hacia Portsmouth... y desde allí, embarcar hacia Le Havre. Yo prefería este plan, principalmente, porque temía ver de nuevo aquellos lugares en los que había disfrutado de unos breves días de sosiego con mi querido Clerval. Y pensaba con horror en la posibilidad de ver a aquellas personas que habíamos conocido juntos y que, sin duda, harían preguntas respecto a un suceso cuyo simple recuerdo me hacía sentir de nuevo todo lo que había sufrido cuando vi su cuerpo inerme.

Por lo que a mi padre se refiere, sus deseos y todos sus esfuerzos se destinaban a verme de nuevo restablecido tanto en la salud como en la paz de espíritu. Aunque su cariño y sus atenciones eran constantes, mi dolor y mi tristeza eran pertinaces, pero él nunca desesperaba. En ocasiones pensaba que yo me sentía profundamente avergonzado por haberme visto obligado a responder de una acusación de asesinato, e intentaba demostrarme la inutilidad del orgullo.

—¡Ay, padre...! —le dije—. ¡Qué poco me conoces...! Los seres humanos, sus sentimientos y sus pasiones, se avergonzarían efectivamente si un desgraciado como yo pudiera sentir orgullo. Justine, la pobre e infeliz Justine, era tan inocente como yo, y fue acusada por lo mismo... murió por ello. Y yo fui el culpable... yo la maté. William, Justine y Henry... los tres murieron por mi culpa.

Mi padre me había oído a menudo hacer la misma afirmación durante mi encarcelamiento. Cuando me acusaba de aquel modo, a veces parecía desear que le diera una explicación; y en otras ocasiones probablemente consideraba que era consecuencia de mi delirio, y que durante mi enfermedad alguna idea de ese tipo se había grabado en mi imaginación, y que el recuerdo de la misma aún permanecía vivo en la convalecencia. Yo evité dar una explicación; mantuve un permanente silencio respecto al engendro que había creado. Tenía la sensación de que me tomarían por loco, y esto encadenó para siempre mi lengua, cuando en realidad habría dado un mundo por poder confesar aquel secreto fatal. En una de esas ocasiones, mi padre me dijo con una expresión de indecible sorpresa:

—¿Qué quieres decir, Victor? ¿Estás loco...? Querido hijo, te ruego que no vuelvas a decir esas cosas tan raras...

—¡No estoy loco! —grité con furia—. ¡El sol y los cielos que me han visto actuar pueden atestiguar que digo la verdad! Yo fui el asesino de esas víctimas absolutamente inocentes... ¡Y murieron por mis maquinaciones! Mil veces habría derramado mi propia sangre, gota a gota, por haber salvado sus vidas. Pero no podía... padre, de verdad, no podía sacrificar a toda la raza humana...

La conclusión de aquella conversación persuadió a mi padre de que estaba trastornado; así que cambió inmediatamente de conversación para intentar alterar el hilo de mis pensamientos. Deseaba, en la medida de lo posible, borrar de mi memoria las escenas acaecidas en Irlanda y jamás volvió a aludir a ellas ni me permitió hablar de mis desgracias. A medida que fue transcurriendo el tiempo, me fui tranquilizando; el dolor moraba en mi corazón, pero ya no volví a hablar de aquel modo incoherente respecto a mis crímenes; era suficiente para mí tener conciencia de ellos. Con una insoportable represión, dominé la voz imperiosa de la desdicha, que a veces deseaba mostrarse al mundo entero, y mi comportamiento se tornó más tranquilo y más contenido que antes, como lo era antes de mi excursión al mar de hielo. Incluso mi padre, que me vigilaba como el pájaro a su polluelo, estaba engañado y pensaba que la negra melancolía que me había angustiado se estaba alejando para siempre, y que mi país natal y la compañía de mis seres queridos me restablecería por completo y me devolvería la salud y mi antigua alegría.

Llegamos a Le Havre el **8** de mayo e inmediatamente viajamos a París, donde mi padre tenía que resolver algunos asuntos que nos detuvieron allí algunas semanas. En esa ciudad recibí la siguiente carta de Elizabeth.

PARA VICTOR FRANKENSTEIN

Ginebra, **18** de mayo de **17****

Mi queridísimo amigo:

Me dio muchísima alegría recibir una carta de mi tío fechada en París. Ya no te encuentras a una distancia tan enorme, y puedo confiar en verte antes de quince días. ¡Mi pobre primo! ¡Cuánto debes de haber sufrido! Me temo que te voy a encontrar incluso más enfermo que cuando partiste de Ginebra. Hemos pasado un invierno terrible; pero, aunque la felicidad no brilla en nuestra mirada desde hace muchos meses, espero ver sosiego en tu semblante y comprobar que tu corazón no se encuentra completamente privado de paz y tranquilidad.

Sin embargo, temo que persistan los mismos sentimientos que te hacían tan desgraciado hace un año, y que incluso hayan aumentado con el tiempo. No querría importunarte en estos momentos, cuando tantas desdichas te oprimen, pero una conversación que tuve con mi tío antes de su partida me obliga a darte una explicación necesaria antes de que nos encontremos.

«¿Una explicación?», probablemente te dirás, «¿qué puede tener que explicar Elizabeth?». Si de verdad piensas eso, mis preguntas ya se han respondido, y no tengo más que hacer que firmar con un «Tu prima que te quiere». Pero estamos muy lejos, y es posible que temas y, sin embargo, agradezcas esta explicación; y, teniendo en cuenta la posibilidad de que tal sea el caso, no me atrevo a posponer más lo que, durante tu ausencia, he deseado comentarte muy a menudo y para lo cual nunca he reunido el suficiente valor.

Tú sabes bien, Victor, que mis tíos siempre pensaron en nuestra unión, incluso desde nuestra infancia. Así se nos dijo cuando éramos jóvenes y nos enseñaron a considerar ese futuro como un acontecimiento que sin duda tendría lugar. Fuimos cariñosos compañeros de juegos durante nuestra niñez y, creo, buenos y sinceros amigos cuando crecimos. Pero del mismo modo que un hermano y una hermana mantienen una cariñosa relación sin desear una unión más íntima, ¿no puede ser este también nuestro caso? Dime, querido Victor... Contéstame, y te lo pido por nuestra felicidad mutua, con una sencilla verdad: ¿amas a otra?

Has viajado; has pasado varios años de tu vida en Ingolstadt; y te confieso, amigo mío, que cuando te vi tan triste el otoño pasado, huyendo del contacto con la gente y buscando solo la soledad y la tristeza, no pude evitar suponer que tal vez te arrepentías de nuestro compromiso y que te sentías obligado, por honor, a cumplir con la voluntad de nuestros padres, aunque se opusiera a tus verdaderos deseos. Pero este es un razonamiento falso. Te confieso, primo mío, que te amo y que en los castillos en el aire que he imaginado para mi futuro tú has sido mi amante fiel y mi compañero. Pero solo deseo tu felicidad, y también la mía, cuando te digo que nuestro matrimonio haría de mí una persona absolutamente desgraciada a menos que fuera el resultado de los dictados de nuestra propia decisión libre. Incluso ahora lloro al pensar que, acosado como estás por las más crueles desgracias, puedas echar a perder, por tu palabra de honor, todas las esperanzas de amor y felicidad, que son las únicas que podrían conseguir que volvieras a ser lo que fuiste. Yo, que siento hacia ti un cariño tan desinteresado, podría estar aumentando mil veces tu desdicha si me convirtiera en un obstáculo a tus deseos. Ah, Victor, puedes estar seguro de que tu prima y compañera siente un amor demasiado verdadero por ti como para hacerte desgraciado. Sé feliz, amigo mío; y si atiendes a esta mi única petición, puedes estar seguro de que nada en el mundo podrá jamás perturbar mi tranquilidad.

No permitas que esta carta te incomode. No la contestes mañana, ni al día siguiente, ni siquiera hasta que vengas, si ello te causa algún dolor. Mi tío me dará noticias sobre tu salud; y si veo siquiera una sonrisa en tus labios cuando nos veamos, sea por esta carta o por cualquier otra cosa mía, no necesitaré nada más para ser feliz. Tu amiga, que te quiere,

ELIZABETH LAVENZA.

# CAPÍTULO 16

Esta carta reavivó en mi memoria lo que ya había olvidado, la amenaza del engendro diabólico cuando me visitó en las islas Orcadas: «Estaré contigo en tu noche de bodas.» Tal fue mi sentencia, y esa noche aquel demonio emplearía todas las artimañas para destruirme y arrebatarme aquel atisbo de felicidad que prometía, al menos en parte, consolar mis sufrimientos. Aquella noche había decidido culminar sus crímenes con mi muerte. ¡Muy bien, que así fuera! Entonces, con toda seguridad, tendría lugar una lucha a muerte en la que, si él salía victorioso, yo descansaría en paz, y su poder sobre mí habría terminado. Si vencía yo, sería un hombre libre. ¡Cielos...! ¡Qué extraña libertad –la que soporta el campesino cuando su familia ha sido masacrada ante sus ojos, su granja ha sido incendiada, sus tierras asoladas y se convierte en un hombre perdido, sin casa, sin dinero, y solo–, pero libertad al fin! ¡Así sería mi libertad, salvo que en mi Elizabeth al menos tendría un tesoro, Dios mío, que compensaría los horrores del remordimiento y la culpabilidad que me perseguirían hasta la muerte!

¡Dulce y querida Elizabeth! Leí y releí su carta, y algunos sentimientos de ternura se apoderaron de mi corazón y se atrevieron a susurrarme paradisíacos sueños de amor y alegría. Pero ya había mordido la manzana, y el brazo del ángel ya me mostraba que debía olvidarme de cualquier esperanza. Sin embargo, daría mi vida por hacerla feliz; si el monstruo cumplía su amenaza, la muerte era inevitable. Sin embargo, volví a pensar que tal vez mi matrimonio precipitaría mi destino una vez que el demonio hubiera decidido matarme. En efecto, mi muerte podría adelantarse algunos meses; pero si mi perseguidor sospechara que yo posponía mi matrimonio por culpa de sus amenazas, seguramente encontraría otros medios, y quizá más terribles, para ejecutar su venganza. Había jurado que estaría conmigo en mi noche de bodas. Sin embargo, esa amenaza no le obligaba a quedarse quieto hasta que llegara ese momento... porque, como si quisiera demostrarme que no se había saciado de sangre, había asesinado a Clerval inmediatamente después de haber proferido sus amenazas. Así pues, concluí que si mi inmediata boda con mi prima iba a procurar su felicidad o la de mi padre, las amenazas de mi adversario contra mi vida no deberían retrasarla ni una hora.

En este estado de ánimo escribí a Elizabeth. Mi carta era sosegada y cariñosa. «Me temo, mi adorada niña», le decía, «que queda poca felicidad en este mundo para nosotros, sin embargo, toda la que yo pueda disfrutar reside en ti. Aleja de ti temores infundados. Solo a ti he consagrado mi vida y mis deseos de felicidad. Tengo un secreto, Elizabeth, un secreto terrible. Te horrorizará hasta helarte la sangre; y luego, lejos de sorprenderte por mis desgracias, simplemente te asombrará que aún siga con vida. Te revelaré esta historia de sufrimientos y terror al día siguiente a nuestra boda... porque, mi querida prima, debe existir una confianza absoluta entre ambos.

Pero hasta entonces, te lo ruego, no lo menciones ni aludas a ello. Te lo pido con todo mi corazón, y sé que me lo concederás».

Alrededor de una semana después de la llegada de la carta de Elizabeth, regresamos a Ginebra. Elizabeth me dio la bienvenida con mucho cariño; sin embargo, había lágrimas en sus ojos cuando vio mi cuerpo maltrecho y mi rostro febril. Yo también descubrí un cambio en ella. Estaba más delgada y había perdido buena parte de aquella maravillosa alegría que antaño me había encantado. Pero su dulzura y sus amables miradas de compasión la convertían en la mujer más apropiada para un ser condenado y miserable como yo.

De todos modos, la tranquilidad de que gozaba yo en aquel momento no duró mucho. Los recuerdos me volvían loco. Y cuando pensaba en lo que había ocurrido, una verdadera locura se apoderaba de mí. Algunas veces me enfurecía y estallaba con ataques de rabia, y otras me derrumbaba y me sentía abatido. Ni hablaba ni veía, sino que permanecía inmóvil, abrumado por la cantidad de desdichas que se cernían sobre mí. Solo Elizabeth tenía poder para sacarme de esos pozos de abatimiento. Su dulce voz me tranquilizaba cuando estaba furioso, y me infundía sentimientos humanos cuando me sumía en la apatía. Ella lloraba conmigo y por mí. Cuando recobraba la razón, me reconvenía dulcemente e intentaba infundirme resignación. Ah, sí... es necesario que los desdichados se resignen. Pero para los culpables no hay paz: las angustias de los remordimientos envenenan ese placer que se halla en ocasiones, cuando uno se entrega a los excesos de la pena.

Poco después de mi llegada, mi padre habló de mi inmediato matrimonio con mi prima. Yo permanecí en silencio.

—Entonces... —dijo mi padre—, ¿estás enamorado de otra mujer?

—En absoluto. Amo a Elizabeth y pienso en nuestra futura boda con sumo placer. Fija la fecha, y ese día consagraré mi vida y mi muerte a la felicidad de mi prima.

—Mi querido Victor... no hables así. Graves desgracias han caído sobre nosotros, pero lo único que debemos hacer es mantenernos unidos a lo que nos queda, y el amor que sentíamos por aquellos que perdimos debemos entregárselo ahora a los que aún viven. Nuestra familia es pequeña, pero está muy unida por lazos de cariño y de desdichas compartidas. Y cuando el paso del tiempo haya mitigado tu desesperación, nuevas y amadas preocupaciones nacerán para reemplazar a aquellos de los que tan cruelmente hemos sido privados.

Tales eran los consejos de mi padre, pero los recuerdos de la amenaza volvieron a obsesionarme. Y no puede sorprender a nadie que, omnipotente como se había mostrado aquel engendro diabólico en sus crímenes sanguinarios, casi lo considerara invencible; y que, puesto que había pronunciado las palabras «estaré contigo en tu noche de bodas», considerara aquel destino amenazador como algo inevitable. Pero la muerte no era una desgracia para mí, si no fuera porque acarreaba la pérdida de Elizabeth; y, así pues, con gesto sonriente e incluso alegre, me mostré de acuerdo con mi padre en que la ceremonia tuviera lugar, si mi prima consentía, al cabo de diez días... y así sellé mi destino, o eso creía.

¡Dios bendito...! Si por un instante hubiera imaginado cuáles podrían ser las diabólicas intenciones de mi enemigo infernal, habría preferido abandonar para siempre mi país, y haber vagado como un despreciable desheredado por el mundo, antes que consentir aquel desdichado matrimonio. Pero, como si tuviera poderes mágicos, el monstruo me había ocultado sus verdaderas intenciones; y cuando yo pensaba que únicamente preparaba mi propia muerte, solo conseguí precipitar la de una víctima que amaba mucho más.

A medida que se acercaba la fecha de nuestro matrimonio, tal vez por cobardía o por un mal presentimiento, me sentí cada vez más abatido. Pero oculté mis sentimientos bajo la apariencia de una alegría que dibujó sonrisas de gozo en el rostro de mi padre, aunque difícilmente pude engañar a la mirada más atenta y perspicaz de Elizabeth. Ella observaba nuestra futura unión con sosegada alegría, aunque no sin cierto temor, debido a las pasadas desgracias, y tenía miedo de que lo que ahora parecía una felicidad cierta y tangible pudiera desvanecerse de pronto en un sueño etéreo, y no dejara ni una huella, salvo una amargura profunda y eterna.

Se hicieron los preparativos para el acontecimiento. Recibimos a las visitas, que nos felicitaron, y todo parecía adornado con las galas más halagüeñas. En lo que me fue posible, oculté en lo más profundo del corazón la ansiedad que me consumía y acepté con aparente sinceridad todo lo que proponía mi padre, aunque todo aquello no podía servir sino como decorado de mi tragedia. Se adquirió una casa para nosotros, cerca de Cologny: así podríamos disfrutar de los placeres del campo y, sin embargo, estaríamos lo suficientemente cerca de Ginebra como para ir a visitar a mi padre todos los días, pues él seguiría viviendo en el interior de la ciudad, por Ernest, para que pudiera continuar sus estudios en la universidad.

Mientras tanto, yo adopté todas las precauciones para defenderme en caso de que aquel engendro quisiera atacarme. Siempre llevaba pistolas y una daga, y estaba siempre alerta para evitar emboscadas, y así conseguí gozar en alguna medida de cierta tranquilidad. Y, en realidad, conforme se aproximaba la fecha, la amenaza comenzó a parecer más bien una locura que no valía la pena tener en cuenta, pues probablemente no sería capaz de perturbar mi tranquilidad, mientras que la felicidad que esperaba de mi matrimonio iba adquiriendo poco a poco una apariencia de verdadera realidad a medida que se acercaba el día de la ceremonia, y oía hablar de ella como un acontecimiento que ningún incidente podría impedir.

Elizabeth parecía contenta ante el cambio que vio en mí, y cómo había pasado de una risa forzada a una serena alegría. Pero el día en que se iban a cumplir mis deseos y mi destino, ella estaba melancólica; un mal presentimiento la embargaba, y quizá también pensaba en el terrible secreto que yo había prometido revelarle al día siguiente. Mi padre en cambio estaba rebosante de felicidad y, con el ajetreo de los preparativos, solo vio en la melancolía de su sobrina la pudorosa timidez de una novia.

Después de celebrar la ceremonia, tuvo lugar una gran fiesta en casa de mi padre; pero se acordó que Elizabeth y yo deberíamos pasar aquella tarde y aquella noche en Evian, y que a la mañana siguiente regresaríamos. Hacía un buen día; y, como el viento era favorable, decidimos ir en barco.

Aquellos fueron los últimos momentos de mi vida durante los cuales disfruté del sentimiento de felicidad. Navegábamos muy deprisa; el sol calentaba, pero nosotros íbamos protegidos por una especie de dosel, mientras disfrutábamos de la belleza del paisaje: unas veces nos girábamos hacia a un extremo del lago, donde veíamos el Monte Salêve, las encantadoras orillas de Montalegre y, en la distancia, elevándose sobre todo lo demás, el magnífico Mont Blanc y todo el grupo de montañas nevadas que intentaban alcanzarlo. En otras ocasiones, bordeando la ribera opuesta, veíamos el majestuoso Jura, retando con sus oscuras laderas la ambición de quien deseara abandonar su país natal y mostrándose como una barrera infranqueable al conquistador que pretendiera invadirlo.

Cogí la mano de Elizabeth.

–Estás triste –le dije–. ¡Ay, mi amor, si supieras lo que he sufrido y lo que tal vez aún tenga que soportar, procurarías dejarme saborear la tranquilidad y la ausencia de desesperación que al menos me permite disfrutar este único día!

–Sé feliz, mi querido Victor –contestó Elizabeth–; confío en que no haya nada que te inquiete; y puedes estar seguro de que mi corazón está feliz, aunque no veas en mi rostro una alegría excesiva. Algo me dice que no deposite muchas esperanzas en las perspectivas que se abren ante nosotros, pero no quiero escuchar esas voces siniestras. Mira qué deprisa navegamos y cómo las nubes, que a veces oscurecen y a veces se elevan sobre la cúpula del Mont Blanc, consiguen que este maravilloso paisaje sea aún más hermoso. Mira también los innumerables peces que nadan en estas límpidas aguas, donde se pueden ver claramente todas las piedras que yacen en el fondo. ¡Qué día más hermoso...! ¡Qué feliz y serena parece toda la naturaleza!

Así era como Elizabeth intentaba distraer sus pensamientos y los míos de cualquier reflexión sobre asuntos melancólicos, pero su ánimo era muy voluble. La alegría brillaba durante unos breves instantes en su mirada, pero la felicidad constantemente dejaba paso a la tristeza y al ensimismamiento.

En el cielo, el sol se iba poniendo; pasamos frente al río Drance y observamos su curso a través de los abismos de las montañas y las cañadas de las colinas más bajas. Los Alpes, aquí, se acercan mucho al lago, y nosotros nos aproximábamos al anfiteatro de montañas que forman su extremo oriental. La aguja de Evian se recortaba brillante sobre los bosques que la rodeaban, y sobre la cordillera de montañas y montañas en la cual estaba suspendida.

El viento, que hasta ese preciso instante nos había llevado con asombrosa rapidez, se convirtió al atardecer en una agradable brisa; el airecillo apenas conseguía erizar el agua y producía un encantador movimiento en los árboles. Cuando nos aproximamos a la orilla, flotaba en el aire un delicioso perfume de flores y heno. El sol se puso tras el horizonte cuando saltamos a tierra; y cuando pisé la orilla, sentí que las preocupaciones y los temores renacían en mí, y que pronto me iban a atrapar y a marcarme para siempre.

# CAPÍTULO 17

Eran las ocho en punto cuando desembarcamos; caminamos durante un breve trecho junto a la orilla, disfrutando de las cambiantes luces del atardecer, y luego nos retiramos a la posada, y contemplamos el encantador paisaje de aguas, montañas y bosques que se iban ocultando en la oscuridad, y, sin embargo, aún dejaban ver sus negros perfiles. El viento, que casi había desaparecido por el sur, se levantó ahora con gran violencia por el oeste; la luna había alcanzado su cénit en el cielo y estaba comenzando a descender; las nubes barrían el cielo por delante de ella con más premura que el vuelo del buitre y enturbiaban su luz, mientras el lago reflejaba el conmocionado paisaje de los cielos, y lo agitaba aún más con las inquietas olas que estaban comenzando a erizarse. De repente, se desató una violenta tormenta de lluvia.

Yo había estado tranquilo durante todo el día; pero tan pronto como la noche comenzó a enturbiar los perfiles de las cosas, mil temores se adueñaron de mi mente. Estaba angustiado y alerta, mientras con la mano derecha me aferraba a una pistola que tenía escondida en el pecho. Cada ruido me aterrorizaba, pero decidí que vendería cara mi vida y no evitaría el enfrentamiento que tenía pendiente hasta que mi propia vida, o la de mi adversario, se extinguiera.

Elizabeth, tímida y temerosa, observó en silencio mi inquietud durante unos instantes. Al final, dijo:

–¿Por qué estás nervioso, mi querido Victor? ¿De qué tienes miedo?

–¡Oh, tranquila, tranquila, mi amor...! –le contesté–. Espera que pase esta noche, y ya podremos estar seguros... Pero esta noche es horrible, esta noche es espantosamente horrible...

Pasé una hora en aquel estado de nervios, y entonces, de repente, pensé cuán horroroso sería para mi esposa presenciar el combate que de un momento a otro imaginaba que tendría lugar; y por eso le rogué con vehemencia que se retirara a dormir, decidido a no ir con ella hasta que no supiera algo de mi enemigo.

Elizabeth me dejó solo, y durante algún tiempo estuve yendo de un lado a otro por los pasillos de la casa, inspeccionando cada esquina que pudiera servir de escondrijo a mi enemigo. Pero no vi ni rastro de él, y comencé a considerar la posibilidad de que algún afortunado acontecimiento hubiera tenido lugar y hubiera impedido la ejecución de su amenaza, cuando de repente oí un grito y un espantoso alarido. Procedía de la habitación a la que Elizabeth se había retirado. Cuando oí aquel grito, lo comprendí todo... Mis brazos cayeron rendidos y el movimiento de cada músculo y cada fibra de mi cuerpo se detuvo; podía sentir la sangre reptando por mis venas y hormigueando en mis pies. Aquel estado no duró más que un instante, el grito se repitió y corrí precipitadamente hacia la habitación. ¡Dios mío! ¿Porqué no me mataste entonces? ¿Por qué estoy aquí para describir la destrucción de mi esperanza más anhelada y la muerte de la criatura más buena del mundo? Allí estaba, sin vida e inerte, tendida de lado a lado en la cama, con la cabeza colgando, con su rostro pálido y deformado, medio cubierto por su cabello. No importa dónde mire... siempre veo la misma imagen: sus brazos exánimes y su cuerpo muerto arrojado por el asesino sobre el ataúd nupcial. ¿Cómo pude ver aquello y seguir viviendo? ¡Dios mío! La vida es obstinada... se aferra con más fuerza allí donde más se odia. Entonces, solo sé que perdí el conocimiento... y me desmayé.

Cuando me recobré, me encontré en medio de la gente de la posada. Sus rostros expresaban claramente un espantoso terror, pero el horror de los demás solo me parecía una pequeña farsa, una sombra de los sentimientos que me atenazaban a mí. Me abrí camino entre ellos hasta la alcoba donde yacía el cuerpo de Elizabeth... mi amor... mi esposa... Solo unos instantes antes estaba viva... mi querida... mi preciosa... La habían cambiado de postura y ya no se encontraba como yo la había visto; y ahora, tal y como estaba tendida, con la cabeza sobre un brazo y un pañuelo cubriéndole el rostro y el cuello, podría haber pensado que estaba dormida. Corrí hacia ella y la abracé con locura, pero la mortal frialdad de su cuerpo me recordó que lo que estaba sosteniendo en mis brazos ya había dejado de ser la Elizabeth que yo había amado y adorado; la marca de las garras asesinas de aquel demonio aún permanecían en el cuello, y sus labios ya no tenían aliento.

Mientras aún la tenía en mis brazos, en la agonía de la desesperación, se me ocurrió levantar la mirada. La alcoba había quedado casi a oscuras, y sentí una especie de terror pánico al ver cómo la pálida luz de la luna iluminaba la habitación. Los postigos se habían abierto y, con una sensación de horror que no se puede describir, vi por la ventana abierta aquella figura odiosa y aborrecible. Había una sonrisa burlona en el rostro del monstruo; parecía reírse de mí mientras, con su diabólico dedo, señalaba el cadáver de mi esposa. Me abalancé hacia la ventana y, sacando la pistola de mi pecho, disparé... pero consiguió esquivarme, huyó de un salto y, corriendo a la velocidad de un rayo, se arrojó al lago. Al oír el estallido de la pistola, muchas personas acudieron a la habitación. Les indiqué por dónde había huido, y lo perseguimos con barcos y redes, pero todo fue en vano; y, tras pasar varias horas en su busca, regresamos desesperanzados; la mayoría de los que me acompañaban creyeron que aquella figura solo había sido fruto de mi imaginación. De todos modos, después de regresar a tierra, comenzaron a buscar por el campo, y se formaron distintas partidas que se dispersaron en diferentes direcciones por los bosques y los viñedos. Yo no los acompañé.

Estaba agotado; un velo me nublaba la vista; y mi piel ardía con el calor de la fiebre. En aquel estado me tumbé en una cama, apenas consciente de lo que había ocurrido, y mis ojos vagaron por la habitación como si estuvieran buscando algo que hubiera perdido. Al final pensé que mi padre esperaría con ansiedad mi regreso y el de Elizabeth, y que regresaría yo solo. Aquella reflexión hizo brotar las lágrimas en mis ojos, y lloré durante mucho tiempo. Pensé en mis desgracias y en su causa, y me vi envuelto en una nube de estupefacción y horror. La muerte de William, la ejecución de Justine, el asesinato de Clerval y, ahora, el de mi esposa... en aquel momento ni siquiera podía saber si la familia que aún me quedaba estaría a salvo de la maldad de aquel engendro; mi padre podía estarse debatiendo en aquel momento bajo la garra asesina, y Ernest podría estar muerto a sus pies. Aquellas ideas me hicieron sentir escalofríos y me devolvieron a la realidad. Me levanté de inmediato y decidí regresar a Ginebra tan deprisa como me fuera posible. No había caballos de los que pudiera disponer, y tuve que volver por el lago; pero el viento era desfavorable y la lluvia caía torrencialmente. De todos modos, apenas había amanecido y seguramente podría llegar a casa al anochecer. Contraté a unos cuantos hombres para remar, y yo mismo cogí un remo, porque el ejercicio físico siempre ha producido en mí cierto alivio de los sufrimientos emocionales. Pero el insoportable dolor que sentía y la terrible agitación que sufría me imposibilitaron cualquier esfuerzo. Dejé caer el remo y, sujetándome la cabeza entre las manos, me abandoné a todas las siniestras ideas que quisieron asaltarme. Si levantaba la mirada, veía paisajes que me resultaban familiares, de mis tiempos felices y que había estado contemplando solo un día antes, en compañía de aquella que ahora no era más que una sombra y un recuerdo. Las lágrimas anegaron mis ojos. Miré el lago, la lluvia había cesado un momento, y vi cómo los peces jugaban en las aguas, del mismo modo que los había visto solo unas horas antes... Elizabeth los había estado viendo. Nada es tan doloroso para la mente humana como un cambio violento y repentino. El sol podía brillar, o las nubes podían cubrir el cielo... nada sería ya como el día anterior. Un ser diabólico me había arrebatado de un zarpazo toda esperanza de felicidad futura. Ninguna criatura había sido jamás tan desgraciada como yo; y unos sucesos tan espantosos eran absolutamente insólitos en este mundo.

Pero... ¿por qué tendría que recrearme en los sucesos que siguieron a esta insoportable tragedia? La mía ha sido una historia de horror. Ya he alcanzado el punto culminante; y lo que puedo relatar de aquí en adelante puede resultarle tedioso, ahora que ya he narrado cómo aquellos a quienes quería me fueron arrebatados uno tras otro, y yo quedé hundido en la desolación más profunda. Estoy muy cansado, y solo puedo describir en pocas palabras lo que queda de mi espantosa historia.

Llegué a Ginebra. Mi padre y Ernest aún estaban vivos, pero el primero fue incapaz de soportar las dolorosísimas noticias que yo les llevaba. Puedo verlo ahora... era un anciano venerable y maravilloso. Su mirada se perdió en el vacío, porque había perdido a la persona que era su razón de vivir y su alegría: su sobrina, que era más que una hija para él, a la cual había entregado todo el cariño de un hombre que, en el ocaso de su vida, y teniendo pocas personas queridas, se aferra con más fervor a aquellas que aún le quedan. Maldito, maldito sea el demonio que derramó el dolor sobre sus canas y lo condenó a terminar sus días sumido en la desdicha. No pudo vivir rodeado de los espantos que se habían acumulado a su alrededor. Sufrió un ataque de apoplejía y, pocos días después, murió en mis brazos.

¿Qué fue entonces de mí? No lo sé. Era incapaz de sentir nada, y las únicas cosas que podía ver eran cadenas y oscuridad. En realidad, algunas veces soñaba que paseaba con los amigos de mi juventud por prados llenos de flores y encantadores valles; pero me despertaba y me encontraba en una mazmorra. Después me invadió la melancolía, pero poco a poco fui obteniendo una idea clara de mis desdichas y mi situación, y entonces me sacaron de allí. Porque me habían dado por loco; y durante muchos meses, como supe después, había estado ocupando una celda solitaria. Pero la libertad hubiera sido una concesión inútil para mí si al mismo tiempo que despertaba a la razón no hubiera despertado a la venganza. Al tiempo que el recuerdo de mis pasados infortunios me angustiaba, comencé a pensar en su causa... el monstruo que yo había creado, el miserable demonio que yo había arrojado al mundo para mi propia destrucción. Me invadía una furia enloquecida cuando pensaba en él... y deseaba y rogaba ardientemente poder atraparlo para poder desatar un feroz e imborrable rencor sobre su maldita cabeza.

Desde luego, mi odio no pudo reducirse durante mucho tiempo a un deseo inútil; comencé a pensar en cuáles podrían ser los mejores medios para cazarlo; y con ese propósito, aproximadamente un mes después de que me soltaran, acudí a un juez de lo criminal de la ciudad y le dije que tenía una acusación que hacer, que yo conocía al asesino de mi familia y que le pedía que ejerciera toda su autoridad para aprehender al asesino.

El magistrado me escuchó con atención y amabilidad.

—Puede estar seguro, señor —dijo—: por mi parte no se ha reparado en esfuerzos, ni se reparará en medios, para descubrir a ese malvado.

—Gracias —contesté—; escuche, pues, la declaración que tengo que hacer. En realidad es un relato tan extraño que me temo que usted no me creería si no fuera porque hay algo en la verdad que, aunque resulte asombrosa, siempre convence de su realidad. La historia está demasiado bien trenzada como para confundirla con un sueño, y yo no tengo ningún motivo para mentir.

Mis gestos, mientras decía aquello, eran vehementes pero tranquilos; había tomado la decisión íntima de perseguir a mi enemigo hasta la muerte; y aquel propósito aplacaba mi angustia y, al menos provisionalmente, me reconciliaba con la vida. En aquel momento relaté mi historia brevemente, pero con firmeza y precisión, señalando fechas con seguridad y sin dejarme arrastrar por invectivas o exclamaciones. Al principio el magistrado parecía absolutamente incrédulo, pero a medida que avanzaba mi relato, se mostró más atento e interesado. Algunas veces le vi estremecerse de horror; y otras, una absoluta sorpresa sin mezcla de incredulidad se pintaba en su rostro. Cuando hube concluido mi narración, dije:

—Ese es el ser al que acuso y al que le pido que detenga y castigue con toda su fuerza. Ese es su deber como magistrado, y creo y espero que sus sentimientos como ser humano no le permitan desertar de esas funciones en esta ocasión.

Aquella petición produjo un notable cambio en la fisonomía de mi interlocutor. Había escuchado mi historia con aquella especie de credulidad a medias que se le concede a los cuentos de espíritus y fantasmas; pero cuando se le instó a actuar oficialmente y en consecuencia, recuperó de inmediato toda su incredulidad. En todo caso, me respondió con amabilidad.

—De buena gana le prestaría toda la ayuda posible; pero la criatura de la que usted me habla parece tener poderes capaces de desafiar todos mis esfuerzos. ¿Quién puede perseguir a un animal que puede cruzar el mar de hielo y vivir en grutas y cuevas donde ningún hombre se aventuraría a entrar? Además, han transcurrido ya algunos meses desde que se cometieron los crímenes y nadie puede ni siquiera imaginar adónde puede haber ido o en qué lugares vivirá ahora.

—No tengo la menor duda —contesté— de que anda rondando cerca de donde yo vivo. Y si en efecto se hubiera refugiado en los Alpes, podrían cazarlo como a una gamuza y abatirlo como a una bestia de presa. Pero ya sé lo que está pensando: no da crédito a mi relato, y no tiene ninguna intención de perseguir a mi enemigo y castigarlo como merece.

Mientras hablaba, la ira centelleaba en mis ojos. El magistrado se arredró:

—Está usted equivocado —dijo—; lo intentaré; y si está en mi poder atrapar al monstruo, puede estar seguro usted de que recibirá el castigo que merecen sus crímenes. Pero me temo que será imposible, por lo que usted mismo ha descrito a propósito de sus características; y, mientras se toman todas las medidas pertinentes, debería usted intentar prepararse para el fracaso.

—¡Eso es imposible! —dije furioso—. Pero todo lo que pueda decir no servirá de mucho. Mi venganza no le importa nada a usted; sin embargo, aunque admito que es una obsesión, confieso que es la única pasión que me devora el alma; mi furia es indescriptible cuando pienso que aún existe el asesino a quien yo mismo arrojé a este mundo. Usted rechaza mi justa petición. No tengo más que un camino, y me dedicaré, vivo o muerto, a intentar destruirlo.

Temblé de nerviosismo al decir aquello; había un frenesí en mi conducta y algo, no lo dudo, de aquel orgulloso valor que, según dicen, tenían los mártires de la Antigüedad. Pero para un magistrado ginebrino, cuyo pensamiento se ocupaba en cuestiones muy distintas a la devoción y el heroísmo, aquella grandeza de espíritu se parecía bastante a la locura. Intentó calmarme como una niñera intenta tranquilizar a un niño, y achacó mi relato a los efectos del delirio.

—¡Hombres...! —grité—. ¡Qué ignorantes sois y cuánto os enorgullecéis de vuestra sabiduría! ¡Cállese! ¡No sabe usted lo que dice...!

Salí precipitadamente de la casa y, furioso y enloquecido, me fui a meditar algún otro modo de actuar.

# CAPÍTULO 18

En aquel momento, mi situación era tal que todos los pensamientos razonables se consumían y desaparecían. Me veía arrastrado por la ira. Solo la venganza me proporcionaba fuerza y serenidad. Modelaba mis sentimientos y me permitía pensar con frialdad y estar tranquilo en períodos en los que de otro modo el delirio o la muerte se habrían apoderado de mí. Mi primera decisión fue abandonar Ginebra para siempre. Mi país, al que amaba cuando era feliz y querido... ahora, en la adversidad, se convirtió en un lugar odioso. Me hice con una pequeña suma de dinero, junto con algunas joyas que habían pertenecido a mi madre, y partí.

Y entonces comenzó mi peregrinación, que no terminará hasta que muera. He recorrido vastas regiones de la Tierra y he sufrido todas las penurias que suelen afrontar los aventureros en los desiertos y en otros territorios salvajes. Apenas sé cómo he logrado sobrevivir; muchas veces me he derrumbado, con mi cuerpo rendido, sobre la misma tierra, agotado y sin nadie que me socorriera, y he rogado que me llevara la muerte. Pero la venganza me mantenía vivo. No me atrevía a morir y dejar a mi enemigo vivo.

Cuando abandoné Ginebra, mi primera labor fue obtener alguna clave mediante la cual pudiera seguir el rastro de los pasos de mi diabólico enemigo. Pero mi plan no dio resultado; y vagué durante muchas horas por los alrededores de la ciudad, sin saber a ciencia cierta qué camino debería seguir. Al caer la noche, me encontré a la entrada del cementerio donde reposaban William, Elizabeth y mi padre. Entré y me acerqué a las estelas que marcaban sus sepulturas. Todo permanecía en silencio, excepto las hojas de los árboles, que se agitaban suavemente con la brisa. Era casi noche cerrada, y el escenario habría resultado conmovedor y solemne incluso para un observador desinteresado. Me parecía que los espíritus de los que se habían ido vagaban por el aire, a mi alrededor, y proyectaban una sombra que se sentía, pero no se veía, en torno a la cabeza de aquel que los lloraba. El profundo dolor que esta escena me produjo al principio inmediatamente dio paso a la rabia y la desesperación. Ellos estaban muertos, y yo aún vivía. También vivía su asesino y, para destruirlo, yo debía alargar mi agotadora existencia. Me arrodillé en la tierra y con labios temblorosos exclamé:

–Por la tierra sagrada en la que estoy arrodillado, por estas sombras que me rodean, por el profundo y eterno dolor que sufro, ¡lo juro! ¡Y por vos, oh, Noche, y por los espíritus que te pueblan, juro perseguir a ese diabólico ser que causó este sufrimiento, hasta que él o yo perezcamos en combate mortal! Solo con ese propósito conservaré mi vida. Para ejecutar la ansiada venganza, volveré a ver el sol y pisaré la hierba verde de la tierra, que de otro modo apartaría de mi vista para siempre. ¡Y os invoco, espíritus de los muertos, y a vosotros, heraldos etéreos de la venganza, que me ayudéis y me guieis en esta tarea! ¡Que ese maldito monstruo infernal beba hasta las heces el cáliz de la agonía! ¡Que sienta la desesperación que ahora me atormenta a mí!

Yo había comenzado mi juramento con una solemnidad y un temor reverencial que casi me aseguraban que las sombras de mis seres queridos estaban escuchando y aprobaban mi promesa. Pero las furias se apoderaron de mí cuando terminé, y la rabia ahogó mis palabras. En la quietud de la noche, una carcajada ruidosa y diabólica fue la única respuesta que obtuve. Resonó en mis oídos larga y sombríamente; las montañas repitieron su eco, y sentí como si el mismísimo infierno me rodeara, burlándose y riéndose de mí. Seguramente en aquel momento me habría dejado llevar por la locura y habría acabado con mi miserable existencia, pero ya había lanzado mi juramento y mi vida se había consagrado definitivamente a la venganza. La carcajada se fue desvaneciendo y entonces una voz repugnante y bien conocida se dirigió a mí en un audible susurro:

–Me alegro... pobre desgraciado: has decidido vivir, y yo me alegro.

Corrí hacia el lugar de donde procedía la voz, pero el demonio pudo escapar. De repente, el enorme disco lunar se iluminó y brilló sobre su fantasmal y deforme figura, mientras huía a una velocidad sobrehumana.

Lo perseguí; y durante muchos meses esta persecución ha sido mi único objetivo. Guiado por una pista muy leve, lo seguí por los meandros del Ródano, pero todo fue en vano. Llegué al Mediterráneo, y por una extraña casualidad vi cómo el engendro subía una noche a un barco que iba a zarpar hacia el mar Negro y se ocultaba allí. Fui tras él –yo sabía cuál era el barco en el que se había escondido–, pero se me escapó, no sé cómo. En las tierras inexploradas de Tartaria y Rusia, aunque todavía conseguía esquivarme, ya seguía de cerca sus pasos. Algunas veces, los campesinos, aterrorizados por su espantosa figura, me informaban de cuál era su camino; en otras ocasiones y a menudo, él mismo, que temía que si yo le perdía el rastro, podría desesperar y morir, me dejaba algunas señales para guiarme. La nieve cayó sobre mí, y vi la huella de su tremendo pie en las blancas llanuras. Pero usted, que apenas está comenzando su vida, y las preocupaciones son nuevas para usted y la angustia, desconocida, ¿cómo puede comprender lo que he sentido y lo que aún siento? El frío, las necesidades y el cansancio fueron los males menores que tuve que soportar. Me maldijo algún demonio y tengo que sufrir en mi pecho un infierno eterno. Sin embargo, aún un espíritu bueno me seguía y guiaba mis pasos, y cuando más lamentaba mi suerte, repentinamente me salvaba de lo que me parecían dificultades insalvables. En ocasiones, cuando mi cuerpo, abrumado por el hambre, se desplomaba en el agotamiento, encontraba una comida reparadora en el desierto, que me devolvía las fuerzas y me animaba. La comida era tosca, como la que suelen comer los campesinos de aquellas regiones; pero yo no dudaba que aquello lo habían dispuesto los espíritus que yo había invocado para que me ayudaran. A menudo, cuando todo estaba seco, y no había nubes en el cielo, y me abrasaba la sed, unas nubecillas aparecían el firmamento y dejaban caer algunas gotas de lluvia que me reanimaban, y luego se desvanecían.

Cuando me era posible, seguía los cursos de los ríos; pero el monstruo principalmente los evitaba, porque es en esos lugares donde generalmente se asientan las poblaciones del campo. En otras regiones apenas se veían seres humanos, y en esas zonas generalmente subsistía con los animales salvajes que se cruzaban en mi camino. Tenía algún dinero y me granjeaba la amistad de los aldeanos repartiéndoselo u ofreciéndoles la carne de algún animal que hubiera cazado, la cual, después de coger para mí una pequeña porción, se la regalaba a aquellos que me proporcionaban fuego y utensilios para cocinar. Así transcurría mi vida, de un modo que realmente me resultaba odioso, y solo durante el sueño me sentía un poco mejor. ¡Oh, bendito sueño! A menudo, cuando más miserable me sentía, me sumía en el descanso y mis sueños me calmaban casi hasta el éxtasis. El ángel que me guardaba seguramente me proporcionaba aquellos momentos o, más bien, aquellas horas de felicidad en las que podía reunir fuerzas para continuar mi peregrinación. Privado de estos instantes de alivio, habría sucumbido a mis sufrimientos. Así, durante el día me sostenían y animaban las esperanzas de la noche: porque durante el sueño veía a mis seres queridos, a mi esposa, y mi amado país; volvía a ver el rostro de mi bondadoso padre, oía la argentina voz de mi Elizabeth y podía ver a Clerval, rebosante de vida y juventud. A menudo, cuando me encontraba exhausto tras una agotadora marcha, me convencía de que estaba soñando, y de que la noche llegaría y entonces disfrutaría realmente en brazos de mis seres queridos. ¡Qué anhelo tan angustioso sentía por ellos! ¡Cómo intentaba abrazar aquellas amadas figuras cuando se me aparecían a veces, incluso en las visiones que tenía durante la vigilia, y llegaba a convencerme de que aún estaban vivos! En aquellos momentos, la venganza que ardía en mi interior se apagaba en mi corazón, y seguía mi camino en pos de la destrucción del engendro demoníaco más como una tarea que agradaba a los cielos, como si fuera un impulso mecánico de algún poder del cual yo no tenía conciencia, que por un verdadero y ardiente deseo de mi alma.

¿Qué sentía aquel a quien perseguía? No puedo saberlo. En efecto, en ocasiones dejaba señales escritas en las cortezas de los árboles o grabadas en la piedra, que me guiaban y aguzaban mi furia. «Mi reinado aún no ha terminado», se podía leer en una de aquellas inscripciones; «Vives, y por eso mi poder es absoluto. ¡Sígueme...! Voy en busca de los hielos eternos del norte, donde sentirás el dolor del frío y el hielo, ante los cuales yo no me inmuto. Muy cerca de aquí, si no te retrasas mucho, encontrarás una liebre muerta; cómela y así te repondrás. ¡Vamos, enemigo mío...! Lucharemos a muerte, pero antes de que llegue ese momento, te esperan largas horas de sufrimiento y dolor».

¡Así te burlas, maldito demonio! Vuelvo a jurar venganza, vuelvo a prometer, miserable engendro, que te haré sufrir y te mataré; nunca abandonaré esta persecución, hasta que uno de los dos perezca. Y entonces, con qué placer me uniré a mi Elizabeth y a aquellos que ya preparan para mí la recompensa de mi penosa y horrible peregrinación.

A medida que avanzaba en mi viaje hacia el norte, las nieves se hicieron más abundantes, y aumentó el frío hasta extremos que apenas era posible resistirlo. Los campesinos se encerraron en sus cabañas y solo un puñado de los más atrevidos se aventuraban a salir para cazar animales a los que solo la inanición había obligado a salir para buscar algo que comer. Los ríos bajaban cubiertos de hielo, y no había modo de pescar nada. El triunfo de mi enemigo se engrandecía con la penuria de mis trabajos. Otra inscripción que dejó decía lo siguiente: «¡Prepárate! ¡Tus sufrimientos solo están comenzando ahora! Cúbrete con pieles y aprovisiónate con comida, porque pronto comenzaremos un viaje en el que tus sufrimientos colmarán mi odio eterno.» Mi valor y mi perseverancia se reforzaron ante esas dificultades; decidí no cejar en mi propósito; e invocando al cielo para que me ayudara, avancé con irremisible pasión y crucé inmensas regiones desiertas, hasta que el océano apareció en la distancia y dibujó la última frontera del horizonte. ¡Oh, qué distinto era de los mares azules del sur! Cubierto con hielos, solo se podía distinguir de la tierra porque estaba más desolado y era más accidentado. Los griegos lloraron cuando vieron el Mediterráneo desde las colinas de Asia, y celebraron con febril alegría el final de sus sufrimientos. Yo no lloré; pero me arrodillé y agradecí a mi ángel de la guarda, de todo corazón, que me hubiera guiado sano y salvo hasta el lugar donde, a pesar de las amenazas de mi enemigo, esperaba encontrarlo y abatirlo. Algunas semanas antes de ese momento me había procurado un trineo y perros, y así pude surcar las nieves a una gran velocidad. Yo no sé si el engendro contaba con el mismo vehículo; pero descubrí que, así como antes había ido perdiendo diariamente ventaja en mi persecución, ahora se la ganaba a él con tanta celeridad que, cuando vi por vez primera el océano, apenas me sacaba una jornada de ventaja, y esperaba poder alcanzarlo pronto. Así pues, con renovado valor continué sin desfallecer y dos días después llegué a una miserable aldea junto a la orilla del mar. Pregunté si habían visto a aquel engendro y conseguí alguna información. Un monstruo gigantesco, dijeron, había llegado allí la noche anterior. Armado con un rifle y muchas pistolas, y poniendo en fuga a los habitantes de una granja solitaria, atemorizándolos con su terrorífica apariencia, les había arrebatado todas las provisiones que tenían para el invierno; y poniéndolas en un trineo, había enganchado al mismo un buen número de perros adiestrados... y la misma noche, para alegría de los conmocionados y aterrorizados aldeanos, había proseguido su viaje por el mar helado, en dirección a ninguna parte; y pensaron que no tardaría en morir en una grieta de hielo o congelado en aquellos glaciares eternos.

Al escuchar aquella información, sufrí un pasajero ataque de desesperación. Se me había escapado; y ahora debía comenzar un viaje casi interminable y peligrosísimo por las montañas de hielo que se alzan en el océano... en medio de un frío que pocos seres humanos de aquella parte pueden soportar durante mucho tiempo y en el cual yo, un hombre nacido en un clima amable y soleado, seguramente no sobreviviría. Sin embargo, ante la idea de que aquel demonio pudiera vivir y salir triunfante, mi rabia y mi venganza retornaron, como una poderosa oleada, imponiéndose sobre cualquier otro sentimiento. Después de un ligero descanso, durante el cual los espíritus de los muertos me rodearon y me animaron a continuar en pos de la destrucción y la venganza, me preparé para el viaje.

Cambié mi trineo de tierra por otro preparado para las quebradas del océano helado; y, tras hacer un buen acopio de provisiones, abandoné tierra firme. No sé cuántos días han transcurrido desde entonces, pero he soportado sufrimientos que nada podría haberme capacitado para resistir, salvo el eterno sentimiento de una justa venganza ardiendo en mi corazón. A menudo inmensas y escarpadas montañas de hielo me impedían el paso, y a menudo oía las sacudidas y los estallidos del suelo marino al quebrarse, que amenazaba con destruirme, pero enseguida caía una nueva helada y los caminos del mar volvían a ser seguros. A juzgar por la cantidad de provisiones que he consumido, diría que han transcurrido tres semanas de viaje. El desaliento y el dolor con frecuencia arrancaban amargas lágrimas de mis ojos. En realidad, la desesperación casi había hecho presa en mí y pronto me habría sumido en la más completa miseria. Pero entonces, después de que los pobres animales que me arrastraban alcanzaran, con un increíble sufrimiento, la cima de una montaña de hielo, y se detuvieran para descansar –y uno, incapaz de avanzar, agotado por el esfuerzo, murió–, pude ver angustiado la enorme extensión de hielo que se abría delante de mí; cuando, de repente, mi mirada se detuvo en un punto oscuro en la llanura sombría, agudicé la vista para averiguar qué podría ser y proferí un alarido salvaje de placer cuando distinguí un trineo, perros, y las deformes proporciones de un ser bien conocido. ¡Oh, con qué llamarada de emoción la esperanza volvió a arder en mi corazón! Cálidas lágrimas enturbiaron mis ojos, pero las aparté rápidamente para que no me impidieran ver a aquel engendro. Continué... pero aún las lágrimas me impedían ver bien, hasta que, liberando las emociones que me oprimían, prorrumpí en llanto.

Pero no era momento de entretenerse. Desembaracé a los perros de su compañero muerto, les di una generosa porción de comida y, después de descansar una hora –lo cual era absolutamente necesario y, sin embargo, amargamente enojoso–, continué mi camino. El trineo aún era visible; no volví a perderlo de vista, excepto en los momentos en que, durante unos breves instantes, alguna quebrada de hielo me lo ocultaba con sus importunas aristas. Era evidente que estaba ganándole terreno al objeto de mi persecución. Y después de otra jornada de viaje aproximadamente, me vi a no más de media milla de distancia. Mi corazón latía poderosamente en mi interior. Pero entonces, cuando parecía tener casi a mi alcance al monstruo, mis esperanzas se desvanecieron súbitamente, y perdí cualquier rastro de él, absolutamente, como jamás me había ocurrido antes. Se oyó entonces el mar... El rugido de su avance, a medida que las aguas se levantaban y crecían las olas bajo mis pies, se hacía a cada paso más espantoso y aterrador. Procuré continuar, pero fue en vano. Se levantó una ventisca; el mar rugía; y, con la violentísima sacudida de un terremoto, la superficie helada se quebró y se despedazó con un estallido terrible y abrumador. Pronto concluyó todo: en pocos minutos, un imponente océano se abrió entre mi enemigo y yo. Y yo me quedé flotando en un fragmento de hielo desprendido que a cada paso se hacía más pequeño y me advertía de ese modo de una espantosa muerte. Así transcurrieron varias horas: varios de mis perros murieron; y yo mismo estaba a punto de sucumbir ante tantas penurias, cuando vi este barco anclado, que me hizo mantener alguna esperanza de obtener socorro y poder salvar la vida. No sabía que los barcos navegaran tan al norte y verdaderamente me asombró semejante visión. Rápidamente rompí parte de mi trineo para construir remos y con esos medios pude, con un esfuerzo infinito, mover mi navío de hielo en dirección a su barco. Había decidido que, si ustedes se dirigían al sur, me encomendaría a la piedad de los mares antes que abandonar mi propósito. Esperaba ser capaz de convencerles para que me prestaran un bote y algunas provisiones con las cuales aún podría seguir buscando a mi enemigo. Pero iban ustedes al norte. Me subieron a bordo cuando todas mis fuerzas estaban exhaustas, y pronto habría sucumbido ante el peso de mis múltiples desgracias, y me habría entregado a una muerte que aún temo, porque mi objetivo aún no se ha cumplido. ¡Oh...! ¿Cuándo mi espíritu guardián, guiándome hacia él, me concederá el descanso que tanto ansío? ¿O debo morir, y él vivir? Si muero, júreme, Walton, que no escapará, que usted lo buscará y cumplirá mi venganza y lo matará. Pero... ¿cómo me atrevo a pedirle que se haga cargo de mi peregrinación, que soporte los sufrimientos que yo he sobrellevado? No, no soy tan egoísta; sin embargo, cuando esté muerto, si él apareciera, si los heraldos de la venganza lo condujeran hacia donde usted se encuentra, jure que no vivirá... jure que no saldrá victorioso ante todas mis desdichas... y que no vivirá para hacer a otra persona tan desgraciada como yo. ¡Oh...! Es elocuente y persuasivo, y en una ocasión sus palabras incluso tuvieron algún poder en mi corazón... pero no confíe en él. Su alma es tan infernal como su aspecto, podrido de traición y de una maldad diabólica... no le escuche. Invoque a los manes de William, Justine, Clerval, Elizabeth, de mi padre y del desgraciado Víctor; y hunda su espada en lo más profundo de su corazón. Yo estaré a su lado y le mostraré el camino al acero.

Walton - Continuación

Día **26** de agosto

Ya has leído esta extraña y aterradora historia, Margaret, ¿y no sientes que se te hiela la sangre de horror, como se me congela incluso a mí en este preciso instante? A veces, atrapado en un repentino ataque de angustia, no podía continuar su relato; en otras ocasiones, su voz, quebrada y emocionada, profería las palabras que he transcrito. Sus hermosos y encantadores ojos ahora se encendían de indignación, ahora se apagaban hasta el abatimiento más penoso y una infinita desdicha. A veces podía dominar sus gestos y su expresión, y relataba los incidentes más horribles con una voz tranquila, evitando cualquier rastro de conmoción... y entonces, de pronto, estallaba como un volcán, su rostro repentinamente se demudaba y adquiría una expresión de furia salvaje cuando lanzaba esas maldiciones sobre el monstruo que lo acosaba.

Su historia es coherente y la contaba de tal modo que parecía sencillamente la verdad; sin embargo, reconozco, hermana, que las cartas de Felix y Safie, que me mostró, y la aparición del monstruo, que vimos desde el barco, me convencieron más de la verdad de su historia que todas sus afirmaciones, por muy vehementes y coherentes que fueran. Ese monstruo es real, desde luego; no puedo dudarlo; sin embargo, estoy un poco confuso, y me debato entre el asombro y la admiración. A veces intentaba que Frankenstein me contara los particulares de su creación, pero en este punto era inflexible. «¿Está usted loco, amigo mío?», me decía; «¿Adónde pretende llegar con su insensata curiosidad? ¿Acaso también desea usted engendrar un demonio infernal para sí mismo y para el mundo... o qué pretende con esas preguntas? Tranquilo, tranquilo... Aprenda de mis desdichas, y no pretenda aumentar las suyas».

Frankenstein descubrió que yo apuntaba o cogía notas relativas a su historia; me pidió verlas, y él mismo las corrigió y las aumentó en muchos lugares, pero principalmente se ocupó de dar vida y fuerza a las conversaciones que mantuvo con su enemigo. «Puesto que ha tomado usted algunas notas», dijo, «no querría que la historia pasara mutilada a la posteridad».

Así ha transcurrido una semana, mientras he estado escuchando el relato más extraño que imaginación alguna ha pergeñado jamás. Mi huésped ha conseguido que mis emociones y todos los sentimientos de mi alma hayan quedado prendidos de su historia, un interés que él mismo ha ido animando con su relato y la gentileza de su carácter. Quisiera ayudarlo; sin embargo, ¿cómo puedo aconsejar que siga viviendo a alguien tan miserable, tan desprovisto de cualquier esperanza y consuelo? ¡Oh, no...! La única alegría que podrá disfrutar será la que goce cuando prepare sus trastornados sentimientos para el descanso y la muerte. Sin embargo, sí disfruta de una pequeña alegría, fruto de la soledad y el delirio: cree que cuando mantiene conversaciones con sus seres queridos en sueños, y obtiene de esos encuentros algún consuelo para sus desgracias o coraje para su venganza, esas figuras no son creaciones de su imaginación, sino los seres reales que lo visitan desde las regiones del más allá. Semejante fe confiere cierta solemnidad a sus delirios, que me resultan casi tan asombrosos y apasionantes como la verdad.

Nuestras conversaciones no siempre se reducen a su propia historia y sus desdichas. Demuestra un notabilísimo conocimiento de la literatura y una inteligencia rápida y perspicaz. Su elocuencia es vehemente y conmovedora: desde luego, no soy capaz de escucharlo sin lágrimas en los ojos cuando narra un acontecimiento patético o cuando pretende excitar las pasiones de la piedad o el amor. ¡Qué extraordinaria persona tuvo que haber sido en sus buenos tiempos, si estando en la miseria se muestra así de noble y bondadoso! Parece intuir lo mucho que vale y la grandeza de su caída. «Cuando era joven», me dijo, «me sentía como si estuviera destinado a alguna gran empresa. Mis sentimientos eran muy intensos, pero poseía un juicio tan equilibrado que se me prometían notables triunfos. Este sentimiento de valía respecto a mí mismo me animaba en aquellos momentos en los que otros se hubieran hundido, pues consideraba un crimen desperdiciar en inútiles lamentos aquellos talentos que podrían resultar útiles a mis semejantes. Cuando reflexioné sobre el trabajo que había realizado, nada menos que la creación de un animal sensible y racional, no me pude considerar uno más entre todos los demás científicos. Pero ese sentimiento que entonces me animó ahora solo me sirve para sumergirme aún más en el fango. Todas mis fantasías y esperanzas han quedado en nada; y como aquel arcángel que aspiraba a la omnipotencia, ahora me veo encadenado en un infierno eterno. Mi imaginación era viva, pero también tenía una gran capacidad para el estudio... y gracias a la conjunción de ambas cualidades pude concebir la idea y ejecutar la creación de un hombre. Incluso ahora, no puedo recordar sin emoción mis delirios cuando el trabajo aún estaba incompleto: tocaba el cielo en mis sueños... unas veces exultante por mi inteligencia, y otras, orgulloso ante la idea de sus consecuencias. Desde la infancia concebí las más altas esperanzas y las más elevadas ambiciones, ¡y ahora estoy hundido...! ¡Oh, amigo mío! Si me hubiera conocido usted como fui un día, no me reconocería en este estado de degradación. El desánimo casi nunca visitaba mi corazón; parecía esperarme un gran porvenir... hasta que caí, y... ¡oh... nunca, nunca jamás volví a levantarme!».

¿Voy a perder a este ser admirable? He suspirado por un amigo; he buscado uno que pudiera comprenderme y apreciarme. Y ya ves, en estos océanos desiertos lo he encontrado; pero me temo que he ganado a un amigo solo para conocer su valía y perderlo. Querría reconciliarlo con la vida, pero rechaza esa idea. «Se lo agradezco, Walton», dijo; «le agradezco que tenga tan buenas intenciones para con un desgraciado tan miserable; pero cuando usted habla de nuevas relaciones y nuevos afectos, ¿piensa que hay algo que pueda reemplazar a aquellos que se fueron? ¿Es que algún hombre puede ser lo que fue Clerval para mí? ¿O es que alguna mujer puede ser otra Elizabeth? Y aunque los afectos no se deban especialmente a cualidades extraordinarias, los compañeros de nuestra infancia siempre poseen cierta influencia en nuestro espíritu: una influencia que difícilmente otro amigo posterior puede conseguir. Ellos conocen nuestros sentimientos de la infancia, los cuales, aunque puedan modificarse más adelante, nunca desaparecen del todo; y pueden juzgar nuestros actos con más ecuanimidad. Una hermana o un hermano nunca puede sospechar que el otro lo engaña o le miente, a no ser que efectivamente esos rasgos se hayan dado en uno de ellos previamente; mientras que otro amigo, aunque nos tenga en gran aprecio, puede sentir, aun a pesar suyo, la punzada de la sospecha. Pero yo tuve amigos, a los que quise no solo por las relaciones de parentesco, sino por sí mismos... y, dondequiera que esté, la dulce voz de mi Elizabeth o la conversación de Clerval siempre están susurrando en mis oídos. Están muertos, y en esta horrible soledad solo un sentimiento puede convencerme de que conserve la vida. Si estuviera comprometido en una noble tarea o en un proyecto que fuera de gran utilidad para mis semejantes, entonces podría vivir para llevarlo a cabo. Pero ese no es mi destino. Debo perseguir y destruir al ser al que di vida; entonces mi objetivo estará cumplido, y podré morir».

Día 2 de septiembre

Mi querida hermana:

Te escribo cercado por el peligro y no sé si el destino me permitirá alguna vez volver a ver mi querida Inglaterra y a los queridos amigos que viven allí. Estoy rodeado por montañas de hielo que no nos permiten movernos y a cada momento amenazan con aplastar el barco. Mis valientes hombres, a los que convencí para que fueran mis compañeros, me miran pidiéndome ayuda, pero no tengo nada que ofrecer. Hay algo terriblemente espantoso en nuestra situación... Sin embargo, mi valor y mi confianza no me abandonan. Podemos sobrevivir; y si no, volveré a leer las enseñanzas de mi Séneca y moriré con buen ánimo.

Pero, Margaret, ¿cómo te encontrarás tú? No sabrás de mi muerte, y esperarás angustiada mi regreso. Pasarán los años, y a veces caerás en la desesperación y, sin embargo, aún acariciarás esperanzas. ¡Oh, mi querida hermana...! La dolorosa desilusión de tus afectuosas esperanzas me parecen ahora más terribles que mi propia muerte. Pero tienes un marido y unos hijos adorables; y vas a ser feliz. ¡Que el Cielo te bendiga, y permita que lo seas!

Mi desafortunado huésped me observa con comprensión, intenta darme esperanzas y habla como si la vida fuera algo que amara verdaderamente. Me recuerda cuán a menudo estos incidentes le han ocurrido a otros navegantes que han surcado los mismos mares. A pesar de mí mismo, me anima con los mejores augurios. Incluso los marineros notan el benéfico influjo de su elocuencia —cuando habla, se mitiga su desesperanza—; reanima su valor, y acaban creyendo que estas tremendas montañas de hielo son pequeñas colinas que se desvanecerán ante la decidida voluntad del hombre. Sin embargo, todo esto es pasajero, y cada día de esperanza frustrada no hace sino infundirles miedo; y empiezo a temer que la desesperación desemboque en un motín.

Día **5** de septiembre

Ha ocurrido algo tan extraño que, aunque sea muy probable que estas cartas nunca te lleguen, mi querida Margaret, no puedo evitar consignarlo aquí. Aún estamos rodeados por montañas de hielo, aún estamos en constante peligro de ser aplastados en medio de su fragor. El frío es espantoso, y muchos de mis desafortunados camaradas ya han encontrado la muerte en medio de este escenario de desolación. Frankenstein cada día está más enfermo; un fuego febril aún centellea en sus ojos, pero está exhausto, y si decide realizar algún esfuerzo, inmediatamente cae de nuevo en un completo estupor.

Mencionaba en mi última carta los temores que tenía a propósito de un amotinamiento. Esta mañana, mientras me encontraba vigilando el pálido rostro de mi amigo, sus ojos medio cerrados y sus brazos colgando exánimes, me interrumpieron media docena de marineros que deseaban que los recibiera en el camarote. Entraron, y su jefe se dirigió a mí. Me dijo que él y sus compañeros habían sido elegidos por los otros marineros para venir en comisión con el fin de exigirme lo que en justicia no les podría negar. Estábamos atrapados entre muros de hielo y probablemente jamás saldríamos vivos de allí; pero ellos temían que si el hielo se descongelaba, cosa que podía ocurrir, y se abría un canal, yo fuera lo bastante temerario como para proseguir mi viaje y conducirlos a nuevos peligros después de haber podido superar felizmente este. Así pues, querían que yo hiciera una promesa solemne: que si el barco se liberaba, inmediatamente pondría rumbo a Arkangel.

Aquella conversación me preocupó. Yo aún no había perdido la esperanza, ni había pensado en absoluto en regresar, si el hielo nos liberaba. Sin embargo, en justicia, ¿podía, aunque estuviera en mi mano, negarles aquella petición? Dudé antes de responder, cuando Frankenstein, que al principio había permanecido en silencio y, en realidad, parecía que apenas tenía fuerzas para escuchar, se incorporó. Sus ojos centelleaban, y sus mejillas se inflamaron con un momentáneo vigor. Volviéndose hacia los hombres, dijo:

—¿Qué queréis decir? ¿Qué le estáis pidiendo a vuestro capitán? ¿De modo que abandonáis con esta facilidad vuestro trabajo? ¿No decíais que esta expedición era gloriosa? ¿Y por qué iba a ser gloriosa? Desde luego, no porque la ruta fuera sencilla y plácida como en un mar del sur, sino porque estaba atestada de peligros y horrores... porque a cada nueva dificultad se exigiría más de vuestra fortaleza, y se mostraría vuestro coraje... porque cuando la muerte y el peligro os rodearan, vosotros demostraríais vuestro valor y todo lo superaríais. Por eso era una expedición gloriosa... por eso era una empresa de honor. A partir de aquí, todo el mundo os saludaría como benefactores de la humanidad... vuestros nombres serían honrados como los de hombres valientes que se enfrentaron a la muerte con honor y por el beneficio de la humanidad. ¡Y miraos ahora...! A la primera señal de peligro... o, si lo preferís, ante la primera prueba importante y aterradora a la que se somete vuestro valor... retrocedéis y preferís abandonar como hombres que no tuvieran fortaleza para soportar el frío y el peligro. Muy bien, pobres de espíritu: «¡Tenían frío y volvieron al calor de sus chimeneas...!» ¡Vaya! ¡Para ese viaje no necesitábamos tantos preparativos! No necesitabais venir hasta tan lejos, ni arrastrar a vuestro capitán a la vergüenza de un fracaso, para demostrar que sois unos cobardes. ¡Oh...! ¡Sed hombres... o sed más que hombres! Sed fieles a vuestros compromisos y firmes como la roca. Este hielo no está hecho de la misma materia que vuestros corazones; es débil, y no puede derrotaros, si vosotros decís que no va a derrotaros. No volváis junto a vuestras familias con el estigma de la derrota marcada en vuestras frentes; volved como héroes que han luchado y han conquistado y no han sabido qué es volver la espalda al enemigo.

Dijo aquello con un espíritu tan adecuado a los distintos sentimientos que expresaba en su arenga, y con una mirada cargada de elevados propósitos y heroísmo, que no fue maravilla que aquellos hombres se conmovieran. Se miraban los unos a los otros, y eran incapaces de contestar. Hablé. Les dije que se retiraran y que pensaran en todo lo que se había dicho: que no los llevaría más al norte si verdaderamente deseaban lo contrario; pero que esperaba que lo pensaran bien y que pudieran recobrar el valor. Se fueron y me volví hacia mi amigo, pero se había sumido en un profundo estupor y casi le había abandonado la vida.

No sé en qué terminará todo esto. Pero preferiría morir antes que regresar vergonzosamente, sin cumplir mi objetivo. Sin embargo, creo que tal será mi destino. Los hombres que no sienten con fervor las ideas de gloria y honor jamás tienen voluntad para seguir soportando penalidades.

Día **7** de septiembre

La suerte está echada. He aceptado regresar si no perecemos antes. Así se malogran mis esperanzas, por la cobardía y la falta de arrojo. Regresaré a casa sin haber descubierto nada y desilusionado. Se precisa más filosofía de la que sé para soportar con buen ánimo esta humillación.

Día **12** de septiembre

Todo ha acabado. Regresamos a Arkangel. He perdido cualquier esperanza de ser útil a los demás y de alcanzar la fama... y he perdido a mi amigo. Pero intentaré describirte detalladamente estos amargos acontecimientos, mi querida hermana. Y si los vientos me llevan a Inglaterra y a ti, no seré del todo desgraciado.

Día **9** de septiembre: el hielo comenzó a ceder, y los bramidos del mar, como truenos, se oían en la distancia, a medida que las islas se desprendían y se resquebrajaban en todas direcciones. Estábamos corriendo un extremo peligro. Pero como lo único que podíamos hacer era permanecer pasivos, dediqué todas mis atenciones a mi desdichado huésped, cuya enfermedad se agravó hasta tal punto que siempre permanecía en cama. El hielo se resquebrajó por detrás de nosotros y los témpanos fueron arrastrados rápidamente hacia el norte. Una brisa se levantó desde ese preciso cuadrante... y el día **11** se abrió un paso hacia el sur y el barco quedó liberado. Cuando los marineros lo vieron, y comprobaron que el regreso a sus pueblos estaba prácticamente asegurado, estallaron en gritos de incontenible alegría... que duró mucho tiempo. Frankenstein, que estaba adormilado, se despertó y preguntó la razón de aquella algarabía. Era incapaz de contestarle. Preguntó de nuevo... «Gritan», dije, «porque pronto regresarán a Inglaterra».

«Entonces... ¿de verdad regresa usted?»

«¡En fin... sí! No puedo oponerme a sus peticiones. No puedo conducirlos al peligro si no quieren, y debo regresar»

«Hágalo si quiere, pero yo no. Puede usted abandonar su propósito, pero el mío me lo asignó el Cielo, y no puedo hacerlo. Estoy muy débil, pero seguramente los espíritus que me ayudan en mi venganza me concederán la fuerza suficiente...»

Y al decir eso, intentó levantarse de la cama, pero el esfuerzo fue demasiado para él; se derrumbó hacia atrás y perdió la consciencia. Transcurrió mucho tiempo antes de que se recobrara; a menudo pensaba que la vida le había abandonado por completo. Al final abrió los ojos, pero respiraba con dificultad y era incapaz de hablar. El doctor le dio una medicina reconstituyente y nos ordenó que no lo molestáramos. Entonces me dijo que con toda seguridad a mi amigo no le quedaban muchas horas de vida.

Así se pronunció su sentencia, y yo solo podía lamentarlo y resignarme. Me senté junto a su cama, velándolo... Tenía los ojos cerrados, y yo creí que dormía. Pero entonces me llamó con un débil susurro y, rogándome que me acercara, me dijo: «¡Dios mío...! Las fuerzas en que confiaba me han abandonado; sé que voy a morir pronto, y él, mi enemigo y mi acosador, aún puede estar con vida. No crea, Walton, que en los últimos instantes de mi existencia siento aquel odio feroz y aquel ardiente deseo de venganza que un día le conté; pero tengo derecho a desear la muerte del monstruo. Durante estos últimos días he estado examinando mi conducta en el pasado... y no creo que sea culpable. En un ataque de apasionada locura creé una criatura racional y me vi obligado a proporcionarle, en lo que me fuera posible, felicidad y bienestar. Ese era mi deber, pero había un deber aún mayor que ese. Mis obligaciones respecto a mis semejantes tenían más fuerza porque de ellas dependían a su vez la felicidad o la desgracia para muchos otros. Apremiado por esta perspectiva, me negué, e hice bien en negarme, a crear una compañera para la primera criatura. Él demostró una maldad insólita. Acabó con mis seres queridos... se consagró a la destrucción de seres que gozaban de una sensibilidad, una alegría y una sabiduría maravillosas. Y no sé dónde puede acabar esa sed de venganza. Miserable como es, para que no pueda hacer desgraciados a otros, debe morir. La tarea de su destrucción me correspondía a mí, pero he fracasado. En cierta ocasión, cuando actuaba por egoísmo y por ansias de venganza, le pedí que completara mi trabajo inacabado; y ahora renuevo mi petición, cuando solo me veo inducido a ello por la razón y la virtud.

»Sin embargo, no le puedo pedir que renuncie a su país y a sus seres queridos para llevar a cabo esta tarea. Y ahora que usted va a regresar a Inglaterra, tendrá pocas posibilidades de encontrarse con él. Pero le dejo a usted la consideración de esos detalles y la tarea de evaluar lo que usted puede estimar como sus verdaderos deberes. Mi razón y mis ideas ya no están claros por la cercanía de la muerte. No me atrevo a pedirle que haga lo que yo creo que es correcto, porque aún puedo estar perturbado por la pasión.

»Me enloquece pensar que él pudiera seguir viviendo para ser instrumento del mal, y más en esta hora, cuando de un momento a otro espero mi liberación, la única hora de felicidad que he gozado desde hace tantos años. Ya puedo ver las imágenes de mis seres queridos muertos a mi alrededor, y deseo apresurarme a abrazarlos. Adiós,

Walton. Busque la felicidad en la tranquilidad y evite la ambición, aunque sea la ambición aparentemente inocente de sobresalir en las ciencias y los descubrimientos. Pero... ¿por qué digo eso? Yo mismo he fracasado en semejantes esperanzas, pero quizá otro pueda tener éxito...»

Su voz se debilitó aún más; y, exhausto por aquel esfuerzo, se sumió en el más profundo silencio. Alrededor de media hora después intentó hablar de nuevo, pero no pudo; apretó mi mano débilmente, y sus ojos se cerraron mientras una amable sonrisa se dibujó en sus labios.

Margaret... ¿qué puedo decir? ¿Puedo hacer algún comentario acerca de este hombre asombroso? ¡Dios mío! Todo lo que puedo decir sería inapropiado y vulgar. Las lágrimas corren por mi rostro. Pero ya viajo hacia Inglaterra, y quizá allí encuentre algún consuelo.

Me interrumpen. ¿Qué significan esos ruidos? Es medianoche, la brisa sopla suavemente, y el vigía del puente apenas se mueve. Otra vez he vuelto a oír ese ruido... y procede del camarote donde aún permanecen los restos mortales de Frankenstein. Debo levantarme e ir a ver qué ocurre. Buenas noches, hermana mía.

¡Dios mío! ¡No sabes lo que acaba de ocurrir! Aún estoy aturdido ante el recuerdo de lo que he visto. Apenas sé si tendré fuerzas para contártelo con precisión; sin embargo, lo intentaré, porque el relato que he transcrito hasta aquí estaría incompleto sin este episodio final y asombroso.

Entré en el camarote donde yacían los restos de mi desdichado huésped. Sobre él se inclinaba una figura para cuya descripción no tengo palabras... de una estatura gigantesca, pero desproporcionado y deforme. Como estaba inclinado hacia el ataúd, su rostro permanecía oculto por largos mechones de pelo desgreñado; pero su mano extendida parecía como la de las momias, porque no sé de otra cosa que pueda parecérsele en color y textura. Cuando escuchó un ruido y me vio entrar, interrumpió sus exclamaciones de dolor y se apartó hacia la ventana. Jamás vi una cosa tan espantosa como su rostro, tan asquerosa y tan aterradora. Cerré los ojos involuntariamente mientras le gritaba que se quedara quieto. Se detuvo. Mirándome con asombro y volviéndose luego hacia la figura exánime de su creador, pareció olvidar mi presencia, aunque todos sus movimientos y sus gestos parecían movidos por la ira más violenta. «Esta es también mi víctima», exclamó. «Con su asesinato culmino mis crímenes. ¡Oh, Frankenstein...! ¡Ser generoso y abnegado...! ¿Me atreveré a pediros que me perdonéis? Yo, que os maté porque maté a aquellos que vos más queríais... ¡Oh, ha muerto y no puede responderme...!»

Su voz pareció ahogada; y mi primer impulso, que había sido obedecer la petición de mi amigo moribundo y acabar con su enemigo, ahora parecía atenazado por una mezcla de curiosidad y compasión. Me aproximé a él, aunque no me atrevía a mirarlo: había algo demasiado aterrador y sobrehumano en su horrenda fealdad. Intenté decir algo, pero las palabras murieron en mis labios. El monstruo continuó culpándose y reprochándose locuras e incoherencias. Al final, dije: «De nada sirve ya tu arrepentimiento. Si hubieras sentido la punzada de los remordimientos antes de haber llevado tu diabólica venganza hasta este extremo, Frankenstein aún estaría vivo.»

«¿Es que piensa que yo era insensible a la angustia y a los remordimientos?», dijo aquel ser demoníaco. «Él», añadió, señalando el cadáver, «él no ha sufrido más en la consumación de los hechos que yo en su ejecución. Un espantoso egoísmo me animaba, al tiempo que mi corazón sufría la más dolorosa angustia. ¿Acaso cree que los gemidos de Clerval eran música para mis oídos? Mi corazón estaba hecho para el amor y la comprensión; y, cuando las desgracias me empujaron hacia la maldad y el odio, no soporté la violencia del cambio sin un sufrimiento tal que usted sería incapaz de imaginar. Cuando murió Clerval, regresé a Suiza, con el corazón destrozado y vencido. Sentía compasión por Frankenstein y por sus amargos sufrimientos; mi piedad se tornó en horror; me aborrecía a mí mismo. Pero cuando vi que de nuevo se atrevía a tener esperanzas de felicidad... que mientras amontonaba desdichas y desesperación sobre mí, buscaba su propia alegría en los amables sentimientos y las pasiones que a mí me estaban absolutamente vedados, de nuevo me asaltó la indignación y la sed de venganza. Recordé mi amenaza y decidí ejecutarla. Y cuando ella murió... no, en aquel momento no lo lamenté... abandoné cualquier sentimiento y cualquier angustia. Disfruté enloquecidamente en mi absoluta desesperación; y habiendo llegado tan lejos, decidí concluir mi diabólico plan. Y ya ha concluido. He aquí mi última víctima».

Me conmovieron los lamentos por sus desdichas, pero recordé lo que Frankenstein me había dicho a propósito de su elocuencia y su capacidad de persuasión; y, cuando de nuevo volví la mirada a los restos de mi amigo, mi indignación se encendió: «¡Miserable!», grité. «¡Muy bien: así que vienes aquí a lloriquear sobre las desgracias que has causado...! Arrojas una antorcha en medio de una aldea, y cuando ha quedado destruida, te sientas en mitad de las ruinas y lamentas que se hayan quemado... ¡Maldito hipócrita! Si el hombre por quien gimoteas aún viviera, lo seguirías acosando y persiguiendo con tu maldita sed de venganza. No es compasión lo que sientes... ¡solo es la pena porque se ha terminado tu excusa para causar el mal!»

«No es eso...», dijo el engendro demoníaco, «y sin embargo, tal debe de ser la impresión que usted tenga de mí, porque tal parece haber sido el sentido de mis actos. Pero no busco a nadie que entienda mi desgracia... lo sé absoluta y perfectamente, ni busco una comprensión que nunca podré encontrar. Cuando la busqué, al principio, solo deseaba participar del amor al bien y de los sentimientos de felicidad y alegría. Pero ahora que la virtud no es para mí más que una sombra, y la felicidad y la alegría se han tornado desesperación, ¿dónde tendría que buscar comprensión? No... Me conformo con sufrir solo, mientras tenga que sufrir. Y cuando muera, aceptaré que el odio y el oprobio descansen sobre mi memoria. En cierta ocasión mi imaginación se deleitó en sueños de virtud, de fama, y alegría. En cierta ocasión confié en encontrar a alguien que, ignorando mi aspecto externo, me apreciaría por las excelentes cualidades que sin duda poseía. En aquel tiempo estaba embargado por los altos ideales del honor y de la abnegación. Pero ahora la vileza me ha hundido hasta convertirme en una alimaña bestial... No hay crímenes que se asemejen a los míos; y, cuando repaso la horrenda nómina de mis actos, apenas puedo creer que yo sea aquel cuyos pensamientos estuvieron una vez animados por las sublimes y trascendentes visiones del amor y la belleza. Pero así es. El ángel caído se convierte en un demonio maligno. Pero él... incluso él, el enemigo del hombre, tuvo amigos y compañeros. Yo estoy absolutamente solo.

»Usted, que se llama amigo de Frankenstein, parece saber algo de mis crímenes y mis desdichas. Pero, en el relato que él tal vez le ha hecho de mis sufrimientos, no ha podido contar las horas y los meses de miseria que he soportado mientras mi alma ardía de furia e impotencia. Porque cuando destruí su futuro, no satisfice mis propios deseos, que eran tan ardientes y devoradores como siempre. Aún deseaba amor y compañía, y siempre me despreciaban. ¿Acaso esto no era una injusticia? ¿Y soy yo el único criminal, cuando toda la humanidad ha pecado contra mí? ¿Por qué no odia usted a Felix, que expulsó de su casa a quien lo apreciaba de verdad? ¿O por qué no odia usted al hombre que deseaba matar a quien salvó a su hija? No, desde luego: ellos son seres virtuosos e inmaculados... mientras que yo, el miserable y el pisoteado, ¡solo soy un aborto que debe ser despreciado y apaleado y odiado! Incluso ahora me hierve la sangre cuando recuerdo semejante injusticia...

»Pero es verdad que soy un miserable. He destruido todo lo bello y lo indefenso. He cazado a los inocentes mientras dormían y he estrangulado hasta la muerte el cuello de quien jamás me hizo daño. He conducido a mi creador al sufrimiento y lo he acosado hasta su muerte. Usted me odia, pero su aborrecimiento ni siquiera puede compararse al que yo siento por mí mismo. Miro las manos que han cometido esos actos, pienso en el corazón que los planeó, y me detesto. No tema: no volveré a hacer ningún mal; mi tarea está a punto de concluir. No necesito de usted ni de nadie para consumarla, me basto yo solo. Y no crea que tardaré en llevar a cabo el sacrificio. Abandonaré su barco; y, en el témpano que me trajo hasta aquí, buscaré el extremo de tierra más septentrional que pueda tener el globo. Yo mismo levantaré mi pila funeraria y me consumiré en cenizas, para que mis restos no puedan sugerir a ningún desgraciado curioso e ingenuo que puede ser capaz de crear a otro como yo. Moriré. Ya no volveré a sentir la angustia que me consume, ni seré presa de sentimientos insatisfechos y, sin embargo, eternos. Quien me creó ha muerto; y cuando yo muera, el recuerdo de mí morirá para siempre. Ya no volveré a ver el sol, ni las estrellas, ni sentiré el viento en el rostro. La luz, los sentimientos y la razón morirán. Y entonces hallaré mi felicidad. Hace algunos años, cuando las imágenes del mundo se mostraron abiertamente ante mí, cuando sentía la alegre calidez del verano y oía el murmullo de las hojas y el gorjeo de los pájaros, y aquello era todo para mí, habría lamentado morir; pero ahora la muerte es mi único consuelo. Enfangado en el crimen y corroído por los remordimientos más amargos, ¿dónde podré encontrar descanso, sino en la muerte?

»Adiós. Me voy, usted será el último hombre que vean mis ojos. ¡Y adiós, Frankenstein! Si en la muerte aún os restara algún deseo de venganza, esta se vería más satisfecha si siguiera viviendo que con mi muerte. Pero eso no ocurrirá. Deseabais mi absoluta destrucción para que no pudiera causar mayores sufrimientos a otros, y ahora no desearíais sino que viviera para que siguiera sufriendo. Aunque estabas destrozado, mi agonía es mayor que la tuya, porque los remordimientos son la amarga punzada que atormenta mis heridas y me tortura hasta la locura.

»Pero pronto moriré», dijo, entrelazando las manos, «y lo que siento ahora ya no lo sentiré; pronto estos pensamientos... estas dolorosas heridas... ya no existirán. Levantaré triunfal mi pira funeraria, y las llamas que consuman mi cuerpo concederán la alegría y la paz a mi espíritu».

Y tras decir aquello, saltó por la ventana del camarote y cayó sobre un témpano de hielo que permanecía junto al barco; y apartándose con fuerza de la nave, las olas lo alejaron, y muy pronto se perdió de vista en la oscuridad y la distancia.

9 789373 685533

Printed at Repro India Ltd.